KB242955

양주사
凉州詞

맛좋은 포도주 야광 술잔에 담아
마시려는데 비파가 말 위에서 떠나기를 재촉하네
술 취하여 사막에 누웠다고 그대 웃지 말지니
예로부터 전쟁에 나가 몇이나 돌아왔었던가

葡萄美酒夜光杯
欲飲琵琶馬上催
醉臥沙場君莫笑
古來征戰幾人回

Fantastic Oriental Heroes
노병귀환
老 兵 歸 還

노병귀환 4

남궁훈 新무협 판타지 소설

초판 1쇄 찍은 날 § 2005년 2월 4일
초판 1쇄 펴낸 날 § 2005년 2월 14일

지은이 § 남궁훈
펴낸이 § 서경석

편집장 § 문혜영
편집책임 § 김민정
편집 § 장상수 · 최하나
마케팅 § 정필 · 강양원 · 이선구 · 홍현경

펴낸곳 § 도서출판 청어람
등록번호 § 제1081-1-89호
등록일자 § 1999. 5. 31
어람번호 § 제2-0525호

주소 § 경기도 부천시 원미구 심곡1동 350-1 남성B/D 3F (우) 420-011
전화 § 032-656-4452 팩스 § 032-656-4453
http://www.chungeoram.com
E-mail § eoram99@chollian.net

ⓒ 남궁훈, 2004

ISBN 89-5831-423-0 04810
ISBN 89-5831-324-2 (SET)

노병귀환

老兵歸還

남궁훈 新무협 판타지 소설

Fantastic Oriental Heroes

4 소림대전(少林大戰)

도서출판 청어람

목차

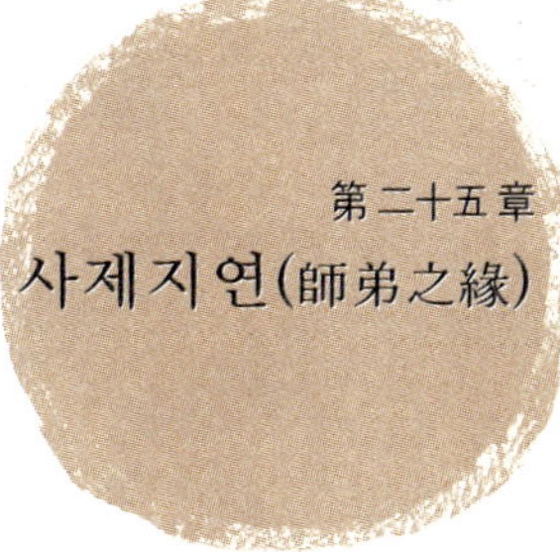

사제지연(師弟之緣)

사제지연
師弟之緣

변덕이 심하기로 유명한 북평(北平)의 하늘에 구름 한 점 없는 맑은 날이 계속되고 있었지만, 웬일인가 싶을 만치 조용했던 하늘은 결국 닷새를 넘기지 못하고 다시금 오만상을 짓고 있었다. 춘절의 흥취에 흠뻑 빠져 있던 북평에 때 아닌 소나기가 내리기 시작한 것이 춘절 대목의 절정이라 불릴 해가 질 무렵부터였으니, 간판을 걷는 저자 상인들의 손길에 성의가 있을 리 없었다.

춘절이라고는 하지만 저자의 한쪽에 치워진 눈을 심심치 않게 찾아볼 수 있을 만큼 봄이란 말이 어색하게만 느껴지는 북평이었기에, 저자를 가득 메우고 있던 사람들이 비를 피해 썰물처럼 빠져나가 해가 진 지금은 저자를 돌아다니는 사람을 찾아보기 어려울 지경이었다.

"허어… 춘절에 비가 오는 것은 처음 보는 것 같구나."

그 사람의 목소리가 들린 것은, 북평이 한눈에 내려다보이는 북평제
일루(北平第一樓)의 최상층인 오층에서였다. 고작 십오 년의 짧은 역사
였지만, 이미 강남 삼대 명루라 불리는 무창(武昌)의 황학루(黃鶴樓)나
악양(岳陽)의 악양루(岳陽樓), 남창(南昌)의 등왕각(騰王閣) 등과 견주어
도 손색이 없다 정평이 나 있는 강북 최고의 기루가 바로 북평제일루
였다. 천하의 모든 산해진미는 물론이거니와 금기서화(琴棋書畵)에 능
한 미희들의 지분내가 강북의 고관대작들과 명문세도가들을 하루도 쉬
지 않고 불러들이고 있었다.

북평제일루 역시 여느 기루와 마찬가지로 기루를 찾는 사람들의 신
분이나 지위에 따라 오를 수 있는 층이 구별되어 있었는데, 일반적인
신분의 사람들은 일층에, 제법 이름난 부호나 명숙들은 이삼층까지 오
를 수 있었다. 사층을 오르기 위해선 제법 까다로운 조건을 갖추어야
했는데, 천하에서 열 손가락 안에 꼽히는 거부이거나, 정삼품 이상의
관리이거나, 금기서화로 북평제일루의 자랑인 십 기(十妓) 중 넷의 인
정을 받아내야만 했다.

십 기라 함은 북평제일루에 있는 열 명의 재녀를 말하는 것이었는데,
그녀들의 재주가 실로 비상하여 아직 금기서화의 재주로 사층에 오른
자가 없었다. 하나 십 기의 미모가 천하를 이 잡듯 뒤져도 쉽게 찾아볼
수 없을 만큼 곱고 아름다워, 하루에도 수차례 그녀들의 얼굴을 보겠다
는 생각으로 관문에 도전하는 이도 적지 않았다.

마지막 오층에는 북평제일루의 루주가 머물고 있었고, 그 루주가 인
정한 자만이 오층에 오를 수 있었는데, 누가 올랐는지에 대한 소문이
들리질 않는 것을 보면 사람들의 흥미를 유발시키기 위한 북평제일루

의 계책일 것이란 소문이 맞는 것 같기도 했다. 하지만 몇 해 전 북평제일루를 찾았다가 우연히 그녀와 마주쳤던 한림학사 제태는 '북평제일루를 천하제일루라 말하기엔 주저함이 있으나 북평제일루주를 천하제일미라 말하는 데는 추호의 주저함이 없다'라고 하였다. 북평제일루의 루주가 오층에 실제로 기거하고 있다는 것과 여인을 보는 안목이 높기로 유명한 제태의 찬사에, 북평제일루주의 미색이 가히 천하절색이라는 것은 이미 기정사실화되어 있었다. 그렇게 오르기 까다롭다 유명했던 북평제일루의 오층에서 사내의 목소리가 흘러나왔으니 참으로 놀라운 일이 아닐 수 없었다.

"허… 동장군이 훈풍에게 한 수 밀렸나 보구나. 눈이 와야 할 시기에 비가 내리고."

"춘절이 되었으니 동장군께서 한 수 양보해 주신 거겠지요."

천상의 옥음이라는 것은 이 여인의 목소리를 두고 한 말이었다. 가냘프다 느껴질 정도로 작은 목소리였지만, 청아한 그 울림은 능히 십 리 밖에서도 들을 수 있을 정도였고, 맑은 음색은 듣는 이의 마음을 절로 평안하게 하는 힘이 담겨 있는 듯하였다.

"그대가 그리 말하니 그런 것 같기도 하구려. 허허허."

사내, 연왕 체가 들고 있던 술잔을 내려놓으며 여인의 목소리에 화답했다. 금남이라고까지 불리던 북평제일루의 오층에서 들린 목소리의 주인은 다름 아닌 북평의 왕, 연왕 주체였다.

"한 잔 드리리까?"

여인의 섬섬옥수가 조용히 움직여 새하얀 술병을 잡아갔다. 연왕은 가만히 고개를 끄덕이며 손에 들고 있던 잔을 여인에게 내밀었다. 술잔을 채우는 소리와 창밖의 빗소리가 절묘하게 어우러져 흥취를 더하고 있었다.

"참으로 고약한 날씨로고. 이리 비가 퍼부어대면 나는 어찌 돌아가라고……. 설마 대쪽 같은 북평제일루의 루주가 말을 바꾸어 오층에서 묵고 가게 해주지는 않을 것이고……."

"호호, 물론 이 오층에서의 유숙은 절대 허락지 않을 것이니, 대신 마차를 대령하라 왕부에 전갈을 넣어드리지요."

장난기가 배어 있는 연왕의 은근한 추파에 마주 앉아 대작을 하던 여인은 가볍게 웃으며 그의 말을 받아넘겼다.

"허험. 내가 또 이곳에 온 것을 알면, 아마 나의 안사람은 아랫것들에게 문을 열어주지 말라 할 것이오."

"호호, 그보다는 왕동생의 성화가 두려우신 것이겠지요."

"뭐… 허험……."

여인은 연왕의 모습에 웃음을 참지 못하고 손으로 입을 가렸다. 여인의 웃음소리가 북평제일루의 오층을 가득 채우고 있었으나 연왕은 그런 여인의 모습에도 인상 한 번 찡그리지 않았다. 감히 연왕의 앞에서 작으나 소리 내어 웃는 것은 대죄를 범하는 것과 같았으나, 연왕은 그런 그녀의 모습에서 애틋함을 느끼고 있었기에 아무런 말도 하지 못하였다.

'내 어찌 언감생심 그대를 탐할 수 있으리오. 죽은 친우의 여인인 그대를…….'

연왕은 그녀의 웃음이 공허하다 느끼고 있었다. 수많은 사람들이 그녀의 얼굴을 보길 원하였지만, 그 누구보다 아름다운 그녀는 어느 누구

와도 만나고 싶어하지 않았다. 연왕인 자신이 열여덟 그녀에게 해줄 수 있었던 것은 고작 북평제일루를 세우기 위해 들었던 얼마의 자금과 몇 명의 믿을 수 있는 수하들을 빌려주었던 것뿐. 그녀는 아무도 없는 세상에서 홀로 이 거대한 기루를 꾸려 나가고 있었다. 그렇게 십칠 년이 지났다.

'그가 살아 있었다면… 그녀의 가문만 건재했더라면…….'

그녀의 가문 역시 그의 가문처럼 역모의 소용돌이에 휩쓸려 사라져 버렸다. 그녀의 가문만 건재했더라면 그녀의 미래는 크게 바뀌었으리라. 하지만 역모의 피바람에서 살아남은 두 사람은 결국 서로를 찾지 못했다. 두 사람 모두와 깊은 친분이 있던 연왕이었기에 어떻게 해서든 두 사람의 행복을 지켜주고 싶었다.

역모의 누명이 벗겨지고 난 후 자신의 친우는 그녀를 찾았지만, 세상 그 어디에서도 그녀의 행방은 찾을 수가 없었다. 어디선가에서 죽었을 것이라 생각한 그는 결국 자신의 가문이 있어야 할 전장으로 떠나 버렸고, 그가 떠난 후 어디선가에서 돌아온 그녀는 그가 떠났다는 말에 아무 말도 하지 않고 자신에게 돈을 빌려 이 기루를 세웠다. 그리고 결국 그는 전장에서 산화했고, 그녀는 이곳에 남아 있다. 자신처럼.

'이정인 대장군의 북평대장군가와 중서성(中書省) 중서령(中書令)까지 배출했던 양주(揚州) 정가(正家)의 혼약은, 말 그대로 문무(文武) 최고 명가 간의 결합이었는지라 천하의 관심과 축복을 받은 나라의 경사였었다. 하나… 단 한 장의 투서로 말미암은 어이없는 누명으로 인해, 근 일만 오천에 달하는 역모의 관련자들과 함께 북평대장군가와 양주 정가는 지상에서 사라지고 말았다. 두 사람의 운명도… 그렇게 엇갈려

버리고 말았고……'

　자신의 눈앞에서 웃고 있던 여인의 팔자는 참으로 기구했다. 대명황
실 최고 명가의 금지옥엽에서, 지금은 술과 웃음을 파는 한낱 기루의
주인으로 살아가고 있는 여인. 세월마저도 빗겨간 듯 삼십대 초반이라
고는 믿어지지 않는 아름다운 외모였지만, 그녀의 눈에서 읽을 수 있는
삶의 무게는 고작 삼십여 년을 살아온 사람의 그것이라고는 믿기지 않
을 정도로 어둡기만 하였다.

　'그만… 살아 있었다면……'

　요 며칠 죽은 친우의 생각이 자주 그의 머리를 어지럽히고 있었다.
친우를 그리워하는 것인지, 그가 기억하는 천하의 용장을 필요로 하는
것인지는 모르겠지만, 어쨌든 그는 그를 그리워하고 있었다.

　술이 썼다. 씁쓸해진 술이 흔들리던 정신에 외마디 호통을 치며 목
구멍으로 넘어갔다. 일어나야 할 때라는 것을 알고 있었지만, 연왕은
일어나질 못하고 있었다. 말없이 창밖을 응시하고 있는 그녀의 모습은
그 무엇과도 비교할 수 없는 아름다움이었다. 비를 머금은 수선화처럼,
달을 머금은 해당화처럼. 그런 그녀를 바라보는 것이 그에게는 기쁨이
었다. 가질 수 없기에 더욱 간절한.

　'그와 당신을 생각한다면, 이런 생각을 하는 것조차 죄악이겠지. 어
찌 되었든… 당신들의 가문을 멸문시킨 것은… 나의 아버지니까.'

　연왕은 자신이 술이 과했음을 인정해야 했다. 할 필요도 없고 해서
도 안 되는 자괴를 하려 들었으니. 그들의 운명이 그렇게 엇갈려 버렸
다면 그것도 그들의 운명이었다. 그리고 자신은 그런 그들과 함께 아
파하는 사람이 아니라, 그저 동정하는 것으로 만족해야 하는 사람이었

다. 그는 그들의 친우였고… 왕이었으므로.

"가야겠소."

여인은 떠나는 그를 돌아보지 않았다. 그저 말없이 창밖만 바라보고 있을 뿐이었다.

"다시… 들르리다."

연왕은 늘 그래 왔다는 듯 그녀의 인사를 받지도 않고 몸을 돌려 방을 빠져나가고 있었다. 특별히 마련된 비밀 통로로 빠져나갔기에 그의 모습을 본 사람은 없을 것이다. 어찌 되었든 북평의 연왕이 기루에 출입하는 모습을 사람들에게 보이는 것은 여러모로 좋을 것이 없었으니.

창밖을 바라보고 있던 여인의 시선은 북평제일루를 떠나는 마차를 바라보고 있었다.

'참으로 딱한 사람. 아직도 나를 여인으로 보고 있군요. 당신이 나를 여인으로 보는 한 나의 인사는 받지 못할 것입니다.'

여인의 새하얀 손이 술잔을 들어 올렸다. 붉은 입술로 넘어가는 술은 그녀에게 잠시 쉬라 말하고 있었다.

'딱하기로 치자면 너야말로 딱하지. 고작 스무 살 무렵의 기억 한 자락만으로 죽어버린 그를 잊지 못하고 있으니……. 이제 너에게 남은 것은 너를 여인으로 바라보는 낭군의 친우와 철모르고 내리는 한줄기 빗물과 목을 지지는 독한 술 한 잔뿐이구나.'

여인은 입술 끝으로 흐르는 술을 닦지 않았다. 그녀의 시선은 희미해진 마차를 떠나 다시금 먼 하늘에 닿아 있었다. 그에게 닿아 있었다.

그녀를 기억하는 사람은 이제 아무도 없었다.

북평제일루주 설화만이 남아 있을 뿐이었다.

*　　　　　*　　　　　*

“이게… 다 뭡니까?”

“받아두어라. 내가 마지막으로 남기는 것이다.”

철웅은 노도사가 자신에게 내민 물건들보다 마지막이라는 말이 귀에 걸렸다.

“노도는… 잠시 후 선계에 들 것이다. 인세와의 인연은… 오늘까지다.”

“……”

철웅은 아무 말도 하지 못한 채 노도사의 얼굴만 바라보고 있었다. 평소 농을 좋아하는 노도사지만, 지금의 그의 표정은 평소에 보여주던 그런 것과는 거리가 있어 보였다. 물론 굳이 표정을 살펴보지 않아도 목소리에 담긴 진실을 몰라볼 철웅이 아니었지만.

“내 인세에서의 마지막 인연이 너에게 닿아 참으로 고맙고도 다행한 일이라 생각한단다.”

“진……”

“시간이 별로 없다. 이제부터 내가 하는 이야기를 잘 듣거라.”

철웅은 무어라 말을 하고 싶었지만, 진인은 자신의 이야기가 더욱 중요하다 생각한 모양이었다. 철웅은 마지막이라는 노도사의 이야기에 당황할 틈도 없이, 뒤이어 쏟아진 노도사의 이야기에 집중할 수밖에 없었다.

"세상에는 두 가지 길이 각기 두 갈래로 나뉘어 있다. 두 가지의 길 중 첫 번째는 옳은 길이라 부르는 것이고, 다른 하나는 옳지 않은 일이라 부르는 것이다. 옳은 길은 갈 수 있는 길과 갈 수 없는 길로 나뉜다. 또한 옳지 않다 부르는 길은 되돌아올 수 있는 길과 되돌아올 수 없는 길로 나뉘는데, 이것의 의미를 깨닫는다면 네가 세상에서 해야 할 일이 무엇인지를 알 수 있을 것이다."

"옳은 길과 그른 길. 갈 수 있는 길과 없는 길……."

철웅은 감히 노도사의 말을 가벼이 듣지 못하고 천천히 되뇌이고 있었다. 물론 그렇게 되뇌이지 않더라도 철웅의 머리 속에는 노도사의 말들이 각인되고 있을 터였지만.

"세상의 이치는 옳은 길로 이어져 있다. 하지만 옳다고 모두 행할 수 있는 것은 아니다. 제아무리 이치에 맞는 일이라 하더라도 너 스스로의 역량이 부족하거나 시와 때가 적절치 않다면 할 수 없을 것이다. 하나 옳지 않다고 말하는 일들 중에 할 수 없는 일은 없다. 해서는 안 되는 일이기에 하기에도 쉽고 유혹도 강하며, 그것을 이겨내기 어려운 법이다. 그러하기에 옳지 않은 길은 돌아올 수 있는 길과 돌아올 수 없는 길로 나누는 것이고."

철웅의 눈은 반쯤 감겨 있었다. 깊은 생각에 빠진 듯도 보였고, 아무런 생각이 없는 듯도 보였다. 하지만 노도사는 그런 철웅의 상태와는 상관없이 말을 이어나가고 있었다.

"사람은 갈등과 후회와 속죄를 하는 유일한 생령이다. 너무나 나약하기에 그러한 것이지만, 도리어 그런 나약함으로 인해 천하의 모든 생령들 위에 군림할 수 있는 것이다. 걸어온 길을 뒤돌아보게 됨으로 헛

된 길로 빠지는 것을 두려워하게 된다. 그것을 지식이라 부르고 경험이라 부르며 우러러보는 것이 인간이다. 지식이 쌓여 힘이 되고 경험이 쌓여 더 큰 힘이 된다. 인간들은 그 힘으로 생령들을 제압하였으며, 종국에는 천하의 거의 모든 생령 위에 군림하게 된 것이다. 군림이라는 말은 적당치 않으나 현실 또한 부인할 수 없는 순리의 부산물. 하지만 도를 구하지도 않고 이치를 따지지도 아니한 채 군림만을 하려 하는 마음 역시 함께 커나가는 것 또한 사람이다. 이것 또한 순리이며 역리이다. 그런 마음이 드는 것이 순리라면 그 마음으로 인한 결과로 역행이 된 것이다. 이것이 쌓이고 쌓여 더 이상 쌓일 곳이 없어 깨지는 순간에 살심이 일고 투쟁을 원하게 되는 것이다. 더 많은 것을 얻기 위해 싸우고, 더 많은 것들 위에 군림하기 위해 살의를 일으키게 된다. 만물도 마찬가지다. 세상의 모든 것이 조화롭게 살아가는 듯하지만, 그 내면에는 끊임없는 삶의 투쟁이 무한히 반복된다. 이것 역시 순리 속의 역리이다. 하나 모든 것에는 그 도라는 것이 있다. 순리가 옳은 것이라면 역리는 옳지 않은 것. 하나 갈 수밖에 없는 것. 그것이 역행이고 생령들의 순리이다. 하나 천지간에 존재하는 대부분의 생령들이 돌아올 수 있는 길을 간다면, 유독 인간은 다른 생령에 비해 돌아올 수 없는 길을 가는 일이 잦다. 살육과 포식도 조화를 생각하며 이루어져야 한다. 새로운 것의 탄생을 위해 헐고, 불필요한 것을 파괴하는 것이야말로 진정한 역리이고 순리이다. 천하 모든 만물이 그런 순리 속에서 역리를 행하고 있는데 유독 인간만은 그렇지 않다. 먹지도 않을 것을 죽이고, 필요하지 않음에도 파괴한다. 역리를 따름에도 그 안에서 또 다른 역리를 따르고 만다. 역리를 따르는 순리나 순리를 따르는 역리는 결국 시작이 끝이 되고 그 끝이 또 다른 시작이 된다. 하나 역리를 좇는 역리는 형체도 남기지 않는 파괴일 뿐이다. 마치 아귀처럼 먹어도 먹어도 끝이 없는 욕망만이 남게 될 뿐이다. 인간은 그런 아귀가 되어가고 있다. 아무런 조화 없이 이대로 간다면 결국 천하는 그런 아귀들로 가득 차 형체도 남기지 못하고 소멸되고 말 것이다. 하나 하늘은 그런 극에 다다른 역리마저도 순리로 이끌고자 한다. 역리의 방향을 서로에게 이끌어 큰 싸움이 일어나게 하여 아귀의 수를 줄인다. 그것으로 부족하다면 큰 비를 내려 아귀를 씻어내고, 그것으로도 부족하다면 큰 가뭄을 내려 아귀들을 말려 죽인다. 그것이 바로 천리이다. 내가 선계에 들기 직전이 되어서야 얼마간의 천리를 읽을 수가 있게 되었다. 그 천리에는 나도 포함되어 있고, 너도 포함되어 있다. 세상의 모든 생령과 의식없는 것들이 포함되어 있다. 그리고… 너에게 이것을 전하는 것 역시 천리에 포함된 것이다.”

철웅의 반쯤 감겼던 눈이 조금씩 떠지며 초점을 잡아가고 있었다. 그리고 노인의 시선을 따라 눈을 움직인 철웅의 시선에 그것들이 있었다.

“이것은 너의 마음을 단련시켜 줄 방법이 적힌 것이다. 흔히 강호에서 말하는 내공심법이다. 도가의 도인술에 바탕을 한 것이기에 그 진전은 매우 더디나 홀로 배우기에 무리가 없고, 스승 없이도 배울 수 있기에 큰 걱정 없이 너에게 줄 수 있을 것 같아 남긴다.”

철웅의 눈이 한 권의 책자에 가 닿았다. 아무런 글도 쓰여 있지 않은 책자였지만, 그것을 저술한 사람이 눈앞의 노도사라는 것은 느낌만으로도 알 수 있을 것 같았다.

"그 옆에 있는 것은 내가 말년에 깨달은 무공의 심득을 적어놓은 것이다. 배울 수는 있으나 익힐 만한 것은 없으니 비급이라 말하기도 그렇고, 그저 네가 가야 할 길에 작은 도움이라도 될까 싶어 남기는 것이니 틈틈이 읽어보도록 하거라."

철웅의 시선이 놓였던 곳 바로 옆에 있는 또 다른 서책. 그것 역시 아무런 글도 쓰여 있지 않아, 어느 것이 노도사가 말한 것인지 구분하기 어려워 보였다. 물론 지금의 철웅에겐 소소한 번거로움일 뿐이었지만.

"두 개의 자기 병 중 하얀 병에는 열두 개의 단환이 들어 있다. 그것역시 아직 이름을 정하지 않았으니 효능만을 말해 주겠다. 그 약은 한달에 한 번씩 한 알만을 먹도록 해라. 몸의 원기를 북돋아주는 약으로 무공 수련에 미약하나마 도움이 될 것이다. 일 년간 먹을 양만을 만들었다. 일 년 후에는 너의 몸이 스스로 원기를 회복할 수 있을 것이다.

그리고 검은색의 자기 병에는 여섯 개의 단환이 들어 있다. 그것은 몸 안의 독기와 탁기를 몰아내 주는 약으로 웬만한 독의 중독이나 내상 등을 치유시킬 수 있으니 네가 갈 길에 도움이 될 것이다."

철웅은 감히 노도사가 말한 물건들에 손도 대지 못하고 있었다. 좀처럼 마음의 평정을 잃지 않는 철웅이었건만, 노도사가 전하는 말 하나하나가 가슴을 콕콕 쑤셔오는 것만 같았다.

"마지막으로… 이것을 너에게 주마."

어느새 어디에서 꺼내었는지 노도사의 손에는 한 자루 검이 들려 있었다. 마치 먹을 한껏 발라놓은 것처럼 탁하고도 무딘 묵색이 특징이라면 특징이랄까, 일견 특별해 보이지는 않는 보통의 장검과 같은 모습이었다.

"이것에는 그다지 큰 효용은 없다. 약간의 주술을 부려놓아 사마외도의 살기 짙은 물건과 대적할 때 마음의 평온을 조금 더 빨리 찾게 해 주는 정도랄까. 하나 내가 강호를 종횡할 때만 하더라도 이 검이 무디다 욕할 수 있는 자는 아무도 없었으니 너에게 전하는 내 마음이 어떠한지 헤아려 주길 바라마."

전장에서 수십 년을 살아온 철웅이 어찌 그 마음을 헤아리지 못할까. 수족과 같은 병기. 자신의 영명과 함께해 온 병기를 타인에게 전하는 마음은 자식을 떠나보내는 마음과도 비견할 수 있으리라. 과거의 영광이 퇴색하지 않기를 바라는 마음도, 제대로 된 주인을 만난 것이기를 바라는 마음도…….

"이제… 너에게 물려줄 것은 모두 준 것 같구나. 천리가 어디로 흐르는지는 말해 줄 수 없는 것이다. 그것이 너를 어디로 이끌게 될지, 무엇을 원하게 될지… 모든 것은 이루어진 다음에야 알 수 있는 것이다. 너 역시 천리에 포함되어 있으니 결코 쉽지 않은 길이 너를 기다리고 있을 터이지만, 나는 네가 모든 역경을 순리에 따라 잘 헤쳐 나가리라 믿는다."

"진인……."

"말해 보거라."

"왜… 저입니까……."

노도사는 자애로운 눈빛으로 철웅을 바라보고 있었다. 철웅은 그런 노도사의 눈을 보지 못했다. 고개를 들었다가는 눈가에 그렁하게 맺힌 눈물이 떨어지는 것을 보일까 두려웠기 때문이고, 마주 보기라도 한다면 눈앞의 진인이 금방이라도 한 줌 연기로 사라져 버릴까 두려웠기 때문이다.

"…이제야 저의 과거와 모든 인연을 끊었다 생각했습니다. 이제는 사람과 부딪치지도 않고, 투쟁하지도 않고, 시비하지도 않고 살리라 맹세하고 오른 화산이었습니다. 왜 저였습니까……."

노도사는 작게 한숨을 내쉬며 철웅을 불렀다.

"철웅아……."

"예……."

"나 역시… 천리를 따른 것이다. 천리라는 것은 그 결과를 누설할 수도 없고, 안타깝다 하여 피해가라 말할 수도 없는 것이다. 천리는 그렇게 되는 것이다. 내가 너를 불쌍하고 가엾다 하여 이런 물건을 함부로 전할 수 있는 것도 아니니라. 천리가 너에게 이것들을 전하라 했고, 천리가 너에게 작은 가르침을 내리라 하였다……. 천리가 너를 화산으로 부른 것이니라……."

철웅의 어깨가 조금씩 들썩이고 있었다. 감동을 받았다거나 노도사의 말에 감화되어 흐느끼는 것이 아님을 노도사도 잘 알고 있었다. 억울할 것이다. 정녕 억울할 것이다. 노도사 역시 그의 과거를 알고 있기에 그의 억울함과 답답함을 십분 이해할 수 있었다. 인세의 마지막 인연으로 닿은 자가 어찌 이리도 혹독한 운명을 지닌 자여야 했는지 하늘을 원망하기도 했었다. 하지만… 천리는 인간이 따질 수가 없는 것이었다. 그렇기 때문에 그렇게 되는 것이 아니라, 그렇게 된 것은 그렇게 되기 위해서였다라고 밖에는 알 수 없는 것이 천리였다.

"짧은 시간이었지만… 너를 나에게 보내준 하늘에 감사하고 있단다. 늙은이의 허언이라 생각할지 모르지만, 이미 내 나이 일백이십 성상을 넘긴 지 오래이니라. 그럼에도 그 시간 속에 산재한 수많은 기억을 뒤적여 보아도 너와 같은 아이는 찾아볼 수가 없다. 그토록이나 힘든 삶이었음에도 이렇게까지 잘 버티고 살아온 것을 보면 그것마저도 하늘의 가호가 아니었나 싶을 정도이니, 너를 나에게 보내준 하늘에 백 번천 번 절을 올려도 힘들지 않을 것 같구나. 너는… 나에게 참으로 고마운 아이였다."

노도사의 말에 가슴이 울컥했던 것일까. 철웅의 흐느낌은 좀처럼 멈출 기색을 보이질 않았다.

"내가 너에게 한 가지 부탁할 것이 있다."

노도인의 목소리에서 짙은 정이 묻어 나오고 있음을 느꼈기 때문이었을까? 철웅의 어깨가 조금씩 잦아들고 있었다.

"예… 진인."

"나에게… 구배지례를 올려주지 않으련?"

"……?!"

붉게 물들었던 철웅의 눈에 놀람이 스치고 지나갔다. 하나 그것은 말 그대로 스치고 지나간 감정이었을 뿐, 당혹해한다거나 어리둥절해하지 않았다. 잠시 말이 없던 철웅이 조용히 일어나 노도사의 면전으로 다가섰다. 그리고……

"제자 장철웅, 사부님을 받듭니다."

철웅은 아주 천천히, 너무나도 정성스럽게 노도사를 향해 절을 올렸다. 절을 한 번 할 때마다 수많은 생각이 머리 속을 스쳐 지나가고 있었다. 천리. 자신에게 닥쳐왔던 시간들은 천리라는 말로 설명하기에는 너무나 힘들고 고통스러운 시간이었다. 한순간 모든 것을 잃었고, 억울한 누명이 벗겨졌을 땐 이미 자신이 돌아갈 곳 따윈 남아 있지 않았다. 결국 피가 이끄는 대로 전장으로 향할 수밖에 없었고, 그의 핏줄이 이끌었던 그곳에서야 비로소 삶에 충실할 수 있었다. 하지만 그의 시련은 아직 끝난 것이 아니었었다. 하늘은 그를 또다시 시험했고, 그는 선택했다. 그리고 다시 모든 것을 잃었다. 모든 것이 희생당했다, 자신으로 인해. 그도 더 이상은 희망이라는 것을 가질 엄두를 내지 못했다. 그래서 달아났다. 자신의 몸속에서 끓어오르던 피가 이끌던 그곳에서 멀리, 아주 멀리. 이번에는 정말 하늘의 도움이라 생각했었다. 비록 중간에 조금 뒤틀리긴 하였지만, 이제는 자신이 꿈꾸던 삶의 마지막과 닮은 삶을 살 수 있을 것 같았다. 노도사를 만나기 전까지만 하더라도.

하지만 그렇다고 노도사를 원망하고픈 마음은 들지 않았다. 그는 그의 말대로 천명을 받든 것이고, 자신에게 그 천명을 전해준 것뿐일지도 몰랐다. 그보다 앞서… 그와 함께 있을 때 자신은 행복해했다. 누구에게 책임을 미룰 것인가. 노도사… 이젠 자신의 사부가 된 그 사람의 말처럼 하늘이 이끈 것이거늘. 사부의 말처럼 순리를 따르기로 했다. 아홉 번의 절을 하는 동안 그는 생각했고 결정했다. 순리를 따르기로. 지금은 그럴 수밖에 없었다.

마지막이라 생각해서였는지 그의 움직임이 너무나 느리게만 보였다. 노도사가 인세에 머물 시간을 최대한 늘려보겠다는 듯.

그렇게 느릿한 시간이 흐르고 마지막 아홉 번째 절을 올리고 일어난 철웅. 하나 그를 기다리고 있는 것은 노도사가 남기고 간 허름한 장포뿐이었다.

"사부님……."

소리도 없이, 기척도 없이… 노도사는 우화등선하였다. 철웅의 흐느
낌이 좁은 암동에 흐르고 있듯, 노도사가 남긴 마지막 말은 철웅의 머
리 속에서 맴돌고 있었다.

"너는 나에게 참으로 고마운 아이였다. 제자야, 부디 순리를 따르거
라……."

철웅은 그 자리에 한참을 멍하니 앉아 있을 수밖에 없었다. 그리고
해가 뜰 무렵이 되어서야 사부가 남긴 물건들을 챙겨 동굴을 나올 수
있었다.

노도사가 우화등선한 동굴의 입구는 철웅이 날라다 막은 돌로 메워
져 있었다. 화산파에 이 사실을 알릴까도 싶었지만, 자신의 사부는 그
것을 원하지 않았을 것 같아 조용히 보내 드리기로 했다.

"나는… 사부님의… 함자도 알지 못하는 못난 제자로구나……."

입구가 막힌 동굴 앞에 주저앉아 있던 철웅의 머리 위로 여명이 밝
아오고 있었다.

그에게 펼쳐질 새로운 삶의 시작을 알리는 것처럼.

*　　　*　　　*

"무슨 일이 있었던 건가?"

비지땀을 흘리며 장작을 패던 일삼이 이상하다는 듯 고개를 갸우뚱거렸다. 일삼의 손이 잠시 노는 틈을 놓칠 영우가 아니었다.

"왜 그래요?"

"장 대인 말이다. 요 며칠 저렇게 하늘만 바라보는 것이 영……."

도끼를 바닥에 내려놓은 영우의 눈이 일삼의 시선을 좇아 움직였다. 그리고 어깨를 한 번 으쓱해 보인 후 별일 아니라는 듯 바닥에 털썩 주저앉았다.

"그러게, 조금 이상해 보이긴 하네요. 하지만 뭐, 별일이야 있겠어요?"

대수롭지 않게 말하는 영우와는 달리 일삼은 그의 이런 모습을 이해할 수 없다는 듯 중얼거렸다.

"평소의 그답지 않아. 매일 넋 나간 사람처럼 하늘만 바라보고… 요즘은 끼니도 자주 거르고……."

일삼은 걱정스럽다는 표정을 지우지 못하고 그에게 닿아 있던 시선을 떼었다. 아직 무엇인가를 함께 고민하기에는 거리가 있는 그였다.

'젠장, 사람 불안하게시리…….'

일삼은 잠시 놓았던 도끼를 다시 들고 장작을 패기 시작했다. 일삼이 휘두른 도끼가 신경질적으로 내리 꽂혔고, 쩍 소리가 나며 갈라진 장작이 갈라지며 저만치 나가떨어졌다. 영우도 무거운 엉덩이를 들어 올리며 다시금 도끼를 잡아갔다.

'니미, 기왕 쉴 거 좀 오래 쉬지…….'

일삼의 장작 패는 소리가 깊은 산중에 메아리치고 있었지만, 정작 그들과 이삼 장밖에 떨어져 있지 않던 철웅의 귀에는 그 소리가 들리지 않았다. 가만히 뒷짐을 지고 서서는 먼 하늘만 바라보고 있는 모습이 일삼의 말마따나 넋이 나간 사람처럼 보일 정도였다.

'순리……'

철웅은 동요된 마음을 쉬이 안정시키지 못하고 먼 하늘만 바라보고 있었다. 결국 사제지간의 연을 맺고 말았다. 마흔여덟 해. 짧지 않았던 자신의 생에서 누군가에게 마지막으로 가르침을 받은 것이 언제인지도 가물거리는 그였지만, 지천명을 바라보는 나이임에도 노도사를 사부로 모심에 주저함은 없었다. 그리고 그가 떠난 지금, 철웅은 자신의 뇌리에 새겨진 사부의 가르침을 되새기고 있었다.

'모르겠다. 무엇이 순리이고, 무엇이 역리인지. 사부님… 께서는 내가 전장을 떠난 것도 화산에 이른 것도 모두 천리로 정해진 것이라 하셨지만, 정작 나 자신은 내가 왜 이곳으로 왔는지, 이것이 진정 순리인지, 역리인지조차 알지 못한다. 그저 내가 지금 이곳에 있으니 천리를 따른 것인가? 따랐다는 것은 내가 그것을 좇은 것이어야 한다. 하니 천리를 따른 것은 아닌가?'

철웅은 하늘을 보고 있었지만, 하늘을 보고 있지 않았다. 그의 눈은 그 어느 곳도 바라보고 있지 않았다. 자그마치 닷새나 이어진 고민이었지만, 그 어느 것 하나 확연히 실체가 잡히는 것이 없었다. 지금의 그로서는 사부의 가르침을 이해하는 데 역부족임을 인정할 수박에 없었다.

'결국 지금 내가 할 수 있는 것은 없다. 흐르는 대로… 그저 흐르는 대로……'

철웅의 뒷짐이 풀렸고, 두 눈에 초점이 잡혀가고 있었다. 긴 사색은 끝났다.

'가르침을 받았으니 그것을 익히는 것이 우선이다. 이후의 일은…… 사부님의 말씀대로 순리에 따라 행하면 될 것.'

"강추는 어디에 있는가?"

등 뒤에서 들린 철웅의 목소리에 일삼과 영우가 놀라 고개를 돌렸다. 밝은 미소. 철웅은 아무 일 없었다는 듯 그들 앞에 서 있었다.

"아까 장 의원님을 따라 산에 들어갔소. 소아 녀석이랑 같이."

"그랬군. 한데 지금 장작을 패고 있는 건가?"

"아… 그냥… 할 일도 없고 해서……."

덤덤히 대답하고 있었지만, 일삼의 두 눈에는 안도감이 내비쳤다.

"할 일이라……. 그러고 보니 나나 자네들이나 이곳에서 딱히 할 일이 없군."

철웅은 무엇인가를 생각하는 듯하더니 이내 몸을 돌려 자신의 거처로 들어갔다. 일삼은 피식 한 번 웃더니 이내 도끼를 들어 다시금 장작을 패기 시작했다. 이제 장작은 그만 패도 될 듯싶었다. 그가 정신을 차렸으니 조만간 자신들이 할 일을 정해줄 것이다. 어떤 일이 되었든 하루 종일 장작만 패는 것보다야 낫겠지.

뭐가 그리 즐거운지 일삼의 도끼가 흥겹게 휘둘러지고 있었고, 영우는 그런 일삼의 모습에 입을 삐죽 내밀곤 자신의 도끼를 집어 들었다.

'장작 패는 게 그렇게 좋나? 갑자기 헤벌쭉해 가지고는…….'

오랜만에 모든 사람들이 한자리에 모였다. 평소에는 각자의 방에서 식사를 하였지만, 오늘은 무슨 일인지 그들 모두를 한자리로 불러 모은 철웅이었다.

"얼래? 이건 어디서 났데요? 일삼이 잡았어요? 아니면 강 형님이?"

상에 앉기도 전에 호들갑부터 떠는 영우였지만, 상 위에 차려진 음식을 보니 영우의 호들갑이 괜한 것만도 아니구나 싶었다. 잘 구워져 노른 내가 구수하게 퍼지고 있는 꿩 고기와 보기에도 군침이 도는 벌겋게 무쳐진 토끼 고기. 그리고 춘절 저자에서도 맛보지 못했던 죽엽청까지. 말 그대로 산중의 진수성찬이 그들을 맞이하고 있었다.

"난 아닌데? 오늘 온 종일 장작을 팼는데 이거 잡을 시간이 어디 있었겠냐?"

"이 친구는 오늘 나를 도와주느라고 사냥을 할 시간이 없었는데?"

장 의원이 강추를 가리키며 자신들이 잡은 것은 아니라 말하였다. 좌중의 시선이 모일 곳은 철웅밖에 없었다.

"뭐, 대단한 일이라고 그리 호들갑들입니까. 그냥 맛있게 먹으면 되지."

철웅의 말에 이것들을 잡은 사람이 그라는 것을 알 수 있었지만, 사람들의 눈은 쉽사리 수긍의 빛을 보이지 못하고 있었다. 사냥이야 그리 대수로운 것이 아니라 쳐도, 자신들의 앞에 놓인 진수성찬은 대수롭지 않게 넘어갈래야 넘어가기 힘든 것이었다.

"자네, 도대체 못하는 게 뭔가?"

"허허, 못 먹겠다는 타박이나 하지 마십시오."

철웅의 말마따나 사람들의 손이 심히 의심스럽다는 듯 조심스레 음식 위로 움직였다. 그리고……

"오오! 맛있다!"

영우의 외침을 시작으로 사람들의 손이 바삐 움직이기 시작했다. 며칠 전 잘못 먹은 음식 탓에 산대왕과 조우했던 일삼의 조심스러움도, 첫 번째 젓가락의 조심스러움을 두 번째 오감에서는 찾아볼 수가 없었다.

"정말 맛 좋군. 자네, 군영의 숙수였는가?"

"이 토끼 고기 좀 먹어봐요! 매콤한 게 아주 제대로예요!"

"꿩 고기에 뭘 넣은 겁니까? 정말 맛이 기가 막히군!"

사람들의 칭찬에 가만히 웃어 보이면서도 철웅의 손길은 부지런히 움직이고 있었다. 그리고 철웅이 부지런히 발라놓은 꿩 고기의 임자는 조용히 앉아 젓가락을 놀리는 소소였다.

"일삼, 술 한 잔씩 돌리게."

철웅의 허락에 내심 술통만 바라보고 있던 일삼의 입이 찢어지며 냉큼 술통과 술 국자를 집어 들었다.

"하하! 이런 좋은 음식에 술이 빠지면 안 되지요! 자, 장 대인부터 한 잔 받으시지요!"

"허허, 아닐세. 형님부터 올려 드리게."

철웅의 말에 장 의원과 철웅, 강추와 일삼, 영우의 순으로 잔이 채워지고 있었다. 꼴에 술맛은 아는지 술잔이 채워지기만을 기다리던 영우였지만, 냉큼 술잔을 들고 입으로 털어 넣으려던 손은 뒤통수를 후려갈긴 손에 놀라 움찔하며 멈출 수밖에 없었다.

따악!

“아야! 왜… 왜 그래요?”

억울하다는 듯 씨근덕거리는 영우에게 뒤통수를 후린 일삼이 인상을 쓰며 눈으로 철웅을 가리켰다. 영우가 고개를 돌리니 철웅이 웃으며 자신을 바라보고 있었다. 영우는 얼굴이 벌게지며 고개를 숙이곤 기어들어 가는 목소리로 말했다.

“죄송합니다…….”

“허허, 아닐세. 그냥 잠시만 참았다가 내 이야기를 듣고 난 후에 마음껏 들게.”

철웅의 목소리에 좌중의 시선이 모아지고 있었다. 철웅은 그들의 시선을 피하지 않고 하나하나 고개를 돌려가며 바라보고 있었다. 그들의 표정 하나 생김 하나 놓치지 않겠다는 듯 천천히, 그리고 잠잠해진 사람들을 바라보며 조용히 입을 열었다.

“우선 어찌 되었든 한솥밥을 먹게 되었으니 잘 지내보자는 말을 하고 싶었네. 알 만큼 알고 살 만큼 산 사람들이니 돌려 말하지 않겠네. 자네들은 화산파의 수인이네. 하나 나와 함께 있는 동안은 이미 말했듯이 나는 자네들을 수인이라 생각지 않겠네. 내가 돌보는 사람들이지 관리하거나 감시하는 사람이라 생각지 않겠다는 뜻이니 자네들도 그리 알아주었으면 하네.”

일삼과 강추의 고개가 살짝 숙여졌고, 술잔을 들고 있던 영우는 금방이라도 울음을 터뜨릴 듯한 표정이 되어버렸다.

“그리고 앞으로의 일 말인데… 역시 깊은 산중이라 장정 넷이 할 일은 그리 많지 않더구먼.”

“다섯일세. 허험.”

장 의원의 참견에 철웅이 가만히 웃으며 고개를 끄덕였다.

“예, 장정 다섯이지요. 허허.”

“여섯입니다. 흠.”

잠자코 있던 소아가 장 의원과 같은 표정으로 팔짱까지 끼며 철웅의 말에 참견했다.

“허허, 녀석. 네 키가 조금만 더 자란다면 너도 장정으로 쳐주마.”

“하하! 이놈! 조그마한 녀석이…….”

“하하!”

사람들의 웃음에 소아의 입이 한 자는 나왔지만, 철웅의 입이 열리자 좌중은 다시 잠잠해졌다.

“어찌 되었든 당장은 우리가 할 일이 없다네. 집도 지었고, 살아갈 양식도 풍족하고. 알다시피 대호를 판 은자도 넉넉하여 끼니를 걱정할 필요는 없어졌지만, 그렇다고 손 놓고 세월을 보내는 것은 내키지 않네.”

“그건… 저 역시도 마찬가집니다.”

일삼이 철웅의 말에 동감을 표시했고, 강추 역시 가만히 고개를 끄덕여 같은 마음임을 밝혔다.

“해서… 자네들의 생각을 듣고 싶네. 앞으로… 무엇을 했으면 좋겠는지.”

철웅의 말에 일삼과 강추는 서로의 얼굴을 바라보다 고민에 빠졌다.

장 의원이야 의원이니 산중의 약초를 캐는 것만으로도 앞으로 할 일이 차고 넘쳤다 말할 수 있었고, 소아나 소소는 아직 그런 것과는 거리를 두는 것이 좋았다. 남은 사람은 철웅과 일삼, 강추와 영우뿐이었는데 전장에서 세월을 다 보낸 철웅이었기에 강호의 경험과 세상살이에 노련한 그들에게 조언을 구하고 있는 것이었다.

"음… 저희야 수인의 신분이고, 화산을 떠날 수도 없는 입장이니 특별히 나무를 하거나 장 의원님을 따라 약초를 캐는 것 말고는… 화전도 방법 중의 하나지만, 이곳 화산에서 화전을 했다가는 도사들에게 요절이 날 겁니다."

일삼의 이야기에 강추와 영우마저도 피식 웃어버렸다. 하지만 그것이 현실이기에 기분이 씁쓸해지는 것은 어쩔 수 없었다. 한데 그들의 귀가 쫑긋 솟을 정도의 이야기가 들린 것은 일삼의 말이 끝난 직후였다.

"음… 만약 화산을 떠날 수 있다면?"

"……?!"

좌중의 눈이 철웅에게 향했지만, 철웅은 일삼만을 바라보고 있었다. 무언가를 숨겨놓고 그것을 기다리는 사람들의 조급함을 즐기는 사람과 같은 표정으로.

"그렇다면… 야 할 일은 산처럼 쌓였지요. 천하는… 넓으니까."

철웅의 표정에 설마 하면서도 혹시나 하는 마음에 일삼은 주저주저하면서도 철웅의 질문에 답하였다.

"자네들… 화산을 떠나도 되네."

아무 말도 할 수 없었다. 강추와 일삼, 영우는 물론 장 의원과 소아마저도 깜짝 놀라 철웅의 설명을 재촉하고 있었다.

"그게 무슨 말인가? 자세히 말해 보게."

장 의원 역시 강추와 며칠 다녀보니 제법 정이 들었나 보다. 워낙 말

수가 적고 이성적으로만 행동하려는 강추였지만, 장 의원 역시 짧은 시간이었지만 그가 괜찮은 사내라는 것을 알 수 있었다. 천성이 악한 자였다면 장 의원과 단둘이 약초를 캐러 다니게 철웅이 보고 있지만도 않았을 테지만.

의형의 재촉에 철웅은 가만히 웃으며 사정을 설명하기 시작했다.

"음… 말 그대롭니다. 화산을 떠나는 것을 막을 사람은 없습니다. 단, 저와 함께라는 단서가 붙긴 하지만요."

말뜻인즉, 그들의 모든 행동과 책임을 철웅에게 위임하였다는 말과 다름없었다. 대문파에서는 상상하기 힘들 만큼 파격적인 결정이었으며, 철웅의 말만 가지고는 쉽게 믿기 어려운 일이기도 하였다. 하지만 매화조령의 위력은 그것을 가능하게 해주었다. 그들의 무공 금제를 풀어주는 것을 포함하여, 직권으로 그들의 생사를 결정할 권한도 함께 일임받았다. 더 이상 화산에서 그들의 일에 관심을 두는 사람이 없었기에 가능한 일이었고, 무현 진인과 매화조령을 가진 철웅, 이 두 사람의 장로가 있었기에 가능한 일이었다.

강추와 영우는 믿을 수 없다는 표정으로 철웅을 바라보고 있었다. 하지만 일삼은 그들과는 달리 철웅의 말에 일말의 의심도 하지 않고 있었다.

'저 사람은 결코 허언을 할 사람이 아니지.'

일삼의 입가에 철웅의 그것과 닮은 미소가 번지고 있었다.

"그렇다면야 말씀드린 대로 할 일은 너무 많아 고르기 힘들 정도이지요. 일단 가장 손쉬운 것은 점포를 내는 것입니다."

"점포?"

“예. 장 의원님께서 의원이시니 화음에 의원을 내는 것입니다.”

일삼의 어투는 어느새 상하의 관계에서나 쓸 법한 것으로 바뀌어 있었다. 아직은 누구도 그런 변화를 눈치 채지 못하고 있었지만.

“의원이라… 그것도 좋은 방법이긴 한데, 나와 의제는 세상과 담을 쌓기 위해 산으로 들었는지라……”

“음… 그렇다면 그냥 약재를 판매하는 것도 한 방법입니다.”

철웅과 장 의원은 서로의 얼굴을 바라보았다. 약초를 구해 약재로 만든다면 당연히 약재를 팔기 위함이었지만, 일삼이 그런 것도 모르고 한 말이 아님을 알기에 궁금해하는 것이었다.

“천하에서 가장 약재를 많이 소모하는 곳이 어디라고 생각하십니까?”

일삼은 그들의 궁금증을 부채질하고 있었다. 천하에서 약재를 가장 많이 사용하는 곳, 그것은 천하에서 가장 많은 병자가 있는 곳이라는 말과 같은 말이었으니 철웅과 장 의원은 일삼이 말하는 그곳이 어디인지를 생각하고 있었다.

“그곳은 가장 많은 병자가 있는 곳이겠지. 물론 가장 많은 병자가 있는 곳은 전쟁터일 것이고. 하나 이미 전쟁은 끝이 났네.”

전쟁은 끝이 났다. 길었던 원의 잔존 세력과의 전쟁도 끝이 났고, 변방의 토벌도 잠잠해진 지 오래다. 장강 이남의 반역을 도모하던 호족들도 대부분 소탕되었고, 사천과 운남 지역의 분쟁 소식도 이제는 들리지 않았다. 군이 찾자면 동해의 왜구가 출몰하는 지역들이 떠오를 수 있겠지만, 그 정도의 분쟁은 어디에서나 찾을 수 있을 정도였으니.

“전쟁은 끝이 났지만… 강호의 분쟁도 작은 전쟁만큼이나 많은 병자를 만들어내지요."

일삼의 말에 강추와 영우는 가만히 고개를 끄덕이고 있었다. 보이지 않는 전쟁은 지금도 일어나고 있을 것이다. 자신들이 몸담았던 련도 대계를 준비한다는 소문이 무성했던 곳이었고, 그들이 아니더라도 천하 각지에서는 온갖 이권을 놓고 다투는 강호방파들의 다툼으로 하루에도 수십, 수백의 사상자가 속출하고 있었다.

"물론 강호 전체를 놓고 본다면야 그럴 수도 있겠지만, 지리적으로 본다면 그것은 천하 각지에서 일어나고 있는 분쟁. 발품을 팔며 약재를 팔기엔 무리가 있지 않을까? 더군다나 여기 있는 사람들이 약재를 모아봐야 한 해에 얼마나 모을 수 있겠는가?"

장 의원이 난색을 표명하자 일삼은 생각한 것이 있다는 듯 고개를 가로 저었다.

"장 의원님 말씀도 맞습니다. 천하에 약재가 나는 곳이 이곳 화산만 도 아니고, 저희가 모을 수 있는 약재에 한계가 있는 것도 사실입니다. 하지만 분쟁이 일어나는 몇몇 지역만 찾아간다 해도 저희 일거리로는 충분할 겁니다. 그리고 좋은 약재… 그러니까 금창과 같은 간단한 약이나 약재만 하더라도 분쟁이 일어나고 있는 곳에서는 그 값이 정신없이 뛰어오르지요. 장 의원께서도 뛰어난 의원이시니 사람들이 간단히 사용할 수 있는 금창환 정도만 만들어도 그들에게서 좋은 값을 받을 수 있습니다."

일삼은 정확하게 꼬집고 있었다. 돈을 벌기 위해 장사를 하자는 것이 아니었다. 돈을 벌 생각이었다면 저자에 잠시 내려가 의원에 약재만 넘겨도 될 일이었다. 하나 일삼의 말처럼 분쟁 지역을 찾아 약재를 판매하는 일이라면, 강호에 적을 둔 그들에게 딱 맞는 일일지도 몰랐다. 어차피 화산에서 그들이 할 일은 없다 해도 과언이 아니었으니.

"하나… 그러려면 철웅 이 친구도 자네들과 함께해야 할 터인데……."

장 의원은 여전히 마음에 들지 않는다는 표정으로 철웅을 바라보고 있었다. 사실 화산에 은거하기로 하였던 것은 자신보다 자신의 의제를 위함이 아니었던가? 세상의 삭막함을 피해… 전장의 악몽을 잊기 위해…….

"음……."

철웅 역시 고민하고 있는 눈치였다. 세상에 다시 나아가는 것도 탐탁지 않았을뿐더러, 비록 약재를 다룬다고는 하지만 물건을 파는 일 따위는 상상치도 못한 일이었다. 게다가 무림인과의 거래라니.

아무리 생각해도 무리가 따르는 일이었다. 찾다 보면 다른 일이 있을 것이라는 생각에 일삼의 이야기는 접어두기로 마음먹었다. 한데 그 순간 그의 뇌리에 새겨져 있던 사부의 한마디가 불쑥 그의 의식 위로 떠올랐다.

'간파세사… 세상 속에서 진리를 찾거라. 천리가 이끄는 대로… 흐르는 대로… 거스르지 말고…….'

철웅의 눈에 놀람의 빛이 잠시 일었다 사라졌다. 그리고……

"괜찮은 생각 같군. 저는 일삼이 말한 방법에 찬성입니다."

장 의원의 눈이 동그래졌다. 하지만 의제의 눈 속에서 다른 사람을 위한 배려가 아닌 자신의 의지라는 느낌을 받았다. 그가 스스로 마음의 벽을 허물었다면 기뻐해야 할 일이지 걱정할 일이 아니었다.

"그래? 자네가 그렇게 생각한다면야 나도 반대할 이유가 없지."

장 의원이 흡족하다는 듯 미소 지으며 고개를 끄덕였다.

"자네, 무턱대고 강호인들과의 거래를 이야기한 것은 아닐 거고. 자세한 이야기를 해보게."

철웅의 이야기에 일삼의 얼굴에 환한 웃음이 번졌다. 자신도 반신반의하며 꺼낸 말이었다. 말이야 고맙지만, 자신들은 수인. 저 사람이 가지 않겠다면 떼를 쓰지도 못할 입장이었다. 한데 저 사내는 흔쾌히 자신의 말을 받아주었다. 그때부터 시작한 일삼의 설명에 좌중의 고개가 절로 끄덕여졌다. 저 사람은 강호인이 아니라 상인으로 살았어야 할지도 모른다는 생각이 들 정도로…….

"보통 문파 간의 사소한 분쟁에서는 작게는 몇 명, 크게는 수십 명 정도의 사상자가 나오게 마련입니다. 그중 죽는 자는 열에 하나. 이런 곳은 거들떠볼 필요도 없습니다. 대개 인근의 의원에서 치료가 가능하니까요. 그보다는 제법 위세를 떨치고 있는 문파 간의 오래된 분쟁 지역을 찾아가는 편이 좋습니다. 어지간한 문파들은 스스로 상비약을 준비하고 있는 수가 많지만, 가랑비에 옷 젖는다고 그런 분쟁이 한 달 이상 지속될 경우 상비약만으로는 감당하기 힘든 경우가 많습니다. 거기에 효과가 좋은 금창약의 경우는 분쟁 지역이 아니라 하더라도 만에 하나를 대비해 넉넉히 구하려 하기에 필요가 없어도 구입하는 실정이니 분쟁 지역은 더 말할 나위도 없지요. 현재 눈에 띄는 분쟁 지역은 세 곳입니다. 하북과 안휘, 강서. 하북에 있는 구룡회와 청도관의 분쟁은 이미 육 개월 이상 지속되고 있는 상태입니다. 그들 문파의 실력이 비슷한 이유도 있지만, 그보다는 그들을 배

후에서 지원하고 있는 홍방과 하북팽가의 위세가 서로 비등하기 때문입니다."

"홍방? 팽가?"

강호의 실정을 잘 모르는 철웅의 반문에 일삼은 그들에 대해 소상히 아뢰기 시작했다.

"강북홍, 강남청이라고도 불리는 하오문입니다. 하오문이라 하면 어떤 특별한 문파를 지칭하는 것은 아니고, 성도나 제법 큰 규모의 도읍의 주루나 도박장 등의 이권을 노리고 자생된 조직들을 말합니다. 그중에 유명한 것이 이곳 섬서 서안의 흑주문, 호북 무창의 구룡회, 강소 소주의 청방과 북평의 홍방입니다. 하나 상계의 이권이나 노리고 사는 일반적인 하오문과는 달리 홍방과 청방은 제법 체계적인 무공도 가지고 있고, 개방에 비유될 정도로 그 수가 많기 때문에 명문이라 불리는 하북팽가도 쉽게 어쩌지 못하고 있는 실정이지요."

'북평… 왕야가 계신 곳…….'

철웅의 눈가에 아련한 무엇인가가 흘렀지만, 일삼의 이어진 설명에 다시 고개를 든 철웅의 눈가에서 그런 흔적은 찾을 수가 없었다.

"강서의 경우는 용호문이라는 중견 문파와 비슷한 크기의 장강수로채의 열여덟 채주 중 '포룡 익덕신' 이란 자가 이끄는 '와룡채' 가 근 삼 개월이 넘도록 포양호의 이권을 놓고 다투고 있습니다. 그리고 안휘의 경우는 황산의 남궁세가와 옥녀궁이라는 여인들로 구성된 문파가 서로 힘을 겨루고 있는데, 이들은 이권보다는 모종의 일로 다투는 것 같고… 그리 오래지 않아 분쟁이 끝날 듯싶습니다."

"어느 한쪽이 우위를 점하고 있는 것인가?"

"예. 아무래도… 남궁세가의 검은 여인들이 받아내기엔 매섭기 그지없죠."

철웅은 가만히 고개를 끄덕여 보였다. 남궁세가의 검이 매서운지 아닌지는 알 수 없었지만, 그도 남자였는지라 여인들로 구성된 문파와의 겨룸이라는 것만으로 일삼의 말에 수긍하는 눈치였다.

"그럼 하북과 강서 두 곳이 가장 유력한데… 어느 곳이 나을 것 같은가?"

철웅의 말에 일삼은 고민할 필요도 없다는 듯 말을 이었다.

"하북입니다. 거리도 그렇고, 포양호의 분쟁은 길어야 두 달입니다. 약재를 구하는 동안에 끝나 버릴지도 모르고요. 서둘러 약재와 약을 만든다면 하북에서 제법 재미를 볼 수 있을 겁니다."

철웅은 상인과 같은 일삼의 말에 웃으며 물었다.

"자네는 아무래도 상인의 길로 갈 것을 잘못 간 것 같네."

"허허, 상인의 길로 갔다면… 이곳에 있지도 못했겠지요."

철웅은 일삼의 말속에 사연이 들어 있음을 느꼈지만, 지금 이 자리에서 꺼내어 좋을 것이 없다 생각했기에 고개를 한 번 끄덕여 보이곤 화제를 돌렸다.

"형님, 약재와 약을 만드는 데 얼마나 걸리겠습니까?"

"흠. 글쎄, 일단 그렇게 하기로 하였으니 약재는 따로 사람을 조금 사야 할 듯싶네. 슬슬 눈도 녹기 시작했으니 한 한 달 정도 돌아다니면 어지간한 금창약 서너 상자는 족히 채울 수 있을 걸세."

철웅은 장 의원의 말과 일삼의 이야기를 정리하며 앞으로의 일정을 생각했다.

"결정을 하였으니 바로 해보도록 하지요. 형님은 내일부터 사람을 구해 약재를 구해주십시오. 그렇게 무리하실 필요는 없고, 쉬엄쉬엄 하십시오. 어차피 큰돈을 벌자고 하는 일도 아니니."

"허허, 그렇게 함세. 하지만 기왕 할 바에야 크게 하는 것이 좋겠지. 약재는 내가 알아서 준비할 터이니 아무 걱정 마시게."

"허허, 알겠습니다. 음… 강추 자네가 형님을 좀 도와주었으면 하네만."

"알겠습니다."

강추는 가만히 고개를 끄덕여 철웅의 말에 답했다.

"그리고 자네들도 당분간은 형님을 좀 도와드리게."

"그렇게 하지요."

"옙!"

일삼과 영우도 철웅의 말에 고개를 끄덕였다. 그렇게 제법 긴 이야기가 끝나고 철웅이 앞에 놓였던 술잔을 들어 올렸다. 모두 이야기에 정신을 팔고 있느라 목구멍에서 술 달라고 아우성치는 것도 느끼지 못하고 있다 철웅이 술잔을 들자 그제야 생각났다는 듯 자신들의 술잔을 번쩍 치켜 올렸다.

"앞으로… 잘 부탁하네."

철웅의 담담한 한마디에 좌중의 입가에 절로 미소가 지어지고 있었다. 다른 무슨 말이 필요할까. 좌중은 서로가 서로에게 잘 부탁한다는 말을 머리 속으로 떠올리고 있었다. 아직 완전히 신뢰할 수 있다 말하긴 힘들지 몰라도, 그들은 한솥밥을 먹는 사이였다. 그리고……

"저도… 잘 부탁합니다."

강추의 담담한 인사와 함께 사람들은 손에 들었던 술잔을 들었다. 그들은 그 뜨거운 액체를 목구멍으로 넘기며 또 한 장의 신뢰를 쌓아 가고 있었다.

강추와 일삼, 영우는 자신들의 목으로 넘어간 술이 달다 느끼고 있었다.

오늘은 그들이 가야 할 십 년에서 벌써 십여 일이나 지나 버린 어느 날이었다.

第二十六章
권절(拳絕)
언상(彦霜)

  화산이 본래의 푸르름을 되찾으려면 아직도 한두 달은 족히 기다려야 하건만, 남천궁의 달 그림자 사이에 서 있던 재희에게 머물다 간 매화의 향기는 그녀가 그리던 봄이 그리 멀지 않았음을 말해 주고 있었다.

  사군자의 하나로, 또한 대화산파의 상징으로 화산의 여기저기에 군락을 이루며 산재해 있던 매화들이 앞 다투어 꽃잎을 피워 올린 것이 겨우 사나흘 전이다. 아직 녹지 않은 눈이 적잖이 쌓여 있는 화산이었지만, 양광에도 녹지 않던 가지 위의 눈을 밀치며 피어난 매화의 붉고 하얀 잎사귀를 보면 세한삼우(歲寒三友) 설중매(雪中梅)라는 말이 절로 떠오르게 된다. 대나무, 소나무와 함께 동장군의 서릿발을 견뎌내는 세 지우(知友). 도교일문 화산파의 긍지와 자부심을 표현하기에 매화만큼이나 어울리는 나무도 없었다.

"무엇을 그리 생각하고 있느냐?"

재희는 자신의 뒤에서 들린 목소리에 깜짝 놀라 황급히 뒤돌아섰다.

"사, 사부님."

"쯧쯧. 또 그자 생각을 하고 있었더냐?"

"……."

재희는 아무 말도 하지 못했다. 아니라 말해도 탓할 이 없으련만, 그녀는 자신의 사부에게 거짓을 고하지 못했다. 사부에 대한 불경 때문이라기보다는 자신이 생각하고 있던 그에 대한 불경이라 생각하였기에……

"휴……."

청상 진인은 가만히 고개를 가로저으며 한숨을 내쉬었다. 자신의 미련한 제자가 도인의 길을 걷지 않으리라는 것은 알고 있었지만, 막상 정해에 빠져 허우적대는 모습을 보니 사부된 입장에서는 답답하기만 한 노릇이었다.

"홍이, 령이와 함께 내일 아침까지 나에게 오너라. 내 긴히 너희에게 시킬 일이 있으니."

"예……."

청상 진인은 재희의 대답도 듣지 않고 바람이 일 만큼 몸을 돌려 자신의 거처로 향했다. 그런 사부가 야속하기도 하였지만, 재희 역시 도문에서 십오 년을 지냈다. 사부가 왜 그리 차갑게 대하는지 모를 만큼 건성으로 수련하지도 않았다. 그럼에도 자신을 친딸처럼 살갑게 대하던 사부의 갑작스런 변화에 야속한 마음이 드는 것은 어쩔 수 없었다.

벌써 두 달째 금족령이었다. 남천궁 안에서 흘려보낸 두 달이 지난 십오 년의 세월보다도 길게만 느껴졌다. 그녀 역시 자신을 옭아맨 듯한 시간의 더딤이 무엇 때문인지 알고 있었다.

'그저… 멀리서 바라볼 수만 있다면……'

재희의 눈이 향해 있던 그곳에서 보일 듯 말 듯 흔들리던 불빛이 사라지고 있었다. 아마도 늦은 시간까지 무엇인가를 생각하던 그가 잠에 들려는 것이겠지. 연화봉의 서쪽, 재희의 시선이 한참이나 불빛이 사라진 그곳에 멈추어 서 있었다. 그리고 이내 체념한 듯 발길을 돌려 자신의 방으로 사라질 때까지 어둠 속에서 그녀를 바라보던 청상 진인 역시 고정된 시선을 움직이지 않고 있었다.

'불쌍한 것……'

청상 진인의 한숨에 남천궁의 바닥이 꺼지길 기다려도 될 듯싶었다. 두 달간 그녀에게 바깥출입을 못하게 하였다. 몸이 멀어지면 마음도 멀어지는 법. 자신의 제자는 사부의 말을 감히 거역하지 못했다. 한편으론 대견스럽기도 하였지만, 그녀의 말 못할 괴로움에 안쓰러움이 안타까움으로 변할 정도였다. 두 달이라는 시간 동안 그녀를 남천궁이란 새장 속에 가두어두었다. 이제는 그 작은 새가 그리워하는 그도 산을 내려가 그녀가 산을 내려가지 않는 한 그를 볼 일은 없을 것이라 생각했다. 그리고 그렇게 지내다 보면 언젠가는 잊힐 것이라 생각하였다. 자신도 그렇게 잊었으니까.

'너는… 그가 흘린 작은 불빛을 보면서도 그를 그리워하는구나……'

사부이기 이전에 자신도 여인이었다. 이미 출가한 지 삼십 년이 넘어 환갑을 바라보는 자신이었지만, 자신의 제자가 겪고 있는 아픔이 어떤 것인지 모를 만큼 그녀의 마음이 굳어 있지는 않았다.

'내가 어찌 너를 탓할 수 있을까…….여인의 마음이란 아이나 어른이나 나 같은 할망구나 모두 똑같은 것을…….'

정녕 누가 들으면 비웃음을 사기에 딱 좋은 이야기였지만, 자신 역시 아직도 누군가를 지워가고 있는 중이었다. 어쩌면 지워간다 자신을 설득하면서, 더욱 깊이 새기고 있는 중인지도…….

'하나 너를 그에게 보낼 수만도 없는 나를 이해해다오. 네가 그에게서 무엇을 보았는지는 모르겠다만… 아직 너를 보내기엔, 이 사부는 확신이 서질 않는구나.'

청상 진인은 재희가 사라진 자리를 바라보다 이내 고개를 돌렸다. 내일이면 모든 것이 조금 나아질 것이다. 자신의 제자가 밤마다 화산의 한곳을 보며 눈물 글썽이지 않아도 될 것이고, 자신 역시 그런 제자의 모습에 가슴 아파하지 않아도 될 것이다.

'잠시 떠나는 것도… 누군가를 잊기에 좋은 방법 중 하나지…….'

＊　　　　＊　　　　＊

연왕부의 정문이 열렸다. 가히 일성이라 불려도 좋을 만큼 연왕부의 외벽은 높고 두텁기 그지없었다. 열려진 정문으로 한 대의 마차가 들고 있었다.

"과연 연왕의 위세가 북평에서만큼은 황상을 능가한다는 것을 인정하지 않을 수 없구먼."

　대역무도한 말이었지만, 마양수의 말을 듣고 있던 사람은 그의 충복이자 지우인 권절 언상뿐이었다.

　"연왕부에 상주하고 있는 병사가 오천뿐이라 했던가?"

　"예. 그렇게 들었습니다."

　마양수의 눈은 마차를 스치는 병사들을 하나하나 놓치지 않고 있었다. 창을 들고 서 있는 모습하며 그들의 눈빛 하나하나까지.

　"과연 정예라 할 만하군. 하나 오천의 병사만으로 이 넓은 왕부를 경계하기에는 무리라 생각되는군."

　"천하에 연왕부를 향해 칼을 뽑을 수 있는 자는 없습니다. 만에 하나 연왕부에 불꽃이 인다면, 하루가 지나기도 전에 산해관의 정병 오만을 비롯해서 장북(張北)과 위장(圍場)의 휘하 정병까지 근 십만에 이르는 대군이 북평을 향해 달려올 것입니다."

　"과연… 하나 그들은 장성을 지키는 황상의 명을 받드는 자들이 아닌가?"

　언상은 보일 듯 말 듯한 미소를 지으며 자신의 상관에게 말했다.

　"북평에서는 그가 황제입니다……."

　마양수는 언상의 이야기에 가만히 고개를 끄덕였다. 연왕부의 위세를 보니 그의 이야기가 허언만은 아닐 듯도 싶었다. 그리고 자신이 늦지 않게 이곳을 찾은 것이기를 바랐다.

　마차가 움직임을 멈춘 곳은 보기에도 웅장해 보이는 한 전각 앞에서였다. 하늘을 뒤덮을 듯 넓게 펼쳐진 붉은색의 처마가 보는 이로 하여금 절로 어깨가 움츠러들게 하고 있었다.

"아미타불. 어서 오십시오."

마양수의 눈에 이채가 어렸다. 연왕이 평소 번거로운 격식을 싫어하는지라 사람을 만나는 데 있어 허례를 삼가토록 한다는 것은 익히 들어 알고 있었다. 그리고 그 증거로 왕궁의 간소한 접견실로 자신을 불러들여 만나고자 한 것이리라. 하나 마양수의 눈에 이채가 어린 것은 그런 일련의 조치가 아닌 자신을 찾아온 노승을 보고난 후였다.

'신승 도연……'

마양수와는 구면이었다. 몇 해 전이었던가, 그가 황제의 곁을 떠나 연왕의 북벌을 돕겠다고 떠나기 전, 응천부에서 몇 번인가 마주친 적이 있었다. 그와 특별한 기억은 없었다. 응천부에 있을 때에도 이렇다 할 두각을 나타낸 적이 없었고, 자신과도 사담 한 번 나눈 적이 없는 사람이었다. 하지만 그럼에도 불구하고 자신의 기억에 그는 또렷이 남아 있었다.

'알 수 없는 자.'

마양수는 가만히 일어나 자신에게 합장하는 노승에게 평례를 하였다. 어찌 되었든 자신은 정 황후의 동생이 아닌 도찰원의 좌도어사의 신분으로 온 것이니, 연왕의 군사 자격으로 있는 그에게 합당한 예를 취해야 했다.

"오랜만입니다."

"좌도어사께서는 신수가 더욱 헌양해지셨습니다."

"왕야께서는 출타 중이십니까?"

마양수의 말에 도연은 가볍게 웃으며 합장을 풀었다.

"다른 분과 선약이 있으셔서… 잠시만 기다리시면 당도하실 것입니다.”

마양수는 고개를 끄덕였다. 조카뻘인 연왕으로서는 숙부인 자신의 체면을 크게 보아준 것이었다. 자신이 기다리는 동안 자신의 군사나 다름없는 신승 도연을 보내어주었으니 귀빈을 맞이하는 예나 다름없었다.

“한데 이 먼 북평까지 어인 일로……?”

“음… 그저 북평을 지나던 중 문안 인사나 올릴까 싶어 들른 것이니 너무 신경 쓰지 않으셔도 됩니다.”

도연의 고개가 끄덕여지고 있었지만, 그의 내심까지 그랬던 것은 아니었다.

‘응천부의 문제가 제법 심각하겠지. 아직 어린 황태손을 보위에 올리기 위해선 왕야의 의중이 어떠한지 알 필요도 있을 것이고.’

도연과 마양수가 이런 저런 사담을 나누는 사이, 마양수의 뒤에 목석처럼 서 있던 언상은 주변의 공기가 많이 탁해졌음을 느낄 수 있었다.

‘은밀히 숨어 있는 자가 여덟, 하나같이 관부의 정병이라 보기 어려운 무위를 지닌 자들이다. 연왕부의 손님 맞이가 이런 것을 보니, 심심치 않게 사단이 있었나 보구나.’

언상의 판단은 정확했다. 근래 들어 보이지 않는 암습 시도가 여러 차례 있었다. 어디에서 보내는 자객인지는 불을 보듯 뻔한 일이었지만, 연왕의 입장에서는 대놓고 그들의 배후를 캐기도 어려웠다. 응천부에서는 자신의 책을 잡기 위해 호시탐탐 기회만 노리고 있는 실정이었으니, 만에 하나 일이 커진다면 도리어 정치적 역공을 당할 수도 있었기에 화를 삭이며 훗날을 도모하는 수밖에 없었다.

"오래들 기다리셨소."

접견실의 문이 열리며 한 사람이 들어섰고, 마양수와 도연이 자리에서 일어나 예를 취했다.

"신, 도찰원 좌도어사 마양수가 왕야를 뵈옵니다."

"일어나시오."

마양수와 언상이 자리에서 일어나자 연왕이 웃으며 상석에 앉았다. 마양수가 자리에 앉자 도연이 연왕의 뒤에 섰고, 언상이 마양수의 뒤로 가 시립했다.

"그래, 마 숙부께서 어쩐 일로 이 먼 북평까지 오신 게요? 혹시 어머님께서 내가 잘 있는지 보고 오라고 하십디까?"

거침없는 말투. 과연 연왕은 다른 왕부의 왕야들과는 그 모든 것이 달랐다. 호방한 성격과 거친 언행, 그리고 그 모든 것이 어색하지 않을 남아의 당당함까지. 마양수는 자신의 앞에 있는 사내가 십여 년 전 보았던 그 철부지가 아님을 인정해야 했다.

"아닙니다. 그저 북평에 볼일이 있어 들렀다가……."

"허허, 그런 사탕발림은 응천부에서나 쓰는 말이오. 이곳 연왕부에서 그렇게 두 번 세 번 말을 돌렸다가는 아무도 마 숙의 말을 알아듣지 못해 고개를 돌려 버리고 말 것이오. 안 그렇소?"

연왕의 반문에 도연은 가만히 웃어 보였다. 잠시 웃음으로 흐르던 분위기가 연왕의 한마디에 싸늘히 식어가고 있었다.

"황상께서 내가 칼을 뽑을 것인지, 거둘 것인지 알아보고 오라하더이까?"

“…….”

마양수는 연왕의 눈을 피하지 않고 있었다. 무엇을 알고자 했음인가? 마양수는 연왕의 눈을 바라보며 조용히 말했다.

“황상께서 보내신 것은 아니지만… 왕야의 짐작은 틀리지 않습니다.”

“……!!”

연왕은 자신의 실책을 인정했다. 대화를 하는데 있어 대부분의 사람에게 가장 큰 효용을 보았던 방법이 바로 정공법이다. 그 자신의 왕야라는 위치도 그렇거니와 누구 앞에서도 당당함을 잃지 않으려는 천성 탓에 사람들은 그 위세에 질려 한 수 접을 수밖에 없었던 것이다.

한데 이번에는 상대가 조금 달랐다. 금위위와는 달리 황상의 친족까지도 자신들의 범위 안에 넣는 도찰원이었고, 그곳의 좌도어사이며, 자신의 외숙이기도 한 이 사람은 자신의 정공법을 충분히 맞받아칠 수 있는 위치의 인물이었다. 하나 연왕은 미소 짓고 있었다.

“나에게… 역심이 있는지를 물어보는 것입니까?”

“…그렇습니다.”

방 안의 공기가 심하게 요동치고 있었다.

역모.

천하에서 가장 무서운 말을 꼽으라면 열이면 열, 이 역모라는 말을 꼽을 것이다. 역모는 결코 용서되지 않는 대죄였다. 죄를 지은 그 하나가 죽는 것으로 끝나는 것이 아니다. 역모를 꾀한 자는 구족을 멸한다. 아버지의 일족 사대와 어머니의 일족 삼대, 아내의 일족 이대를 합하여 구족이다. 말 그대로 씨 하나 남기지 않고 모조리 참수한다. 예외도 없고 구제도 없다. 황족이라 하여도… 황제의 아들이라 하여도…….

"만약 내가 역모를 꾀하고 있다면?"

"황상께 고해야 하겠지요."

연왕의 입가에 걸린 미소가 살짝 뒤틀렸다. 재미있다는 듯, 가소롭다는 듯.

"내가 그대들을 보내지 않겠다면?"

"……."

마양수는 대답하지 않았다. 연왕의 미소는 더욱 짙어지고 있었다. 오랜만에 재미있는 일을 보았다는 듯, 그는 이 상황을 즐기고 있는 듯 보였다. 하지만……

"좌도어사께서 가고자 하신다면…… 제가 길을 만듭니다."

연왕의 시선이 마양수의 어깨 너머로 향했다. 그는 사내의 존재를 인지하지 않고 있었다. 어쩌면 인지하고자 의도하였더라도 사내의 잠잠한 기도에 쉽게 잊어버렸는지도 모른다. 하지만 이제는 그가 보였다. 그의 입이 열리는 순간, 그의 기도가 조금 달라졌다 느껴지는 순간.

"그대는 누구인가?"

"좌도어사를 수행하는 도찰원 감찰어사입니다."

언상은 연왕의 부름에 무릎도 꿇지 않고 있었다. 연왕의 눈매가 살짝 올라갔다.

"정칠품 감찰어사 따위가 왕의 부름에 무릎도 꿇지 않는다? 아니지, 그보다는 그대가 길을 만들 것이라 했는가?"

"예."

언상의 눈과 연왕의 눈이 허공에서 마주쳤다. 연왕의 눈빛이 조금 풀어졌다. 그리고 재미있다는 표정을 지우지 않은 채 등을 의자 깊숙이 파묻었다. 그리고……

"좌도어사를… 제압해라."

연왕의 말이 떨어지는 순간, 접견실의 곳곳에서 전광석화 같은 빛무리가 뿜어져 나왔다. 어느 것은 천장의 구석에서, 어느 것은 병풍의 뒤에서, 어느 것은 기둥의 어둠 속에서. 여덟 가닥의 검세가 마양수의 목전까지 이른 것은 말 그대로 눈 깜짝할 사이였다. 하나 그들의 검세가 경쾌한 검명을 울리며 튕겨져 나간 것 또한 순식간에 벌어진 일이었다.

타다다다당!

길을 만들겠다 호언장담했던 사내의 주먹이 천장으로 솟구쳤다. 한데 천장에서 떨어지던 검을 향해 내뻗었던 주먹이 검과 닿기도 전에 회수되며 좌우로 쇄도하는 검을 향해 뻗어갔다. 좌우로 내뻗은 주먹역시 검과 조우하지도 않고 다시 움직여 상단과 하단을 노리며 들어오던 네 자루의 검과 마주쳐 갔다.

그 순간 믿기지 않게도 상단을 노리며 들어오던 검을 향해 주먹을 뻗을 무렵 천장에서 떨어지던 검이 검명을 울리며 튕겨져 나갔고, 하단의 검과 주먹이 마주칠 때가 되어서야 좌우로 쇄도하던 검이 경쾌한 소리를 내며 튕겨져 나갔다. 상단과 하단의 네 자루 검이 튕겨져 나갈때, 주먹을 내지르던 사내는 이미 모든 동작을 추스르며 마양수의 뒤에 시립하고 있었다.

연왕은 부릅뜬 눈으로 자신의 앞에서 벌어진 일을 지켜보고 있었다. 자신의 명령을 받고 마양수를 제압하려던 은자팔영(隱者八影)은 자신이 손수 초빙한 무림의 고수들이었다. 그들의 무위는 누구보다 자신이 가장 잘 알고 있었기에 단 한 번의 공방만으로 여덟 자루의 검을 튕겨낸 눈앞의 사내가 얼마나 대단한 자인지 알 수 있었다. 여덟 명의 검수는 재빨리 다음 공격을 하기 위해 자세를 잡고 있었으나, 연왕의 손이 들리는 것을 보고는 급히 연왕의 좌우로 내려섰다.

"그대는… 누구인가?"

"도찰원 정칠품 감찰어사… 언상이라고 합니다."

"언상?"

연왕의 눈에 의혹이 일었지만, 등 뒤에 시립해 있던 여덟 명의 검수가 흘린 침음성에 놀랄 수밖에 없었다.

"언상이라면……?"

"권절……."

연왕의 귀에 권절이라는 두 글자가 또렷이 박혔다. 그의 대인관계가 얼마나 넓은지는 이미 천하가 다 아는 사실이었고, 그의 그런 대인관계에 강호인이라 하여 빠질 이유가 없었다. 적지 않은 강호인들과도 친교를 맺고 있던 연왕이었으니 강호의 독보십절에 대한 이야기를 듣지 못했을 리 없었다.

"그대가… 권절 언상이란 말인가?"

"그렇습니다."

마양수의 입가에 작은 미소가 걸렸다. 연왕의 놀라는 얼굴을 보며 파안대소를 하고픈 마음이 굴뚝같았지만, 연왕을 비웃을 수는 없었기에 득의의 미소를 짓는 것으로 만족하고 있었다. 마양수와는 달리 연왕과 도연의 얼굴에는 놀람이 지워질 줄 모르고 있었다. 하나 두 사람의 생각은 확연히 달랐다.

'설마 전하의 꼬투리를 잡기 위해 일부러 그랬던 것인가? 만약 이 일을 역모를 시인한 것으로 간주하고, 권절을 이용하여 전하를 제압하기라도 한다면 정녕 낭패를 당하게 된다. 서둘러 병사들과 고수들을 불러들여야 한다.'

'과연 독보십절의 위명은 허언이 아니구나. 저들 은자팔영만 하더라도 어렵게 초빙한 강호의 내로라하는 문파의 고수들이다. 한데 저들을 단 일 수만에 물리치다니……. 검과 직접 닿지도 않고 튕겨내는 저 수법은 무엇이란 말인가? 게다가 검명이라니…….'

연왕의 눈에는 작은 희열의 빛마저 보이고 있었다. 그 역시 전장의 장수였으며, 강호를 동경하는 한 사람의 무인이었다. 강한 자를 보았을 때, 강한 무공을 보았을 때 경외와 호승심이 이는 것은 어찌 보면 당연한 일일지도 몰랐다.

"대단하구나… 정녕 대단하구나. 내 일찍이 독보십절의 위명을 귀가 따갑도록 들었지만, 내가 지금껏 들었던 독보십절의 이야기는 껍데기에 불과한 것이었구나. 정녕 대단하구나."

연왕의 찬사에 어리둥절해진 것은 마양수와 언상이었다. 방금 전까지 자신들을 제압하라 명령했던 그였건만 무슨 생각으로 자신의 무공을 칭찬하고 나서는 것인가?

'일이 커지기 전에 무마하려 하는 것인가?'

마양수의 머리 속에 잠시 그런 생각이 들었지만, 이내 머리를 털어 그런 생각을 지웠다.

'연왕은 그 정도의 그릇이 아니다. 차라리 역모를 시인하고 웅천부와 자웅을 겨루었으면 겨루었지, 입이나 막자고 자신을 찾아온 사람을 죽일 위인은 아니다.'

마양수의 눈이 연왕에게 향했다. 연왕 역시 언상에게 향했던 눈을 돌려 마양수의 눈과 마주했다.

"정녕 부럽소, 외숙. 나도 저런 이와 인연이 닿았다면……."

부러움. 연왕은 자신을 부러워하고 있었다. 북평의 왕이며, 천하에 두려울 것이 없다는 그가 자신을 부러워하고 있었다. 왠지 모를 뿌듯함이 가슴을 가득 채워주고 있었다.

"허험. 왕야께서는 아직 제 질문에 답해 주지 않으셨습니다."

마양수의 말에 연왕은 잠시 무슨 소리를 하는 것이냐는 표정을 짓더니 이내 무릎을 치곤 웃어 젖혔다.

"음? 아! 하하하하. 외숙, 아니, 좌도어사. 정녕 내가 내 입으로 말해야 믿겠소? 그걸 원한다면 확실히 말해 주리다. 역모 따위는 꿈도 꾸지 않고 있으니 걱정하지 말고 편히 침소에 드시라 황상께 전해주시오. 나 역시 황상만큼이나 천하의 안녕을 바라는 사람이오. 이미 북평에 온 지 십칠 년이 지났고, 오 년 전 장성을 넘은 이후 하루도 편히 잠을 이룬 날이 없었소. 그리고 이제야 겨우 사람처럼 살아갈 수 있게 되었소. 다른 형님들처럼… 왕처럼……. 가서 아버님께 전해주시오. 내가 바라는 건 높은 자리가 아니라 편한 자리라는 것을. 그리고 내가 편한 만큼 백성들도 편하길 바란다는 것을……."

마양수는 연왕의 눈에서 눈을 떼지 않고 있었다. 그리고 가만히 고개를 끄덕였다.

"왕야의 뜻이 어떤 것인지… 잘 알겠습니다."

"알아주니 고맙소. 한데 이거 왠지 죄짓고 심문을 당하는 기분이오? 하하하."

연왕의 농에 마양수는 가만히 미소 지어 보였다. 그가 원하는 대답을 들었다. 아니, 그가 원하는 대답은 듣지 못했지만, 그가 어떻게 변했는지는 잘 알았다. 그는 그것을 알아보기 위해 북평을 찾았던 것이다.

'만약 당신이 천하에 마음이 있었다면… 나는 이 자리에서 당신의 편에 섰을지도 모르오. 하나 그랬다면… 당신은 절반짜리 마양수를 얻게 될 뿐이었을 것이오. 하지만 당신이 어떤 사람인지 확실히 알았으니… 되었소.'

마양수가 자리에서 일어나자 연왕이 의아한 듯 물었다.

"아니, 며칠 묵어갈 생각 아니셨소?"

"허허, 도찰원의 인물은 어디 가서 밥 한 끼 얻어먹어도 눈치가 보이는 법입니다."

마양수의 말에 연왕은 가만히 고개를 끄덕여 보였다. 황족과 고관대작들의 비리를 캐내는, 감찰이라는 일을 업으로 삼는 그가 누군가에게 대접을 받는다면 그 누가 보아도 스스로의 권위가 바로 서지 않을 것이다. 충분히 이해할 수 있는 답이었다.

"그리 말하니 잡지도 못하겠구려."

"마음만 받도록 하겠습니다."

가만히 예를 올리는 마양수를 바라보며 연왕은 고개를 끄덕였다. 그리고 예가 끝나자 조용히, 아주 점잖게 언상에게 말을 걸었다.

"험. 내가 자네에게 실수를 한 것 같네. 내 성격이 원래 그런 것이니 맘 상해하지 않았으면 하네."

생각지도 않았던 연왕의 사과에 언상은 이채를 띠며 고개를 숙였다.

"소신의 마음에는 아무런 앙금도 남아 있지 않으니 심려치 마옵소서."

"흠. 그렇다면 다행이고. 한데… 험험, 혹 나중에라도 도찰원이 좁다 느껴진다면……."

연왕의 은근한 추파에 언상은 대례를 올렸다.

"신 정칠품 도찰원 감찰어사 언상, 물러가도록 하겠습니다."

너무나 단호한 언상의 거절에 무안할 만도 하련만 연왕은 껄껄 웃으며 언상에게 말했다.

"과연 권절. 천하에 주먹으로 적수가 없다는 그대에게 대례를 받는 것만으로도 만족하겠네."

마양수와 언상의 뒷모습을 바라보던 연왕의 눈에 진한 아쉬움이 남아 있었다. 그런 연왕의 곁으로 다가온 도연이 조심스레 입을 열었다.

"전하……."

"음? 무슨 일인가?"

"정녕 천하에는 관심이 없으신 것입니까?"

연왕의 고개가 도연에게 향했다.

"그대도 내가 천하의 패권을 다투었으면 좋겠소? 어린 조카와?"

도연은 아무 말도 없었다. 하지만 연왕은 그가 대답을 기다리고 있음을 알고 있었다.

“후. 천하는… 분명 꿈꿔볼 만한 것이오. 하지만 수천, 수만 백성의 통곡을 밟으면서까지 얻고 싶은 마음은 없다오.”

도연은 가만히 고개를 조아리곤 한 발 뒤로 물렀다. 하나 그에게 중요한 것은 연왕의 마음이 아니었다. 연왕의 생각이었다.

‘황태손이 황제의 위에 오르는 순간 천하는 피에 잠길 것입니다. 그리고 그들의 마지막 화살은 왕야에게로 향할 것입니다. 그때… 그때에도 천하를 위한 왕야의 생각은 변함이 없으셔야 합니다. 백성의 통곡을 모른 척 지나치셔선 안 됩니다.’

도연의 눈이 멀어져 가는 마차로 향했다. 그들이 응천부로 돌아가 어떤 말을 전하게 될지는 알 수 없었지만, 신승의 느낌은 비온 뒤 갠 북평의 하늘처럼 기분 좋은 느낌이었다.

第二十七章
내공입문(內功入門)

철웅의 시선이 머문 곳은
사부가 남긴 첫 번째 서책의 첫 장이었다

"소림으로 가거라."

청상 진인의 나직한 명에 재희의 몸이 부르르 떨렸다. 나란히 앉아 있던 종홍(宗弘)과 종령(宗怜) 두 사저 역시 사부의 명에 의아하다는 듯 되물었다.

"소림에는 무슨 일로……?"

평소 바깥출입이 잦지 않은 남천궁파였다. 강호로 나갈 일도 거의 없었을 뿐더러, 섬서를 벗어나는 일은 몇 해 만에 한 번 있을까 말까 한 일이었기에 두 여도사의 의문은 당연한 것이었다.

"그제 소림에서 전서가 도착했다. 그곳에 먼저 간 천주궁파 상현 진인께서 법술에 능한 아이가 몇 필요하다는 전갈을 보내었기에 너희를 보내려 하는 것이다."

"환자인가요?"

조용히 반문한 사람은 청상 진인의 대제자인 종홍이었다. 여인으로서는 보기 드문 큰 키에, 법술과 무공 양 방면에 모두 능통하여 청상 진인이 점찍은 남천궁파 차기 장문인이었다. 미모 또한 출중하여 화산파 내에서는 나란히 앉아 있던 종령과 함께 화산이화(華山二花)로 불리는 여인이었다. 물론 사람들에게 재희의 존재가 널리 알려졌다면, 분명 화산삼화(華山三花)라 불렸을 테지만.

"그런 것 같다. 어디 사는 누구인지는 써 있지 않았지만, 아무래도 법술의 도움이 필요한 사람 같더구나. 이번 부탁 또한 상현 진인에게서 전갈을 받은 것이긴 하지만, 아무래도 소림의 입김이 크게 작용했던 것 같다."

"소림에서요? 정신이 상한 환자라면 소림의 불심으로도, 본 파의 법술만큼이나 효험을 볼 수 있다 하던데……."

종령의 옆에 앉아 있던 종홍이 고개를 갸우뚱하며 의문을 표시했다. 도교와 마찬가지로 불교 역시 수많은 중생들을 구제하는 데 앞장서 왔었고, 현재의 소림에 이르러 그 성세가 최고조에 달했다 말할 수 있을 정도로 소림이 천하불문에서 차지하는 위치는 지고한 것이었다.

구백여 년 전 북위(北魏)의 효문제(孝文帝)가 창건하였고, 달마(達磨)가 구 년을 면벽하여 역근과 세수라는 불문의 두 가르침을 남긴 이후, 소림의 행보는 곧 천하 무림의 행보였다. 역근과 세수에서 파생된 칠십이종절예로 대변되는 소림의 무학은 무림의 태산북두 자리를 소림에게 안겨다 주었고, 무림에서의 위치만큼이나 천하 불교의 성지로서의 위상도 함께 높아갔다. 그런 소림의 불법 역시 도교의 법술만큼이나 병자의 치료에 효험이 있다 알려져 있었기에 종홍이 의문을 표시한 것이었다.

"글쎄다… 나 역시 그 점을 이상히 여기지 않은 것은 아니지만, 상현 진인이 다 생각이 있어 전서를 보낸 것이겠지. 어쩌면 환자가 소림의 법술로도 효험을 보지 못했거나 여인일 수도 있겠구나. 비구가 없는 소림이니 함부로 하지 못할 수도 있고."

청상 진인은 대수롭지 않게 여기는 모양이었다. 단지 상현 진인의 부탁이니 앞뒤 사정 가리지 않고 청을 수락한 것인지도 몰랐다. 그 사람의 부탁이라면 자신에게 직접 오라 하였어도 흔쾌히 수락했을지 모른다.

"한데… 사매도 함께 가는 것입니까?"

종홍이 조금 난처하다는 듯 청상 진인에게 물었다. 그녀를 꺼리는 것은 아니었지만 아직 화산의 산문을 벗어나 본 적이 없는 재희였고, 이런 일에는 늘 논외로 두었던 아이였다. 하나 종령이나 종홍을 비롯한 남천궁파의 여제자들은 그런 재희를 시기하거나 질투하지 않았다. 그런 값싼 감정으로 재희를 바라보려면 면사 사이로 흐르는 그녀의 괴로움을 먼저 보아야 했기에, 시기와 질투는 어느새 동정과 연민으로 바뀌어 버리곤 했다. 그러하였기에 사부의 조치가 남천궁파 인물들에겐 특별할 것도, 새삼스러울 것도 없는 일이었다. 오죽하면 화산파 내에서도 야행만을 허락하였을까. 그녀의 미모를 질투하기엔 그 대가로 채워진 족쇄가 너무나 무거워 보였다. 한데 그런 불문율(不文律)을 깨고 사부는 그녀의 외출을 허락하려 하고 있었다. 다시 한 번 물어도 이상치 않을 일이었다.

“재희도 함께 가거라.”

어떤 부언이나 설명도 없었다. 하나 너무나 단호한 어조였기에 종홍으로서는 다시 묻기도 어려운 상황이었다.

‘사부님… 이렇게까지 하셔야 합니까?’

재희의 눈은 감겨 있었다. 자신이 왜 소림으로 가야 하는지 아는 사람은 아마 청상 진인과 자신뿐이리라. 사부는 결국 그를 허락하지 않았다.

‘다 너를 위한 것이다.’

청상 진인의 눈도 감겨 있었다. 그녀로서는 최선의 선택이었고, 유일한 선택이었다.

종령은 여인 특유의 직감으로 두 사람 사이에 흐르는 기류를 민감하게 감지하고 있었다. 속사정은 알 수 없었지만, 분명 무언가 의도가 숨겨진 결정이었다.

‘사매에게… 무슨 일이 있었구나.’

종령의 눈이 잠시 재희에게 머물다가 이내 제자리로 돌아왔다. 이곳은 그런 것을 물을 자리도 아니었고, 기다린다고 답을 얻을 수 있는 자리도 아니었다.

“그럼 언제 출발할까요?”

종령의 물음에 청상 진인이 감았던 눈을 뜨며 말했다.

“내일 떠나도록 해라. 먼 길이니 준비를 철저히 하도록 하고. 시급한 일은 아니나 늦장을 부릴 일도 아닌 듯하니, 화음에서 마차를 구해 가도록 하거라.”

“마차를요? 하지만…….”

종홍이 반문하려 하였지만, 종령이 눈치를 주자 열었던 입을 급히 닫았다. 도사가 마차를 타는 것이 이치에 맞지 않는 일이란 것을 모를 종령이 아니었으나 그것이 누구를 위한 결정인지 짐작할 수 있었기에 사부의 명에도 아무 말 하지 않았다.

'벌 떼처럼 꼬이는 사내들 사이를 헤쳐 나가느니, 은자를 들어서라도 마차를 구하는 편이 낫겠지요.'

"그럼… 이만 물러가도록 하겠습니다."

인사를 올리며 종령이 일어서자 종홍이 엉거주춤 따라 일어섰고, 재희 역시 자신들의 사저를 따라 힘겹게 몸을 일으켰다.

제자들이 모두 나가자 그제야 청상 진인의 입에서 참았던 한숨이 터져 나왔다.

"휴우. 사람의 일이란 것이 이런 것이 아님을 알지만… 너에게 지금 필요한 것이 시간이란 것을 알기에 어쩔 수가 없구나. 당장은 힘들지 몰라도… 그것이 다 너를 위함이니……."

청상 진인은 자신의 결정을 후회하지 않았다. 재희가 도인의 운명을 타고나지 않았다는 것은 이미 알고 있었다. 자신의 제자가 그 사내와 혼인하여 자신을 떠난다 하여도 자신은 그리 놀라지 않을 것이다. 하나 지금은 아니었다. 삶이란 한순간 요동치는 마음이 전부가 아님을 알고 있었고, 도인이 상투를 풀고 환속하는 것이 그런 격렬한 감정만으로 이루어져서는 안 된다 생각하는 청상 진인이었다.

'오래… 너의 마음에 후회가 일지 않으리란 확신이 선 다음에도 늦지 않다.'

청상 진인은 자신의 선택이 최선이라 믿고 있었다. 하지만 그녀의 믿음 한편에선 그녀의 결정을 비웃는 목소리가 있었다.

'너는 그 아이에게 필요한 시간이 얼마만큼인지 알고 있느냐?'

'결코 후회하지 않을 만큼……'

'너처럼 모든 시간을 다 허비하고 난 후에?'

'……'

'청상아, 청상아… 이 안타까운 것아. 그 아이도 너처럼 때를 놓쳐 평생 그리워만 하다 죽게 만들 셈이냐?'

'…지금은 이게 최선이다.'

청상 진인의 입에서 나직한 도호가 흘러나와 텅 빈 공간을 채우고 있었다. 마음을 굳건히 하고 번뇌를 씻어 내린다는 호심경(護心經)이었으나, 청상 진인의 마음에 든 번뇌는 쉽사리 씻겨 내려가지 않았다.

제자를 걱정하는 마음도, 누군가에 대한 그리움도……

*　　　　　*　　　　　*

방을 밝히고 있던 유등이 보이지도 않는 문틈으로 스며든 바람에 잠시 휘청였다. 불꽃의 휘청임에 방 안에 있던 모든 것이 덩달아 중심을 잃고 말았다. 하지만 방 안의 집기들이 진저리를 치든, 자신의 머리가 좌우로 흔들리든 벽에 등을 기대고 누운 철웅의 눈은 작은 요동조차 없었다. 이미 손에 책을 든 지 두 시진이나 흘렀건만, 단단히 움켜쥔 손에서 책을 놓을 기미도 보이지 않았다.

너에게 이 심득을 남기는 것은 천리를 따른 것이지만, 이 심득에 내 정혈을 쏟아 부은 것은 너에게 닥칠 일들이 결코 순탄치 않음을 알기 때문이니라.

철웅의 시선이 머문 곳은 사부가 남긴 첫 번째 서책의 첫 장이었다.

원이 망하고 명이 세워지기까지 천기의 이동은 하루에도 열두 번씩 그 흐름을 달리했었다. 하나 천기의 큰 흐름은 장강의 물결처럼 그 가고자 하는 길을 명확히 하였는바, 대명제국이 건국됨은 새로울 것이 없는 일이었다. 본시 속세의 일에 무관심하였던 나이기에 대명이 건국된 이후 천기를 짚는 일조차 드물게 되었다.

한데 나의 천명이 다함을 깨닫고, 선계로 오를 날을 꼽을 수 있게 되어 세상의 마지막 인연인 셈치고 천리를 짚어보던 중 이전에는 볼 수 없었던 천기가 읽혀짐을 깨닫고 내가 볼 수 없었던 세세한 것들을 읽게 되었다. 그 천기 중에 너와의 인연이 이어져 있음을 알았고, 너에게 천리를 남기는 것이 나의 천명이라는 것도 알게 되었다.

너에게 닥칠 일이 어떤 것인지 말해 주지 못함을 안타깝게 여기나 내가 굳이 천기를 누설하지 않아도 너라면 모든 일을 잘 헤쳐 나갈 것이라 믿기에 크게 걱정하지 않으마. 너에게 내가 남길 것이라 봐야, 인세에 머물며 깨달은 몇 가지 잡술과 너에게 필요하다 생각되는 몇 가지 지식뿐이지만 천명의 여부를 떠나 너에게 나의 심득을 남길 수 있음을 고맙게 생각하고 있다.

너에게 내가 누군지 밝히지 않았음을 섭섭해하지 말거라. 사문은 있으나 나의 가르침을 받은 사람은 없다. 내 사문 역시 이미 화산에서 그 모습을 감춘 지 오래고, 당금 천하에서 송(宋)의 백성인 나의 이름을 기억하는 이 중 백골이 되지 않은 이가 없을 것이다. 이미 잊힌 이름이고 소용도 없는 이름이었느니라.

마지막으로 당부하는 것은 모든 일을 너의 뜻대로 행하라는 것이다. 순리가 되었든, 역리가 되었든 네가 판단하여 옳다 여겨지는 길로 가거라. 순리를 행한다 하여 모두 옳게 되는 것도 아니요, 역리를 취한다 하여 모두 그르게 되는 것도 아니다. 너를 믿기에 두 번 당부하지 않으마. 네가 가야 할 길은 험난한 가시밭길이다. 하나 너는 그곳에서도 능히 길을 찾을 수 있으리라 믿는다. 그저… 옳다 여겨지는 것을 행하거라.

천기가 흐려 너의 앞날을 보지 못하고 떠남이 통탄스러울 뿐이다…….

벌써 열 번도 넘게 읽은 첫 장이었다. 철웅은 열 번도 넘게 입가에 미소를 짓고 있었다. 마치 연서라도 되는 양 철웅을 아끼는 사부의 구구절절한 마음이 묻어 나오는 글이었다.

'나의 뜻대로… 당신께 배운 대로…….'

철웅은 조심스레 한 장을 넘겼다. 어지러운 글귀들과 인체의 도해, 경혈의 명칭과 세세한 내용들이 상세히 적혀 있었다.

이것은 흐름을 그려놓은 것이다. 무엇을 흘려야 할지는 모르겠지만…….

철웅은 사부가 남긴 인체의 도해를 보며, 그 옆에 깨알같이 써진 설명들을 읽고 있었다.

숨은 장흡(長吸)과 단호(短呼)를 기본으로 하며, 들이마신 숨을 아랫배에 가두고, 그 안에 담긴 기운을 녹여 혈을 따라 일주(一週)시켜 단전으로 보내는 것이 첫 번째이다.

철웅은 몸을 바로 하고 도해에 그려진 대로 가부좌를 튼 다음 길게 호흡을 들이마셨다가 한참이 지나고 나서야 숨을 내쉬었다. 그렇게 몇 번을 하다가 놓았던 책을 다시 들었다.

"거참, 숨이야 평생 쉬었던 것이니 어려울 것이 없지만, 들이마신 숨에서 기운을 녹인다는 말은 도통 무슨 말인지 이해하기 힘들구나."

철웅은 다시 한 장을 넘겼다. 깨알같이 쓰인 글 중 철웅의 눈을 잡아끈 구절이 있었다.

…처음 토납을 행하면 쉽게 기운을 느끼지 못할 것이다. 아직은 형을 보지 않으면 믿음을 가질 수 없을 것이나 이는 사람으로서 당연한 것이다. 하나 눈에 보이는 것만을 믿는 것은 마음의 나약함이요, 보이지 않는 것마저도 믿을 수 있어야 진정 마음의 굳건함을 얻었다 말할 수 있을 것이다. …중략… 처음 무공을 시작하는 경우 사부된 자가 제자에게 기운을 느끼게 해주어 제자의 마음에 믿음을 주는 것이 일반적인 상례이다. 너에게는 내가 남긴 단환이 그것을 대신해 줄 것이니, 단환을 삼키고 반 각 정도 지난 후 뱃속에 열기가 느껴지면, 그 열기를 도해에 그려진 경락의 흐름대로

이끌도록 하거라. 단지 주의할 것은 기운을 이끄는 도중 절대 입을 열어서는 안 된다는 것이다. 굳이 설명하지 않아도 되겠지만, 입을 열면 열려진 입을 통해 모든 기운이 순식간에 빠져나가 버리니, 사부가 어렵게 만든 단환이 무용지물이 되어버림을 명심하도록 하거라. …중략… 흐름을 이끌기 위해선 일체의 잡념이 섞이지 않은 순수한 집중이 필요하다. 기운을 이끄는 것은 결국 마음. 마음의 동요가 있거나 잡념이 있다면 네 몸 안에 일었던 기운이 녹아들지 못하고 뱃속을 헤매다 결국 나가는 호흡을 따라 공기 중으로 사라져 버릴 것이다.

철웅은 한 켠에 놓여 있던 하얀색 자기 병을 들어 한 알의 단환을 꺼내었다. 하얀 유지에 쌓여 있는 단환을 보던 철웅이 잠시 무엇인가를 고민하더니 자리에서 일어나 자신의 방문을 걸어 잠갔다.

'이것은 분명 기운을 북돋아주는 약일 것이다. 만약 마음에 동요가 있어 낭비해 버린다면 사부님을 뵐 면목이 없게 될 것이다. 마음… 마음의 안정이 우선이다.'

철웅은 가만히 가부좌를 틀었다. 그리고 자신이 해야 할 일을 천천히 정리하고 있었다. 도해에 그려진 혈의 위치와 흐름. 짧지 않은 시간이 흐른 다음에야 철웅은 단환의 유지를 벗겨내었다. 보기와는 달리 새까만 단환에서는 아무런 냄새도 나지 않았다. 철웅은 말없이 단환을 바라보다 한순간 미련없이 단환을 삼켜 버렸다. 그리고 조심스레 사부의 가르침대로 호흡하기 시작했다.

'기운이 느껴지기 전까지 마음의 안정을 유지해야 한다……'

철웅의 몸에는 아직 아무런 변화가 없었다. 방 안의 낌새가 수상했는지, 문틈으로 드나들던 바람마저 문밖에서 눈치만 보고 있었다. 그런 철웅의 눈이 불현듯 크게 떠졌다.

'크윽!'

철웅은 자신의 뱃속에서 갑작스레 피어오른 타는 듯한 열기에 놀라 하마터면 입을 열어 고함을 지를 뻔했다.

<u>으드득.</u>

철웅의 이 갈리는 소리가 조용한 방 안에 울려 퍼졌지만, 철웅은 입을 열지 않았다.

'기운이 느껴지는 정도가 아니라… 아예 뱃속을 녹여 버릴 것 같다.'

철웅의 이마에서 식은땀이 흐르고 있었다. 뱃속에서 일던 열기는 철웅의 고통을 즐기는 듯 맹렬히 휘젓고 있었다. 하지만 그것은 고약한 열기의 오판이었다.

'음… 고약한 사부 같으니……'

철웅의 정신은 점차 또렷해지고 있었다. 뱃속을 지지는 듯한 열기였지만, 철웅에게 고통은 그리 큰 의미가 되지 못하였다.

'철시가… 박혔던 것만큼이나… 고통스럽긴 하지만…… 후후.'

철웅의 입가엔 작은 미소마저 보였다.

'이것인가, 기운이라는 것이? 좋아, 어디 한 번……'

철웅은 두 눈을 내리 감았다. 눈을 감자 뱃속에서 요동치는 열기가 더욱 확연히 다가오는 듯했다. 그는 조심스레 그것들을 조율하기 시작했다. 어디서부터 시작해야 할지, 어느 곳부터 건드려 봐야 할지 모를 일이었지만 철웅은 끈질기게 시도하고 있었다.

'숨이 조금씩 가빠온다. 서두르지 않으면……'

마음의 집중이 조급함으로 인해 조금 흔들렸다. 하지만 철웅은 그런 마음의 동요를 서둘러 추스르고 있었다.

'아니다……. 서두르지 말자. 아직은… 버틸 만하다……'

철웅은 계속해서 뱃속의 열기를 한곳으로 보내기 위해 애썼다. 그리고……

'움, 움직이는 것인가?!'

열기가 자신의 정신에 반응하였다. 분명 그가 원했던 방향으로 열기가 꿈틀거렸다. 철웅의 입가에 지어졌던 미소가 더욱 짙어졌다.

'자, 그곳을 따라가는 것이다. 그곳을 따라……'

철웅의 정신이 한곳으로 모아지고 있었다. 지금 이 순간 철웅에게 이성과 감성의 구분 따윈 존재하지 않았다. 마음의 집중, 그리고 집중에 대한 반응과 희열. 철웅의 집중은 그 세기를 더하고 있었다.

'으음… 명문(命門)을 지나 신도(神道)에 닿았다……. 크윽!!'

철웅의 얼굴이 일그러지며 고개가 살짝 쳐들렸다. 마음을 따라 흐르던 기운이 머리 부분에 있던 뇌호혈(腦戶穴)과 백회혈(百會穴)을 지나자 참을 수 없는 고통이 밀려왔기 때문이다. 하지만 머리가 깨질 듯한 고통에도 철웅은 정신을 놓지 않았다. 아니, 오히려 고통이 그의 정신을 더욱 맑게 해주고 있었다.

'조금만… 더… 옥당(玉堂)을 지나…… 거궐(巨闕)이다……'

명치 부근의 옥당혈과 거궐혈을 지나자 참을 수 없던 고통이 조금은 가시는 듯했다. 그리고……

'……되었다. ……흐름이 ……완성되었다.'

철웅은 입도 열지 못한 채 한숨지었다. 너무나 강맹한 기운이었기에 조금만 정신을 놓쳤다면 전신 세맥으로 폭주하여 버렸을지도 모르는 위험한 순간이었지만, 정작 철웅 자신은 그런 상황에 대해 전혀 알지 못하고 있었다. 단지 사부가 말한 대로 되니 신기하기도 하고, 다행스럽기도 하고.

'한 번만… 더 해보자……'

그가 느꼈던 고통에 비한다면 너무나 순식간에 일어난 일이었다. 철웅은 두 번을 더 행한 후에야 담아두었던 숨을 내쉬었다.

"휴우우……."

철웅의 어깨는 땀으로 흠뻑 젖어 있었다. 하지만 그의 얼굴에 걸린 미소는 만족이었다.

"아찔하군. 무림인들이 이런 고통을 겪으니 그리도 강한 것이겠지……."

철웅은 자신이 겪은 일이 일반적인 무림인이라면 평생 겪지 못할 일이란 것을 알지 못했다. 만약 저자에 나가 단환을 먹고 단 한 번에 일주천이 가능했다라고 말한다면 백이면 백 거짓말쟁이라 손가락질을 할 터였지만, 그런 것을 알 리 없는 철웅이니 새삼 무림 사람들은 독한 사람들이라 생각될 뿐이었다.

"사부님이 한 달에 한 번씩만 하라고 한 이유를 알겠군. 매일 이런 고통을 겪어야 한다면, 죄송스럽지만 내공을 쌓는 일 따위는 그만두고 싶어질 거 같다."

철웅은 이마에 맺힌 땀을 닦아내곤 다시금 사부가 남긴 책을 집어 들었다. 사부가 남긴 책에는 참으로 재미있고, 흥미로운 일이 가득했다. 사부의 말에 따르자면, 이런 식으로 일 년만 지난다면 강호인이 십 년을 수련한 것과 같은 효과를 보게 될 것이라고 했다. 철웅은 그것에 감사하고 있었다. 남들의 십 년 수련을 단환을 먹는 것만으로 일 년 안에 따라잡을 수 있게 되었으니, 참으로 감사한 노릇이 아닐 수 없었다.

하지만 철웅은 모르고 있었다. 내공을 쌓는 것이 시간만 가지고 되는 일이 아님을. 일 년 후, 그의 모습이 진인과 철웅이 생각하던 것과는 많은 차이가 있게 될 것임을……

물론 철웅은 이제 한걸음을 내디뎠을 뿐이었다.

＊　　　　＊　　　　＊

철웅의 방에 불이 꺼졌다. 이미 축시(丑時:새벽 1시～3시)가 지난 시각이었기에 작은 산짐승의 움직임마저 사라진 지 오래였다. 아마 철웅이 살고 있는 모옥 앞에 서 있던 그림자만이 화산에서 움직이는 유일한 생명일 듯싶었다.

'장 대인……'

월광에 밀린 재희의 그림자가 철웅의 방문 앞까지 닿아 있었다. 하지만 고되었던 내공 수련에 지쳐 깊은 잠에 빠진 철웅은 그런 그녀의 방문을 알아채지 못하였다.

'장 대인……'

재희의 얼굴을 가린 면사가 조용히 벗겨지고 있었다. 월광 아래 드러난 그녀의 모습에 잠자코 지켜보고 있던 화산도 숨을 죽였다.

‘장… 가가(哥哥)……’

기어코 참았던 눈물 한 방울이 땅으로 떨어져 내렸다. 입술을 깨물고 있는 재희의 얼굴에 참을 수 없는 슬픔이 밀려들고 있었지만, 굳게 쥔 두 주먹은 그런 그녀에게 아무 말도 하지 말라 타이르고 있었다.

‘부디… 건강하세요……’

잠시일 것이라 자신을 타이르고 있었다. 그저 잠시… 한 며칠, 한 몇 달이면 다시 돌아올 일이라 자신을 타이르고 있었다. 그럼에도 북받치는 서러움은 참을 길이 없었다.

사부는 자신과 철웅의 만남을 반대하고 있었다. 자신에게 내려진 저주가 어떤 것인지 모르진 않았지만, 그런 사부에게 드는 야속함 역시 쉽게 떨쳐 낼 수 없었다. 하지만 누가 뭐래도 그녀는 자신의 사부였다. 십오 년을 길러준 부모와도 같은 분이었다. 제 마음만을 좇아 그분의 뜻을 거역하기엔, 십오 년이란 세월의 무게가 가볍지 않았다. 그녀는 자신의 사부였으며 어미였기에…….

‘……’

재희의 몸이 아래로 꺼지며 철웅이 잠들어 있던 방을 향해 대례를 올리고 있었다. 너무나 조심스러운 그 모습에 간간히 일던 바람조차 감히 스치지 못했다. 재희의 옷이 바닥에 쓸리며 떠나는 마음을 남기고 있었지만, 그녀가 떠나면 시샘난 바람이 그 흔적마저도 지워 버리리라. 재희의 눈에서 흐르던 눈물이 멎었다. 그리고 지워진 눈물 대신, 그녀의 얼굴엔 마주 바라보기 힘들 만큼 환한 미소가 피어오르고 있었다.

‘다시… 돌아오겠습니다…… 가가.’

재희의 신형이 꺼지듯 사라졌다. 그녀는 마음을 남기고 떠났다. 그 마음을 받아줄 사람은 깊은 잠에 빠져 있었지만, 그녀는 아랑곳하지 않고 자신의 마음을 남기고 떠났다. 보아도 상관없다는 듯, 보지 않아도 상관없다는 듯…….

하나 누구도 알아채지 못한 듯했던 그녀의 모습을 바라보던 한 쌍의 눈이 있었다. 그리고 그녀가 떠나간 자리에 그 눈의 주인이 조용히 다가와 섰다.

'당신은… 역시 그분을 사랑하고 있었군요.'

그녀의 흔적을 지우고자 나서려던 바람이 다시금 나무 뒤로 몸을 숨겼다. 빼꼼히 고개를 내밀어보니 그녀가 떠났던 자리에 서 있던 것은, 하얀 옷자락을 나부끼는 한 소녀였다.

'당신의 마음… 알 수 있어요. 얼마나 간절한지… 얼마나 애틋한지…….'

소녀는 고개를 들어 그녀가 사라진 곳을 말없이 응시했다.

'…하지만 어쩌죠? 그 사람이 필요한 건… 당신만이 아닌데…….'

소녀는 말없이 몸을 돌려 자신의 방으로 향했다. 한 걸음 한 걸음이 조금은 지쳐 보이는 듯했다.

'나도… 그 사람이 필요해요…….'

작은 소음을 내며 열렸던 방문이 닫혔다. 철웅이 잠든 방과 나란히 붙어 있던 작은 방. 내일이면 아무 일 없다는 듯 일어나 언제나처럼 말없이 철웅을 바라볼 그녀가 잠든 방이었다.

*　　　*　　　*

“전서?”

“예.”

한수는 청년이 가져온 한 장의 서찰을 보곤 의아하다는 표정을 지었다. 평소 자신에게 연락을 취할 사람이라 봐야 자신의 노예 패와 아버지인 련주뿐이었고, 자신이 북평에 있다는 사실을 알고 있는 사람은 련주뿐이었다. 하지만 서찰에 찍힌 봉인은 련주의 표식이 아니었다.

'혈작(血雀)?'

서찰 위에 찍혀 있던 공작의 표식은 련의 좌사(左仕)인 혈공작 적유의 표식이었다. 련주의 바로 아래 서열에 위치한 좌우쌍사 중 대계를 주도하는 군사와도 같은 자로, 련의 실세 중의 실세이기도 하였다.

'후훗, 혈작이 나에게 전서를 다 보내다니, 대계에 문제라도 생긴 것인가?'

한수는 대수롭지 않다는 표정으로 서찰을 뜯고는 서찰을 읽어 내려가기 시작했다. 평범하기 그지없는 내용이었다. 단순한 안부와 무엇인지 언급되지 않은 어떤 일에 대한 무운을 빈다는… 하지만 한수의 눈빛은 서찰을 읽는 내내 시시각각 변하고 있었다.

실혼(失魂)… 탈출… 소림… 필(必)… 사(死)…….

련에서만 통용되는 흑화였다. 내용을 조합해 보던 한수의 미간이 심하게 좁혀지고 있었다.

“얼간이들 같으니……. 그깟 실혼인 따위를 놓쳤기로 나에게 전서를 보내?"

한수는 일의 중대함보다는 이런 일의 처리를 자신에게 부탁한 혈작에게 화를 내고 있었다. 하나 분노했던 눈동자는 어느새 차갑게 가라앉았고, 마저 읽지 않았던 서찰의 마지막까지 다시 읽어 내려가고 있었다.

"…정말 한심하기 이를 데 없는 자들이다. 도대체 얼마나 감시를 소홀히 하였기에 제혼대법으로 혼이 제압되었던 자가 탈출할 수 있단 말이냐?"

한수는 보기도 싫다는 듯 서찰을 내팽개쳐 버렸다. 옆에 시립해 있던 청년이 조심스레 서찰을 집어 들어 다시 곱게 폈다.

"흑화 정도는 읽을 수 있겠지? 너도 한 번 읽어봐라. 총단에 앉아 노닥거리기나 하는 늙은이들이 벌인 일을……."

청년은 꼼꼼히 서찰을 읽어 내려가기 시작했고 이내 펼쳤던 서찰을 다시 접었다.

"정녕 가관이지 않은가?"

"…하지만 이것이 사실이라면 대계에 차질이 생길 만한 큰일입니다."

한수는 아무 말이 없었다. 그리고 왜 그 사실을 모르겠는가. 다만 그런 일을 자신에게 떠넘긴 혈작의 괘씸한 처사에 분통이 터지는 것이고, 자신이 그 일을 처리하기에 가장 적당한 인물이라는 사실에 분개하고 있는 것이었다. 십중팔구 아버지의 허락이 떨어졌을 게다. 혈작, 그 늙은 여우가 생각없이 련의 소련주인 자신에게 이런 명을 내리진 않았을 테니.

‘경험이 어쩌구 하면서 아버지께 꼬리를 흔들어댔겠지.’

총단에서의 결정이 어떤 식으로 났을지 눈에 선했다. 하지만 무슨 생각을 했는지 입가에 미소까지 띠며 자리에서 벌떡 일어나는 한수였다.

“원한다면… 해주도록 하지. 소림이라……. 재미있겠어. 하하하하!”

갑작스런 한수의 변화에 청년은 감히 마주 보지 못하고 고개를 조아렸다.

‘휴. 떠난다니 다행이다…….’

청년은 한시라도 빨리 한수가 떠나기를 바라고 있었다. 바로 쳐다보지도 못할 만큼 높은 상관을 모시고 있는 일은 분명 고역이었으니. 청년은 한수가 떠나면 곧바로 처리해야 할 일들을 생각했다. 그리고 한수의 입에서 흘러나온 독백 따위는 그가 떠난 후 곱씹어도 상관없다는 듯 숙였던 고개를 들지 않았다.

“…그대가 원하는 대로 해주겠다. 일단은……. 하지만 그대가 원하는 것만큼 조용히 일을 처리할 수 있을지는 모르겠다. 나는… 그대들이 생각하는 대로, 아직 강호의 경험이 많이 부족하니까. 하하하하!”

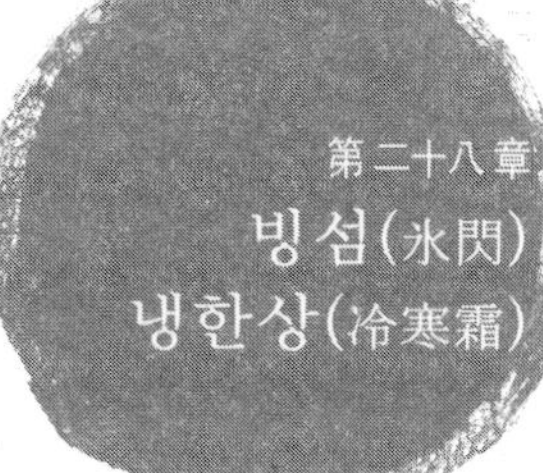
第二十八章
빙섬(氷閃)
냉한상(冷寒霜)

빙섬 냉한상
氷閃 冷寒箱

세상에 거지가 없는 곳은 없다. 전란의 시절에도, 태평성대에도 거지는 언제나 존재해 왔다. 천하의 고도 낙양이라 해서 거지가 없는 것은 아니다. 오히려 낙양과 같은 고도일수록 거지의 수가 더욱 많다. 풍족한 식탁에 파리가 더욱 꼬이는 법이니까. 하나 하천의 석교 밑이나 무너져 가는 공자묘가 아닌, 낙양성을 가로지르는 대로상에서 거지를 보는 것은 쉽지 않은 일이다. 지금 대로를 걷고 있는 두 명의 거지처럼.

"분타주님, 너무 멀리 온 것 같은데요?"

"……."

똥푸대라는 거지의 투덜거림에도 두주개는 눈길 한 번 주지 않았다. 무창을 떠난 지 보름. 이미 똥푸대의 투덜거림에는 많이 익숙해져 버렸다.

'거참, 생각했던 것보다 쉽지 않구나. 이미 하남성에 발을 들인지도 보름. 하남 개봉 분타의 철두개를 닦달하여 얻은 정보에는 무창의 그 장원을 사들인 자가 사용한 전표가 이곳 낙양의 은성전장의 것이라 했다. 하나 은성전장에 들러보니 그들도 전표를 발행해 준 자를 기억하지 못하고 있었다. 전장의 장주가 기억을 못하고 있으니 더 이상 알아낼 방법은 없지만……'

오천 냥이나 되는 거액의 전표를 발행해 놓고는 그것이 누구에게 발행된 것인지 기억하지 못한다 하는 것도 분명 이상한 일이다. 하지만 그들이 자신을 속이고 있다는 느낌은 받지 못했다. 말 그대로 전혀 기억을 못하고 있을 뿐.

'냄새가 나, 냄새가……'

두주개의 인상이 찌푸려졌다. 똥푸대의 뱃속에서 들린 배곯는 소리가 아니었다면 생각만 하다 끼니를 놓쳤을지도 모른다.

꼬르륵.

"분타주님……."

"쩝, 알았다."

수하의 배곯는 소리를 무시한다면 개방도로서의 기본적인 소양을 의심해 봐야 한다. 그렇다고 대개방의 분타주나 되는 자가 아무 곳에서나 구걸을 할 수도 없는 노릇. 두주개는 낙양에서 얼굴을 들이밀어도 좋은 곳을 생각하기 시작했다.

'음, 낙양까지 왔으니 그의 얼굴이나 보고 갈까나?'

두주개의 기억에 문득 떠오른 한 사람이 있었다. 그라면 오랜만에 찾아온 거지 친우를 박대하진 않으리란 생각에 두주개의 걸음이 빨라졌다. 다행히 그가 걷고 있던 낙양 대로에서 그는 그리 멀지 않은 곳에 있었기에 일각 정도 걸음을 옮기자 목적했던 곳에 다다를 수 있었다.

"에? 분타주님, 여기다 거적 깔려고요?"

똥푸대는 어이없다는 듯 고개를 들어 두주개의 발걸음이 멈춘 그곳을 올려다보았다. 담장의 기와 여기저기에 이빨이 빠져 한눈에 보기에도 허물어져 내리기 직전처럼 보이는, 한 허름한 장원이었다. 오가는 사람도 없거니와 구걸을 해도 찬밥 한 덩어리 제대로 얻어먹을 수 있을까 싶은 그런 장원.

"왜? 여기서 구걸하면 안 되냐?"

"쩝, 거지가 그런 거 구별하면 거지가 아니죠. 히히."

똥푸대는 누런 이를 드러내 웃어 보이며 허리춤에 매어 있던 거적을 풀려 했다. 하지만 두주개는 그런 수하를 만류했다.

"야, 아서라. 그냥 따라와."

두주개는 똥푸대를 만류한 뒤 성큼 문을 열고 그곳으로 들어섰다. 똥푸대는 잠시 머뭇거리다가 고개를 한 번 갸우뚱하곤 두주개의 뒤를 따랐다. 장원의 문은 열려 있었다. 장원 이곳저곳에 이름 모를 잡풀들이 길게 자라나 있었고, 장원의 안채를 받치고 있는 대들보 역시 까맣게 때가 타 사람이 사는 집이 맞는지조차 의심스러울 지경이었다.

"분타주님……."

똥푸대가 조심스레 입을 열어 두주개를 불렀다. 하지만 두주개는 제일 아니라는 듯 걸음을 멈추지 않다가 안채 앞에 다다라서야 걸음을 멈추고 외쳤다.

"냉가(冷哥)야! 형님 왔다! 어디 있느냐?!"

두주개의 외침이 장원을 쓸고 지나갔지만, 장원 어디에서도 그의 부름에 답하는 이가 없었다. 똥푸대는 폐가가 분명한 장원에 들어와 웬 귀신놀음인가 싶어 바짝 긴장하고 있었다. 그런 똥푸대가 어느새 등 뒤로 다가온 목소리에 움찔 놀라 다급히 고개를 돌렸다.

"술거지, 네놈이 여기까진 웬일이냐?"

한 겹 서리가 내린 듯한 냉랭한 목소리, 두주개의 얼굴에 살짝 미소가 걸렸다.

"크크, 죽지 않고 살아 있었구나."

두주개의 앞에 나타난 사내. 보기에 민망할 정도로 비쩍 마른 체구에, 광대뼈가 두드러진 하얀 피부의 사내였다. 단지 깊숙이 패인 두 눈에서 뿌려지는 한광만이 사내가 예사롭지 않은 자라는 것을 말해 주고 있었다.

"내가 죽었으면, 장례라도 치러주려 왔느냐?"

"크크, 냉가야. 당연한 소리를 또 하는구나. 그럼 천하에 나 말고 네놈 장례를 치러줄 사람이 또 어디 있겠느냐."

두주개의 말에 처음으로 냉가 사내의 얼굴에 감정이라 부를 만한 것이 떠올랐다. 비웃음 같기도 한 얇은 미소였지만, 두주개는 이 미소야말로 사내가 표현할 수 있는 가장 큰 반가움의 표시란 것을 알고 있었다.

"거지가 왔으니 찬밥이나 한 덩이 먹여서 내쫓아야겠구나."

"크크, 이놈아, 내가 언제 밥 동냥하는 거 보았느냐? 숨겨둔 술이나

한 동이 꺼내오너라."

냉가 사내는 말없이 몸을 돌려 안채의 뒤편으로 사라졌다. 두주개 역시 사내의 뒤를 따라 움직였고, 똥푸대 역시 그런 두주개의 뒤를 따르고 있었다.

겉에서 보기와는 달리 안채의 뒤편에 있던 별채는 제법 단정하게 가꾸어져 있었다. 물론 길게 자란 풀이 없고 금방 무너질 것처럼 보이지 않는다는 것이지, 온기가 느껴지거나 하지는 않았다.

"들어와라."

별채에서 목소리가 들렸고, 두주개와 똥푸대는 그 목소리를 따라 걸음을 옮겼다. 냉가 사내가 있던 곳은 별채의 한 내실이었다. 냉가 사내가 꺼내고 있는 것은 말린 육포 몇 조각과 한 동이의 술이었다.

"캬~! 이십 년은 족히 묵은 후아주로구나! 낙양에서 후아주를 맛볼 수 있는 거지는 아마 나뿐일 것이다. 크하하."

두주개의 입이 귀밑에 걸렸다. 평소에도 술을 좋아해 두주개라 불리는 그였으니, 방 안 가득 향을 채울 만큼 잘 익은 후아주를 보고 눈이 뒤집히지 않을 수 없었다.

"낙양까진 무슨 일로 왔느냐?"

"캬! 엉? 아, 뭘 좀 찾느라고."

주인의 허락도 없이 후아주 한 잔을 들이키던 두주개가 냉가 사내의 물음에 건성으로 답했다. 하지만 냉가 사내의 두 번째 질문에는 들고 있던 후아주를 입으로 가져가는 것마저 멈추어야 했다.

"너도 소림으로 가는 길이냐?"

"음?"

하남 땅에 왔으니 소림을 넘겨짚은 것일 수도 있었지만, 너도라는 말이 귀에 걸렸다.

"소림에 무슨 일이 있나?"

"강호의 움직임이 심상치 않다. 소림으로 오르는 외지인이 눈에 띄게 늘었다. 구대문파의 인물들도 제법 보이고."

두주개는 들고 있던 술잔을 가만히 내려놓고는 생각에 잠겼다. 그런 두주개를 이상하게 여겼는지 냉가 사내가 입을 열었다.

"너는 무엇을 찾으러 온 것이냐?"

"음. 냄새 맡고 왔어."

"……?"

두주개는 냉가 사내에게 화산파의 인물들을 만났던 이야기와 그 후 자신이 이곳을 찾은 이유까지 소상하게 말해 주었다. 옆에서 듣고 있던 똥푸대가 이상하게 여길 정도로 소상하게.

"련이라……. 화산파의 담을 넘을 정도라면 보통 놈들은 아니겠군."

"응. 처음엔 호기심에 쫓아다녔는데, 쫓다 보니 그게 아니더라구. 아무런 흔적도 없어. 이 정도로 꼬리를 잘 숨기는 놈들은 처음 봤어. 그래서 더 수상한 거고."

"음. 수상하긴 하군. 십여 년간 이렇다 할 평지풍파가 없었던 강호였으니, 그러한 신비 세력이 준동하는 것도 이상할 건 없겠지만 말이야."

"마지막 혈란이라 봐야 십 년 전 마교의 잔당들과 벌인 파양호의 도살극뿐이니. 그런 자들이 숨죽이고 있다가 고개를 든다 해도……."

말을 내뱉던 두주개의 눈동자가 멈추었다. 하지만 이내 고개를 내저으며 자신의 생각을 부인했다.

'설마, 그자들은 분명 파양호에 모두 뼈를 묻었다. 그자들이… 남아 있을 리 없다.'

두주개는 고개를 내저으면서도 마음 한편에서 부는 찬바람에 몸서리를 쳤다. 마교… 그들의 다른 이름인 백련교. 그리고 화산파의 인물들이 남기고 간 련이라는 이름…… . 생각하기 싫은 가정이 의지와는 상관없이 짜 맞추어지고 있었다.

'아직은 아무런 물증도 없다. 조금 더 파헤쳐 본 다음에…….'

두주개는 자신이 하고 있는 일이 얼마나 위험한 일이 될 수 있는지 자각했다. 그리고 이 장원을 나가면 당장 총단에 전서를 보내야겠다 다짐했다.

"은성전장이라……. 낙양에 세워진 지 오 년밖에 되지 않은 신흥전장이지. 그럼에도 이미 낙양에서 무시하지 못할 정도로 수완이 좋은 곳이기도 하고."

두주개는 고개를 갸우뚱했다. 자신이 만나본 은성전장의 장주라는 자는 평범해 보이진 않았지만, 그렇게 뛰어난 인물로도 보이지 않았다. 여러모로 앞뒤가 맞지 않았다.

'역시 혼자 어찌해 볼 일이 아닌 듯싶다.'

두주개는 놓았던 후아주를 들어 한입에 털어 넣었다. 그리고 육포 몇 조각을 입에 넣고 잘근 씹으며 말했다.

"그건 그렇고, 귀신 타령은 얼마나 남은 거냐?"

두주개의 말에 냉가 사내의 눈빛이 차가워졌다.

"…올해가 마지막이다. 아니, 이제 겨우 한 달 남짓… 남았다."

두주개는 속으로 무엇인가를 계산해 보더니 고개를 끄덕였다.

"벌써 시간이 그리되었구나. 거참, 너도 참 대단한 놈이다. 자그마치 칠 년을 이곳에서……."

"그녀와의 약속이었다. 칠 년간만 숨어 살기로… 칠 년간만 검을 꺾기로……."

냉가 사내의 눈에 아련한 기운이 떠올랐고, 그것을 차마 바라보지 못한 두주개가 헛기침을 터뜨리며 다시 후아주 한 잔을 들이켰다.

"꺼억. 그래, 어찌 되었든 잘되었다. 한데 기약이 끝나면… 무얼 할 생각이냐?"

"글쎄……."

"쩝. 한 달 후에… 다시 오마."

두주개는 술잔을 내려놓으며 냉가 사내를 바라보았지만, 냉가 사내는 말없이 창밖만을 바라보고 있었다. 두주개는 잠시 고개를 저어 보인 후 똥푸대를 이끌고 장원을 나섰다. 오랜만에 만난 친우였지만, 그와의 이별은 늘 이런 식이었다. 그녀의 이야기와 그의 침묵. 올해도 어김없었다.

장원을 나와 한참을 걷던 똥푸대가 조심스레 두주개에게 물어왔다.

"저, 분타주님, 아까 그 사람이 누굽니까?"

"음?"

한참 생각에 골몰해 있던 두주개는 똥푸대가 꺼낸 말이 무슨 뜻이냐 되묻고 있었다.

"아니, 아까 그 냉씨 성을 가진 사내 말입니다."

"아! 그 친구?"

두주개는 잠시 하늘을 바라보았다. 벌써 칠 년이나 지났지만, 그의 이름을 기억하는 자는 강호에 많았다. 자신의 수하도 아마 그를 기억하고 있으리라.

"냉한상(冷寒霜)."

"냉한상? 빙섬 냉한상 말입니까? 천하제일쾌검이라 불리던 그 냉한상? 하지만… 그는 이미 죽었다고……."

역시 자신의 수하도 그를 기억하고 있었다. 강호인에게 칠 년의 세월은 천하제일이란 이름을 지우기엔 턱없이 부족한 세월이었다.

두주개의 입가에 미소가 걸렸다. 천하제일쾌검의 강호 재출도. 어쩌면 그로 인해 독보십절이 아니라 독보십일절이 될지도 모를 일이었다. 그런 그가 자신의 둘도 없는 친우였다. 미소가 지워지질 않았다.

*　　　*　　　*

"음? 그냥 빻아서 뭉치는 것 아니었습니까?"

강추가 의외라는 목소리로 물었다.

철웅이 살고 있던 모옥 주위로 약을 달이는 냄새가 진동을 하고 있었다. 이미 이틀간이나 계속 달이고 있었으면서도 좀처럼 끝날 기미가 보이지 않았다.

"약이란 건 약재만 넣는다고 만들어지는 게 아닐세. 좋은 약재와 정확한 배합, 약을 만드는 순서와 정확한 때, 그리고 가장 중요한 것이 약을 만드는 자의 정성일세. 어느 것 하나 중요하지 않은 것이 없지만, 지금이 바로 가장 중요한 때라네."

장 의원의 약 만드는 비법은 참으로 특이했다. 약재를 곱게 빻아 가루를 만들어 맑은 물과 섞어 달인다. 달인 물은 따로 모아두고 남은 찌꺼기 역시 따로 모아둔다. 그렇게 서로 갈라놓은 것 중 달인 물은 며칠을 계속 달여 졸이고, 모아둔 찌꺼기는 볕에 말려 다시 가루로 만든다. 물이 모두 졸아 끈적한 고약과 같이 되면, 말려둔 찌꺼기 가루와 다시 배합하여 그제야 경단을 만든다.

"원래 단환이라는 것은 약재에서 뽑아낸 액을 달이고 달여 열 말의 약재를 달여야 거우 손톱만한 단환 하나를 얻을 수 있네. 소림의 대환단이니, 무당의 천단이니 하는 것들도 그렇게 많은 약재의 진액만을 모아 달여 뭉쳐진 약들이니 효과가 탁월한 것이지. 하나 금창약이란 게 어디 그렇게 정성들여 만들 수 있는 것인가? 다만 다른 의원들처럼 그냥 약재를 뭉쳐 만드는 것보다 이렇게 달이고 달인 후에 약재와 함께 뭉쳐 만드는 것이 효과가 훨씬 나으니 이렇게 만드는 것이지. 물론 이건 나만의 비방일세. 허허."

강추는 어깨 너머로 장 의원의 의술을 배우고 있었다. 직접 약재를 캐러 다닌 한 달이란 기간 동안, 장 의원의 자상한 설명을 들으며 수백 가지가 넘는 약초의 이름과 쓰임을 알게 모르게 익히게 되었고, 이처럼 약을 만드는 과정에도 함께하여 설명을 들으니 그 이해가 더욱 빨랐다. 장 의원 역시 지루해하지 않고 가만히 앉아 자신의 이야기를 들어주는 이가 생기니 절로 신이 난 모양이었다. 누가 물어보지 않아도 고주알 미주알 설명해 주는 장 의원이나, 그런 장 의원의 말에 고개를 끄덕이며 집중하는 강추나 참으로 잘 어울리는 사제지간 같아 보일 정도였으니.

"얼마나 되었습니까?"

어느새 약전이 되어버린 부엌의 문을 열고 들어서는 철웅의 목소리에 장 의원이 자랑하듯 가슴을 펴며 말했다.

"거의 다 되었네. 금창약은 벌써 네 상자나 만들어놓았고, 오늘까지 하면 다섯 상자를 채울 수 있을 것 같네. 그리고 특별히 만들어본 약들도 몇 가지 되고. 화산이 영산은 영산이야. 생각했던 것보다 훨씬 많은 약재를 모을 수 있었어."

장 의원의 흐뭇해하는 목소리에 철웅도 덩달아 미소 지었다.

"너무 무리하지는 마십시오."

"허허, 의원이 약을 만드는데 무리는 무슨……."

철웅은 다시 한 번 웃어 보이며 부엌문을 닫고 나왔다. 생각보다 약을 만드는 진척이 빨랐다. 한 달은 걸릴 줄 알았던 약재의 채취가 보름도 되지 않아 원했던 것보다 더 많은 양을 모을 수 있었기 때문이다. 이제 약도 다 만들어져 가니 슬슬 움직일 차비를 해야 할 듯싶었다.

'나에게 일어났던 지난 이십 일간의 변화도, 일찍이 경험하지 못했던 것뿐이었다.'

철웅은 숨을 한 번 깊게 들이마셨다. 원체 폐활량이 좋았던 철웅이기는 했으나 사부가 남겨준 호흡법을 따라 수련하니 이전과는 비교도 할 수 없을 정도로 호흡의 깊이가 깊어진 듯했다. 단전에서 느껴지는 열기도 미미하나마 확실히 실체를 느낄 수 있었고, 매일 밤 운기를 할 때면 그 미세한 기운이 자신의 혈도를 타고 흐른다는 것에 신기할 따름이었다.

'아직 이것으로 무엇을 어찌해야 할지는 모르지만, 일단 사부님이 남기신 가르침을 따름이 순조로운 듯하니 참으로 다행한 일이다.'

철웅은 잠시 눈을 돌려 화산의 풍경을 돌아보았다. 지난 몇 달간의 기억이 주마등처럼 스쳐 지나가고 있었다. 청수곡으로 찾아간 그날 밤. 그리고 청수곡에서의 시간들, 산적들의 습격. 내쳐짐… 그에게 일어났던 모든 일들이 마치 화산으로 들기 위한 천명의 안배처럼 느껴졌다.

'이곳이 나의 마지막 쉼터였으면 좋겠구나……'

철웅은 상념을 털어내곤 일삼을 찾아 걸음을 옮겼다. 발걸음은 가벼웠고, 그의 마음은 대해처럼 고요했다. 비록 길게 허락되진 않을 시간이었지만, 어쨌든 지금의 그는 그 어느 때보다도 여유로웠다.

"뱃길이 가장 빠르고 편합니다. 이곳 화음에서 삼문협(三門峽)을 거쳐 하남으로 들어간 후, 낙양이나 개봉에서 말로 갈아탄다면 북평까지 대략 이십 일에서 한 달 정도면 닿을 수 있습니다."

철웅은 일삼의 이야기에 가만히 고개를 끄덕였다. 아직 북평 구룡회와 청도관, 아니, 홍방과 팽가의 싸움이 어떻게 진행되고 있는지는 모를 일이었지만 일삼의 느긋함을 보니 강호의 방파 간 싸움이라는 것도 하루 이틀에 끝날 일이 아님을 알 수 있었다.

"강호 방파들의 싸움이 오래 지속될 수밖에 없는 이유는 관(官)의 눈치를 살펴야 하기 때문입니다. 제아무리 관과 무림이 서로 상관하지 않는 관계라지만 그거야 한두 명 죽어나갈 때 이야기고, 닥치는 대로 살인이 일어난다면 아무리 관이라 하여도 그대로 보고만 있을 수는 없기 때문입니다."

이번에도 철웅은 가만히 고개를 끄덕여 수긍의 빛을 나타냈다.

"형님, 약은 얼마나 준비되었습니까?"

"허허, 금창환 백 개씩 모두 다섯 상자일세. 그리고 내상에 좋은 약도 한 상자 만들어놓았고."

"수고 많으셨습니다. 그런데… 금창약의 시세가 어느 정도나 합니까?"

장 의원은 철웅의 물음에 잠시 생각한 후 입을 열었다.

"음, 여기서는 보통 한 알에 구리문 이십 냥 정도를 받네. 한 상자당 은자 두 냥일세."

한 상자당 은자 두 냥이라면 결코 적은 돈이 아니었다. 은자 두 냥이라면 일반 농가로 치면 근 일 년간 먹고살 수 있는 돈이었다. 하지만 뒤이은 일삼의 말에 장 의원은 놀랄 수밖에 없었다.

"그럼 하나에 백 냥씩, 은자 열 냥이군요."

장 의원은 물론 철웅과 영우도 깜짝 놀랐다. 은자 열 냥이라면 쌀이 백 섬이다. 거기에 그런 상자가 다섯이니 놀라지 않을 수가 없었다. 물론 그들 모두 돈이 필요한 것은 아니었기에 그다지 마음의 동요가 일 정도는 아니었지만.

"너무 비싸게 치는 것 아닌가?"

철웅의 걱정스러운 말에 일삼은 가만히 고개를 내저었다.

"이것도 지금이니 이 정도로 잡은 것입니다. 그곳에 가면 얼마나 더

뛸지 모릅니다. 약의 효과가 좋다는 소문만 한 번 나주면 값은 몇 곱절이라도 뛸 겁니다."

일삼의 호언장담에 철웅은 장 의원의 얼굴을 바라보았다. 자신이 만든 약이 그렇게나 좋은 값을 받을 수 있다니 기쁘기도 하겠지만, 장 의원은 가만히 고개를 가로저으며 말했다.

"제 값을 받고 물건을 팔면 좋은 것이요, 후한 값을 치러준다면야 더 없이 좋은 일이겠지만, 이것은 그냥 물건이 아니고 사람을 치료하는 약일세. 욕심이 화를 부르듯 사람의 목숨을 놓고 흥정을 하는 것은 내가 마음이 편치 않을 듯하네. 그냥 제 값만 받아주게."

장 의원의 말에 무엇을 느낀 것인지 일삼의 입가에 흐뭇한 미소가 길렀다.

"무슨 말씀이신지 알겠습니다. 오고 가는 발품만 더 받도록 하지요."

장 의원은 일삼의 말에 고개를 끄덕이며 미소 지었다. 일삼 역시 그런 장 의원과 철웅을 바라보며 마주 미소 지었다.

'마음이… 참으로 편하구나. 내 진즉 이런 사람들과 함께하였더라면……'

일삼은 이후의 일에 대해서도 하나하나 풀어놓기 시작했다. 과연 강호에서 잔뼈가 굵은 일삼이었기에, 중간 중간 강추의 첨언이 더해지니 완벽하다 싶을 정도의 일정이 잡혔다.

"그럼 출발은……?"

"내일 바로 출발하세."

장 의원이 못을 박듯 말하자 철웅이 놀란 듯 자신의 의형을 바라보

있다.

"아니, 형님도 가시려고요?"

"그럼, 나만 남겨두고 갈 생각이었나?"

장 의원과 함께 가려는 생각은 전혀 하지 않았었다. 제법 먼 여행이었고, 그냥 여행이 아니라 문파 간의 분쟁이 일고 있는, 보통 사람이라면 피하고 볼 살벌한 곳을 찾아 떠나는 여행이었다. 그런 곳으로 가는 것임을 모를 리 없건만, 자신의 의형은 함께 간다 말하고 있었던 것이다.

"형님, 저희가 가는 곳은 강호의 풍파가 이는 곳입니다."

"알고 있네. 그래서 가는 것이고."

철웅은 의형의 눈에 어린 고집을 읽을 수 있었다. 검절과의 싸움 후에 보여주었던 그 눈빛이었다.

"형님……."

"아무 소리 말게. 어차피 소소도 자네의 뒤를 따라갈 것이고, 나와 소아 둘이서 이 큰 집에 남아 자네들이 돌아올 때까지 집이나 지키고 있으라고?"

괜한 고집인 줄 알았지만, 그 고집이 자신에 대한 걱정을 숨기려 하는 것임을 모를 리 없는 철웅이었다. 어린 소소도 따라가는데 의형을 남겨둘 명분이 없었다.

"휴우. 제법 긴 여행이 될 겁니다."

"허허, 그럼 더 일찍 잠자리에 들어야겠구먼. 모두 일어서게나."

장 의원의 말에 강추가 웃으며 자리에서 일어섰다. 어느새 장 의원의 말이라면 철웅보다도 고분고분해진 강추였다. 강추가 일어서니 일삼과 영우 역시 철웅의 눈치만 볼 순 없어 엉거주춤 일어나 방문을 나섰다. 장 의원이 이끄는 손을 뿌리치지 않는 소소의 모습에 철웅은 한 손으로 머리를 짚을 수밖에 없었다.

"휴. 결국 이리되는구나……."

철웅은 마음이 편치 않았으나 한편으론 잘되었다 싶기도 하였다. 그 역시도 사람들을 자신의 울타리 안에 두는 편이 마음이 놓였다. 예전에도 그랬고, 지금도 그랬다.

철웅은 사람들이 모두 방을 나가자 말없이 서탁 안에서 한 권의 책을 꺼내 들었다. 홀로 있는 시간만 생기면 사부가 남긴 책을 보는 것이 습관이 되어버린 철웅이었나. 몇 장을 넘겨 사신이 보던 부분을 찾았다.

내기의 흐름은 조화로워야 한다. 어느 한곳으로 치우쳐서는 가고자 하는 길로 들지 않을 것이고, 어느 한곳 모자라서는 가고자 하는 길로 이르지 못할 것이다. 대저 강호의 무리는 그러한 흐름을 조절하기 위해 구결이라는 것을 남긴다. 구결이라 함은 마음을 이끄는 방법을 말로 풀이한 것으로, 구결의 운율을 따라 기운을 이끌면 마음의 안정됨이 빠르고, 기운의 흐름 또한 절로 강약을 조절할 수 있게 되니 일석이조의 효과를 얻을 수 있다.

철웅은 사부의 말을 되새기며 한 자 한 자 놓치지 않으려 애쓰고 있었다.

도가의 심법은 주(呪:주문(呪文))를 구결로 하는 법이 많다. 이는 마음의 동요를 다스리는 데에 주의 효험을 보고자 함이기도 하고, 무공을 익히는 뜻이 깨달음을 얻기 위한 방편임을 잊지 않게 하기 위함이다.

철웅은 피식 웃음 지었다. 자신의 사부는 도인이지만, 자신은 도인이 되고자 마음을 먹은 적이 없었다. 자신의 사부 역시 자신의 행보에 대해 일언반구도 꺼낸 적이 없었으니, 자신이 도인으로 살 마음은 없었음을 알고 있었으리라. 그런 철웅의 마음을 짐작했음인가? 사부는 친절하게도 철웅에게 앞으로 해야 할 일들에 대해서도 적어놓았다.

너에게 남긴 심득에는 특별한 구결을 적지 않았느니라. 이는 네가 도교의 공부가 일천함을 알고 있기에 그런 것이니 이상타 여기지 말아라. 대신 너에게 남긴 단환의 기운이 너의 기운을 이끌어줄 터이니, 너는 그 기운을 가야 할 길로 이끌기만 하면 될 것이다. 만약 네가 그 기운을 제대로 이끌어 일주천이 가능하였다면, 이후의 연공은 호흡으로 불러들인 기운을 그 길을 통해 순환시키는 것만으로 단전에 기운을 쌓는 것이 가능하게 될 것이다.

철웅은 자신의 수련의 경과에 대해 매우 궁금해하고 있었다. 과연 사부의 뜻대로 하고 있는 것인지, 무엇인가 잘못하고 있는 것은 아닌지. 제대로 하고 있다면 자신의 내력은 얼마만큼이나 쌓이게 된 것인지, 모든 것이 궁금한 것 투성이었다.

　수련이라는 것은 마음의 다스림이다. 내력이라는 것은 그런 다스림의 부수적인 결과물이다. 내력만을 쌓기 위해 수련을 하게 된다면, 일정 이상의 성취는 이루기가 어렵고, 억지로 그러한 벽을 넘으려 한다면 주화입마라는 것에 빠지게 될 것이다. 주화입마라 함은 기운이 마음의 통제를 벗어나 가서는 안 될 곳으로 기운이 흐르는 것을 말하는데, 이런 경우 기혈이 역류하게 되거나 연약한 혈에 과도한 진기가 흘러 예상치 못할 일이 벌어질 수 있다. 그런 경우보다 높은 경지를 이룬 다른 이의 도움이 없이는 위험에서 쉬이 벗어나기 힘드니 이 점을 유의하도록 하여라.

　사부의 당부에 철웅은 고개를 끄덕였다. 마치 자신의 옆에서 한 자 한 자 읊어주는 듯한 세심한 설명이었기에 자신도 모르게 습관처럼 고개를 끄덕이고 있었다.

　너도 수련을 하다 보면 머리끝 백회의 답답함을 느낄 때가 올 것이다. 이것이 첫 번째 주화입마의 조짐이니라. 인간이 세상에 태어날 때에는 임맥과 독맥을 비롯한 전신 세맥이 열려 있는 상태이다. 이후 세상의 탁기가 스며들고 화기를 가까이 한 음식들을 섭취하여 혈맥들이 막히고 닫히게 되는데, 심법을 통한 내력의 흐름은 전신의 혈맥에서 그러한 탁기를 몰아내는 것이다. 하나 인간의 신체에서 가장 먼저 닫히는 혈이 바로 백회이니라. 아이는 태어날 때 숨골이 열려 있는 상태로 난다. 그러한 숨골에 겹겹

이 탁기와 화기가 모여 뼈를 이루게 되니 백회의 막힘은 운기만으로 열 수 있는 것이 아니다. 백회가 완전히 열리게 된다면 이는 상단전을 열게 됨과 같으니, 그 성취의 지난함은 달리 설명하지 않아도 알리라 믿는다. 처음 백회에 답답함이 느껴진다면 백회의 가장 낮은 자리를 뚫고자 함이다. 오랜 시간 막혀 있던 혈을 뚫기 위해선 막대한 진기가 소모됨이 당연하고, 그런 진기를 모으고자 하는 것은 백회를 열지 않고는 불가능한 일이니, 홀로 수련하여 임독양맥을 타통하였다는 말이 어불성설인 이유이니라. 백회의 답답함이 느껴진다면 너는 무리하여 그것을 뚫으려 하지 말고, 단환을 먹을 때를 노려 그것을 뚫기를 시도하여야 한다. 단환의 열기를 미리 설명해 주지 않은 것은 네 마음의 굳건함에 대한 사부의 믿음이었으니 노여워하지 말고.

'후후. 고약한 사부…….'

역시나 사부는 알고 있으면서 말해 주지 않은 것이었다. 하나 이미 지나간 일, 우화등선한 사부를 찾아 따질 수도 없는 일이었다.

단환의 기운으로 백회를 뚫었다면, 너는 임독의 가장 낮은 부분을 뚫게 된 것이다. 내가 겪어본 바로는 대략 마흔 번 정도의 타통이 있어야만 임독을 완전히 타통하였다 말할 수 있다. 하나 임독의 순차적인 타통은 첫 번째보다 두 번째가 배는 어렵고, 두 번째보다는 세 번째가 곱으로 어려운 법. 굳이 셈으로 설명을 하자면, 스무 번의 타통을 하게 되면 중단전이 열리는 효험을 볼 수 있고, 마흔 번의 타통을 하게 되면 완전히 임독양맥을 타통하였다 말할 수 있게 되며, 능히 상단전을 열어 우화등선할 수 있을 것이다.

“곱절씩 마흔 번……. 허… 허허…….”

철웅은 헛웃음을 흘릴 수밖에 없었다. 사부의 말뜻을 이해할 수 있을 것 같았기에 흘러나온 웃음이었다. 첫 번째 단환으로 일주천이 성공하였으니 내공의 성취가 가능할 것이다. 두 번째 단환으로 백회의 낮은 부분을 뚫게 된다면, 내공의 성취는 더욱 빨라질 것이고 어느 정도의 내력도 쌓을 수 있을 것이다. 그 후 세 번째 단환을 먹고 그간 쌓인 공력과 함께 백회의 또 다른 부분을 뚫으라는 이야기인 것 같았다. 단환을 먹어야 할 때와 백회의 답답함을 느낄 때가 공교롭게 맞아주어야 가능한 일이었지만, 사부가 말한 대로 수련을 게을리 하지 않는다면 불가능할 것 같지도 않았다. 물론 열두 개의 단환을 모두 먹고 난 다음에는 자신의 힘만으로 중단전과 상단전을 열어야겠지만, 우화등선할 마음이 없는 철웅이었기에 중단전과 상단전을 열겠다는 생각은 추호도 하지 않았다.

“사부님의 말씀대로라면 일 년 안에 열두 개의 단환을 소화하는 것만도 벅차다. 일 년? 허허. 참으로 길고긴 일 년이 될 것 같구나. 허허.”

철웅은 조용히 책장을 덮었다. 그리고 이제는 익숙해진 가부좌를 틀고 앉아 조용히 호흡을 고르기 시작했다. 철웅의 호흡으로 들어갔던 공기가 모든 기운을 잃고 철웅의 코를 통해 나와 공기 중으로 흩어졌다.

철웅의 수련은 범인의 상상을 초월할 만큼 그 성취가 빨랐으나 지금

은 그것을 알아볼 사람도 없었고, 그것을 알아줄 사람도 없었다. 조용
히 방으로 스며든 화산의 기운들만이 그런 철웅의 주위를 신기한 듯
맴돌고 있을 뿐.

第二十九章

소림사(少林寺)의 실혼인(失魂人)

소림사의 실혼인

산사에 부는 바람에 미약하나마 온기가 실려 있었다. 이미 숭산 곳곳에 파란 싹들이 앞 다투어 돋아나고 있었고, 훈풍을 좇아 산사를 찾는 향화객들의 발길이 눈에 띄게 늘어나고 있었다.

숭산.

과거 외방(外方)이라고도 불렸었던 숭산은 중원오악 가운데 중악(中岳)이라 칭해지는 영산 중의 영산이었다. 칠십이 개에 달하는 크고 작은 봉우리가 모여 숭산을 이루고 있는데, 숭산의 최고봉인 준극봉(峻極峯)을 기준으로, 동쪽의 태실봉(太室峯), 서쪽의 소실봉(少室峯)의 삼봉이 하늘을 찌를 듯 솟아나 있었고, 중악 숭산의 영기가 모여드는 이곳에, 천여 년간이나 무림의 태두 자리를 고수하고 있는 그곳이 자리하고 있었다.

대소림사.

소실봉 북쪽 기슭에 자리한 명실공히 무림의 태산북두라 일컬어지는 곳이 바로 소림사였다. 구백여 년의 역사에 걸맞는 웅장하고 거대한 전각과 승방이 소실봉의 넓은 대지 위에 펼쳐져 있으며, 한해에도 수만 명씩 소림을 찾아 향을 피워 올리는 중원제일의 사찰 중 하나였다. 소림에 몸을 담고 불도에 정진하는 불자의 수만 근 이천에 달하였기에, 소림사의 경내는 작은 마을을 연상시킬 만큼 수많은 가옥과 전각들이 가득하였다.

한시도 쉬지 않고 불법을 전하는 소리와 독경 소리가 끊이지 않는 이곳에 도교일문인 화산파의 장로가 있다는 것이 어찌 보면 어울리지 않을 수도 있었으나, 강호에서 소림이 차지하고 있는 위치를 생각한다면 같은 구대문파 간의 왕래라는 점에서 어렵지 않게 수긍할 수도 있는 일이었다.

"독경 소리가 참으로 듣기 좋습니다."

"아미타불… 거북해하지 않으시니 다행입니다."

"도교나 불교나 모두 마음을 닦는 일인데, 산사의 독경이 귀에 거슬린다면 빈도는 지금까지 수행을 헛한 것이겠지요."

찻잔에서 피어오르는 철관음의 향기만큼이나 방 안으로 스며드는 주위의 독경 소리는 마음을 씻어내 주는 청량함을 품고 있었다. 상현진인의 손이 다시금 찻잔으로 향했고, 마주 앉은 노승 역시 화답하듯 찻잔을 들었다.

"소림에서 마시는 철관음도 그 흥취가 참으로 각별하군요."

"허허, 태화산의 흥취만큼이야 하겠습니까."

"허허, 일출숭산요(日出嵩山拗:해가 떠 숭산을 깨우면), 신종경비조(晨鍾驚飛鳥:새벽 산사의 풍경 소리에 새들이 놀라 날아가고), 임간소계수잔잔(林間小溪水潺潺:숲 속 작은 내가 소리 내어 흐르니), 파상청청초(坡上靑靑草:산기슭에 푸른 풀이 푸른빛을 더하는구나)라."

상현 진인의 한 수 읊음에 노승은 가만히 고개를 끄덕여 보였다. 어떤 이라 하여도 자신이 머무는 곳을 칭찬하는 것에 기분 좋지 않을 리 없고, 그것은 수십 년간 불도에 매진한 노승이라 하여도 별반 다르지 않았다. 산사의 고요함을 깨운 태양이 조금씩 천공 위로 그 높이를 더해가고 있었다.

"그나저나 그 사람의 상세는 좀 어떠합니까?"

"아직 이렇다 할 차도를 보이지 않고 있습니다. 수 차례 술법을 부려보았지만, 그의 정신 금제가 워낙 강력한지라……."

"아미타불. 본 사에서도 백방으로 노력해 보았지만, 그에게 걸린 금제가 어떤 것인지 밝혀내질 못했소. 화산파의 법술이 마지막 희망이건만……."

노승의 얼굴에 근심이 어렸다. 상현 진인의 표정도 노승만큼이나 어두워졌지만, 이내 신색을 바로 하고 노승의 심려를 풀어주기 위해 입을 열었다.

"조금만 더 기다려 보시지요. 본 파에 전갈을 넣었으니 조만간 법술에 능한 제자들이 당도할 것입니다. 빈도가 몸담고 있는 천주궁보다는 이제 곧 당도할 남천궁의 법술이 환자의 상세를 호전시키는 데 도움이 될 것입니다."

"그렇게 된다면야 다행이지만……."

노승의 얼굴에 어렸던 근심이 조금 덜어지긴 했지만, 노안에 어린 걱정은 쉬이 풀어지지 못하고 있었다.

"아미타불. 소승 일우입니다."

노승과 상현 진인이 머물고 있던 방문을 향해 읍 하는 목소리가 들렸다.

"들어오너라."

노승은 그를 불러들였다. 방으로 들어온 사람은 이마의 계인이 뚜렷한 젊은 승려였다.

"산문에 화산파의 손님이 오셔서 지객당으로 모셨습니다."

"오오, 그래?"

"예. 종령과 종홍, 그리고… 희라는 이름을 쓰는 여 시주 세 사람입니다."

노승의 얼굴에 반가움이 어렸다. 상현 진인이 말하던 남천궁의 제자들임에 분명하였다. 상현 진인의 고개가 끄덕여짐이 노승의 생각이 틀림없음을 확인시켜 주었지만, 상현 진인의 눈에 어린 의아함의 의미는 노승도 알 수가 없었다.

'재희? 그 아이가 어찌 이곳에……'

희라는 이름을 이야기할 때 일우라는 승려의 얼굴이 조금 벌게지는 것을 보니 종령과 함께 온 아이는 재희가 분명했다. 불법을 닦는 승려라곤 해도 재희의 기운에 심장의 혈떡임을 어쩌진 못했나 보다. 하지만 상현 진인의 생각은 길게 이어지지 못했다. 어찌 되었든 제자들이 도착하였으니 그들을 맞이하러 가는 것이 먼저였기에, 노승과 함께 전갈을 가지고 온 일우라는 승려의 뒤를 따라 지객당으로 향했다.

대략 일각여를 걷고 나서야 지객당에 당도할 수 있었다. 지객당의 한쪽에 면사를 두른 세 사람의 여인이 앉아 있었고, 상현 진인을 보자마자 자리에서 일어나 예를 올리는 것을 보니 화산파의 제자들이 틀림없었다.

"제자 종령이 장로님을 뵈옵니다."

"제자 종홍이 장로님을 뵈옵니다."

"……."

종령과 종홍이 예를 올리고 그 옆에 있던 재희가 말없이 예를 올렸다. 상현 진인은 얼굴 가득 미소를 지으며 그들에게 다가갔다.

"오느라 고생들 많았다. 이분께도 인사 올리도록 하거라. 소림사의 방장이신 혜원 대사시니라."

"아미타불… 빈승 혜원이라 하오."

종령과 종홍, 재희의 눈에 놀람이 스쳤고 세 사람 모두 다급히, 그러나 정중히 예를 올렸다.

혜원 대사.

당금 소림사의 주지이고, 생불이라 일컬어질 정도로 일신의 수양과 불심이 깊다 알려진 사람이었다. 이미 세수 구십을 넘긴 노구였으나 얼굴 가득한 주름 사이로 보이는 두 눈은 어린아이의 그것과 같이 맑고 깊기만 하여 그의 수양이 얼마나 깊은지 말해 주고 있었다.

"먼 길 오느라 수고가 많았소. 일단 안으로 들어가 이야기를 나누도록 합시다."

혜원 대사는 재희 일행을 안으로 청했다. 상현 진인이 앞장서자 그녀들도 그의 뒤를 따라 방장이 거하고 있는 소림의 내원으로 발걸음을 옮겼다. 그들이 도착한 곳은 소림사의 중앙에 위치한 방장실이었다. 방장이란 호칭의 어원이 사방 한 장의 좁은 밀실에서 불도를 닦는다 하여 붙여진 것이었지만, 기실 소림사의 방장실은 그보다는 조금 넓었다. 하나 대소림의 방장이 기거하는 곳이라 하기에는 변변한 집기조차 놓여 있지 않은 너무나 단출한 내부였기에, 방으로 든 종령과 종홍은 한동안 자신들이 들어온 곳이 방장실이라 생각지도 못했을 정도였다.

"아미타불… 그래, 오는 동안 고생은 하지 않으셨소?"

"무량수불. 아닙니다. 물길을 따라왔기에 어려움없이 도착할 수 있었습니다. 낙양을 통해 오르니 화산에서 이곳까지 닷새 정도밖에 걸리지 않았습니다."

종령의 대답에 혜원 대사는 미소 띤 얼굴로 고개를 끄덕였다

"허허. 어렵지 않았다 하여도 피로가 쌓였을 것. 오늘은 대강의 이야기만 듣고 푹 쉬도록 하거라."

상현 진인의 말에 종령과 종홍은 몸가짐을 바로 하고 그의 이야기를 기다렸다.

"음… 너희를 이곳까지 오라 한 것은 환자 한 명을 치유하기 위함이다. 내 자세한 이야기를 적지 않아 너희도 그 내막은 알지 못할 것이기에 말해 주는 것이니 법술을 준비하는 데 참고하도록 하거라."

역시 자신들을 부른 이유는 환자를 보기 위함이었다. 하지만 뒤이은 상현 진인의 이야기에 자신들이 해야 할 일이 생각보다 쉽지 않은 일이었음을 깨닫게 되었다.

"실혼인이란 말을 들어보았느냐?"

종령의 눈이 놀라 크게 떠졌고, 종홍과 재희 역시 놀람의 빛을 감추

지 않았다. 상현 진인은 그들의 반응에 고개를 끄덕이며 설명을 이었다.

"지금 소림에서 심령이 제압된 사람을 보호하고 있다. 소림에서도 이미 수 차례에 걸쳐 제압된 심령의 구속을 풀고자 노력하였지만 성공하지 못했고, 나 역시 소림의 부탁으로 이곳을 찾아 그 사람에게 법술을 펼쳐 보았지만 결국 실패하고 말았다. 그래서 생각 끝에 정신에 관한 법술에 능통한 남천궁에까지 도움을 청하게 된 것이다."

"한데 그런 환자라면 화산으로 옮겨 사부님의 법력으로 법술을 펼치는 편이……."

조심스레 말을 꺼낸 사람은 아까부터 궁금한 기색을 보이던 종홍이었다. 평소에도 활달하고 사람을 꺼리지 않는 성격인 그녀였기에 화산파의 장로인 상현 진인에게도 어렵지 않게 자신의 의견을 피력하고 있었다. 상현 진인 역시 그런 그녀의 질문이 타당한 것이었기에 고개를 끄덕이며 그녀의 궁금증에 답을 내어주고 있었다.

"네 말도 옳다. 하지만 그 사람을 옮기지 못할 이유가 있었다……."

상현 진인은 잠시 말을 끊고 혜원 대사를 바라보았다. 무언가의 허락을 구하는 눈빛이었고, 혜원 대사의 끄덕임은 그것에 대한 분명한 허락이었다.

"아미타불. 이 사람들은 그 사람을 치료하는데 가장 수고해야 될 사람들. 미리 말해 주는 편이 치료에 도움이 될지도 모르겠지요."

상현 진인은 혜원 대사의 말에 가만히 고개를 끄덕이곤 참았던 입을 열었다.

"너희에게 사실을 말해 주기 전에 한 가지 확답을 받겠다. 지금부터 내가 하는 이야기는 너희만이 알고 있어야 한다. 만약 지금 여기서 한 이야기가 너희를 통해 세상에 알려지게 된다면… 청상 도우에게 원망을 듣는 한이 있더라도, 너희를 용서하지 않을 것이다."

상현 진인에게서 서릿발 같은 위엄이 피어올랐다. 그 기운에 세 제자가 놀라 숨을 죽였고, 노승의 눈은 가만히 감겼다.

"결코 발설치 않겠습니다."

종령이 숨을 토해내며 말했고, 종홍과 재희 역시 고개를 숙여 발설치 않을 것임을 약속했다. 그제야 상현 진인은 기운을 거두며 다 하지 못한 이야기를 꺼내어놓기 시작했다.

"음, 먼저 화산으로 그를 옮기지 못하는 이유는… 아직 그의 존재가 세상에 알려져서는 안 되기 때문이다. 또한 그가 모종의 세력들로부터 탈출한 것이기에, 그를 노리는 무리의 손에서 안전하려면 함부로 신변을 옮기지 않는 것이 현명하다 판단했기 때문이다."

상현 진인의 이야기에도 종령은 납득하지 못했다. 너무나 모호한 이야기였고, 쉽사리 납득하기 힘든 이야기였다. 하지만 이어진 상현 진인의 이야기에 그의 판단이 옳았음을 이해함은 물론이고, 자신들이 해야 할 일이 대단히 중요하고 위험한 일인 것도 함께 이해할 수 있었다.

"너희가 법술을 펼쳐야 할 사람은… 주… 고치…… 북평 연왕의 맏아들이다."

경악이 정적을 불러왔고, 숨소리조차 들리지 않는 정적은 사람들을 혼란으로 이끌고 있었다.

                    *   *   *

　　주고치가 소림의 그늘로 들게 된 것은 정녕 하늘의 뜻이라고밖에는 설명할 길이 없었다. 그를 처음 발견한 사람은 낙양과 가까운 맹진(孟津)이란 곳에서 어부 일을 하는 한 노인이었다. 그는 투망에 걸린 것이 물고기가 아니라 사람이라는 것에 놀라 한참을 떨었다고 했다. 그리고 물 위로 둥둥 떠오른 그 사람의 맥이 살아 있었을 때는 그를 발견한 것보다 배는 더 놀랐다 했고.

　　그를 살려야겠다는 생각에 일단 그를 자신의 집으로 옮겼고, 평소 왕래가 있던 임가라는 사람에게 도움을 청했다. 임가라는 사람은 노인과 맹진에서 제법 이름이 있는 협객으로 의술에도 어느 정도 소양이 있었기에 노인의 부탁을 흔쾌히 받아들였다.

　　그러나 그의 상태가 너무나 좋지 않아 자신의 힘으로는 쉽사리 구하기 힘들다 판단하고 장례나 치러주어야겠다는 생각에 그의 이름이라도 알아낼 요량으로 품을 뒤졌다. 그의 품에서는 아무것도 나오지 않았으나 이상하게도 그의 오른손이 굳게 쥐어 있었기에 억지로 그의 손을 펴보게 되었다. 그리고 그의 손에서 빠져나온 그것이 연왕부를 상징하는 옥패라는 것을 알고는 너무 놀라 관아에 신고하려 하였다.

　　한데 무슨 생각에서였는지 임가 사내는 그를 관아로 데려가지 않고 소림으로 찾아왔다. 밤을 낮 삼아 내달려 겨우 당도한 임가 사내는 소림의 산문에 그를 내려두고는 한 장의 서찰만을 남기고 되돌아갔다고 한다. 서찰의 수신이 소림의 계율원주 앞이었기에 산문을 지키던 승려가 그 서찰을 급히 전했고, 그 서찰을 전해 받은 계율원주가 그 사람을 안으로 옮기고 방장에게 소식을 전한 것이 벌써 두 달도 더 지난 이야기였다.

"그 그물에 걸려 살아난 사내가 바로 주고치였지요. 계율원주인 혜정 대사에게 들으니 그 임가라는 사내는 자신의 제자로, 육칠 년 전 소림에서 달아난 파계승이라 하더이다. 한때 촉망받는 소림의 동량이었으나 그 인연이 다하지 못했음이지요. 하지만 그 수행과 공부가 낮지 않았음인지, 그의 몸이 정상이 아니라는 것과 그 손에 들린 연왕부의 옥패가 심상치 않다는 것을 기이하게 여겨 관부에 연락하지 않고 소림에 맡기게 되었다고, 그가 남긴 서찰에 적혀 있었다 하더이다."

"무량수불… 참으로 다행한 일입니다. 이미 연왕의 기세가 욱일승천하여 응천부의 견제가 심화되고 있는 요즘, 연왕의 맏아들이 제혼대법으로 실혼인이 된 것이 알려진다면 그 여파가 얼마만큼 미칠지는 아무도 장담하지 못할 것입니다."

"더욱 놀라운 일은 북평에 있는 속가무문편에 알아보니, 주고치라 행세하는 자가 버젓이 연왕부 내에 있다 하더이다. 참으로 괴이한 일이 아닐 수 없지요."

아직은 모든 것이 불확실한 상태였다. 그가 진정 연왕의 맏아들인지, 아니면 그저 정신이 온전치 못한 사람인지. 하지만 그의 정신에 펼쳐진 제혼대법이라는 것이 아무나 펼칠 수 있는 것이 아님을 알기에 그의 정체를 밝히는 것이 더욱 중요한 일이 되어버렸다. 만에 하나 그의 정체가 진정 연왕의 맏아들 주고치라면, 결코 쉽게 볼 수 없는 음모의 일부라는 가정이 세워지기 때문이다. 그리고 제혼대법에는 구대문파로선 결코 지나칠 수 없는 그들의 흔적이 남아 있었다. 그것이 그들을 긴장케 하고 있는 것이다.

상현 진인과 혜원 대사는 소림사의 뒤편으로 이어진 대나무 숲을 거 닐고 있었다.

"만약 진인의 법술로 잠시 정신을 차린 그 사람이 자신이 주고치임을 밝히지 않았다면, 우리는 그 사람이 누구인지도 모른 채 세월을 보낼 뻔했습니다."

"휴우… 천만다행한 일이긴 합니다만… 그 이후 아무런 차도도 보이지 않고, 더 이상 저의 법술도 통하지 않으니 답답한 노릇이지요."

"아미타불……. 진인의 수고가 어찌 작다 말할 수 있겠습니까. 더욱이 오늘 화산파의 제자들도 당도하였으니 무언가 좋은 소식이 들릴지도 모르는 일이지요."

상현 진인은 가만히 고개를 저으며 한숨을 내쉬었다. 조심스러움이 지나쳐 일을 그르치는 것이 아닌지 모를 일이었다.

"혹시나 전서가 샐지도 모른다는 생각에 너무 적은 내용만 전한 듯싶어 그게 걱정입니다."

"오늘 온 제자들의 실력이 미덥지 않으십니까?"

"마음 같아서는 남천궁의 청상 도우라도 불러들이고 싶지만… 오늘 온 종령과 종홍은 그 사람의 직전제자들이니 희망을 걸어볼 밖예요."

상현 진인의 말에 혜원 대사는 고개를 끄덕여 보이다 문득 무엇인가 생각났다는 듯 상현 진인에게 물었다.

"그러고 보니, 한 제자에게서 이상한 기운이 느껴지더이다."

혜원 대사의 말에 상현 진인은 가만히 고개를 내저었다. 생불이라 일컬어지는 소림의 방장이니 그의 눈에도 재희의 도화살이 보였으리라.

"예… 그 아이의 어깨에 몹쓸 살이 얹혀 있지요."

"한눈에 보기에도 예사롭지 않아 보였습니다만……."

"허허, 십오 년간이나 법술로 치료하여 지금은 그나마 살의 기운이 많이 수그러든 것입니다."

"아미타불……."

혜원 대사는 가만히 염불을 외웠다. 상현 진인의 말이 사실이라면 참으로 지워내기 힘든 것임이 틀림없었다. 안타까운 마음에 염불을 외우며 그 화산파의 제자에게서 몹쓸 기운이 떨어지길 빌고 있는 혜원 대사였다.

'청상 도우가 무슨 생각으로 재희를 보낸 것인지 알 수가 없구나. 화산의 경내도 마음껏 활보하지 못하게 하던 아이였거늘…….'

상현 진인의 마음이 불편한 것은 당연한 일이었다. 어찌 되었든 다 같은 화산의 문하. 제자들이 자신에게 왔으니 이후에 벌어질 일들은 모두 자신이 책임을 져야만 했다. 비록 면사로 가리고는 있다 하나, 언제 사람들과 부딪쳐 문제가 생길지 모르는 아이였다. 재희의 신변에 더욱 신경을 써야겠다는 다짐 말고는 상현 진인이 할 수 있는 일은 아무것도 없었다.

두 사람의 걸음은 죽림을 따라 이어지고 있었다. 죽림에 부는 바람이 스산한 소리를 울리고 있었지만, 두 사람의 마음에 이는 바람에 비한다면 아무것도 아닌 그런 바람이었다.

　　　　　*　　　　　*　　　　　*

"망할, 한 사람에 구리문 오십 냥이라니, 도둑놈이 따로 없구먼."

일삼이 투덜거리며 배에 오르고 있었다. 결국 모두 떠나게 되었다. 철웅이 떠나니 소소가 따르게 되고, 장 의원과 소아 역시 봇짐 하나씩 둘러메고는 그 뒤를 따랐다. 일삼과 강추, 영우의 얼굴에선 화색이 돌고 있었다. 영우는 뭐가 그리 좋은지 배에 오르는 내내 폴짝거리며 뛰어다니고 있었고, 강추 역시 담담한 신색과는 달리 두 눈 가득 포만감이 자리하고 있었다.

"허허, 그리 좋은가?"

"좋지요. 좋고말구요. 무인에게 내력의 금제란 건… 정말 상상하기 싫을 만큼 비참한 일입니다."

일삼의 얼굴에선 미소가 가실 줄 모르고 있었다. 정녕 생각지도 못했던 일이었다. 집을 나서기 전 무현 진인이 찾아왔을 때만 해도 그간의 정리가 있어 안부나 전하려는 것이라 생각하고 있었고, 그가 손을 뻗칠 때만 해도 잘 가라 손 흔들어주는 것인가 싶었다. 한데 그의 손에서 발출된 지풍이 여섯 군데의 혈을 격타했을 때는 고통보다도 당황스러움에 눈을 감아야 했다. 금제가 풀렸다. 막혔던 혈이 뚫리며 기운이 다시 흐름을 느꼈을 때의 그 기분을 말로 설명하라면 사흘 밤낮이라도 할 수 있을 것 같았다. 금제가 풀렸다는 기쁨과 함께 떠오른 고마움이 가야 할 자리가 무현 진인이 아니라 철웅이었음을 알게 되었을 때, 하마터면 눈물을 흘릴 뻔했다.

"사고 치지 말고, 이 사람 말 잘 듣도록 해라. 먼 길 간다고 해서 짐

되지 말라 금제를 풀어주는 것이니……. 자네도 이놈들 간수 잘하게. 자네가 부탁한 일이니… 자네가 책임지게."

무현 진인은 영 마땅치 않다는 표정으로 산으로 올라가 버렸고, 철웅은 애써 자신들의 시선을 외면하며 짐을 꾸렸다. 그리고 지금 그들은 한 배에 올랐다.

"바람이 좋은 것 같군."

"선주 말로는 닷새면 낙양을 지날 수 있다 하더이다."

"낙양이라……. 자네 고향이 낙양 근처라 하지 않았던가?"

"숭산과 붙어 있는 작은 마을이지요."

"혹 여유가 되면… 들러보는 것도 괜찮겠지."

일삼은 철웅을 바라보지 않았다. 그를 바라보았다가는 다 늙은 그의 눈에서 눈물을 흘려 버릴지도 모른다는 생각에, 감히 고개를 돌리지 못하고 출렁이는 강물만 바라볼 뿐이었다.

철웅 일행이 탄 배는 서른 명 가까이 되는 사람을 태운 채 유유히 강물을 거스르고 있었다. 순풍에 돛 단 배라는 말이 어울리는 흐름이었고, 그 흐름의 저편에 바라보이는 희미한 화산의 모습에 철웅의 시선이 고정되어 있었다.

'다시… 돌아오마…….'

철웅은 말없이 그 자리에 있는 화산에 안부를 전했다. 왠지 모를 서운함이 드는 것이 자신이 나이를 먹은 탓이라 생각하고 있었지만, 사부가 남긴 책자와 단환은 물론, 사부가 남긴 묵색 검과 자신의 사모창까지 모두 챙기고 나서야 마음이 놓였던 이유는 도무지 알 길이 없었다. 그저 한 몇 달 여행이나 다녀오는 셈치고 떠난 발걸음이었지만, 마음

한편에 남은 아쉬움은 그의 마음을 절로 울적하게 만들고 있었다.

"장 대인, 이리로 오십시오."

"히히, 뱃전에 앉아 마시는 죽엽청은 술기운이 아니라, 강 기운에 취한답니다."

"이놈아, 그건 어디서 주워들은 이야기냐? 사십 평생 처음 들어보는 이야기구나?"

"쳇! 상관할 거 없지 않소? 남이사 술을 먹고 취하든, 강바람을 마시고 취하든……."

"뭐야, 이놈의 자식 보게? 아주 머리 꼭대기로 기어오르는구나?"

"아! 술이나 드시죠? 헤헤."

영우와 일삼의 투닥거림에 철웅은 가만히 미소 지었다.

철웅을 태운 배가 말없는 강줄기를 따라 유유히 흘러가고 있었다. 천리를 따라… 순리를 따라…….

*   *   *

"왕자 전하, 이제 침소에 드실 시간이옵니다."

"…조금만 더 책을 읽다 잘 것이다. 잠자리는 내가 알아서 할 터이니, 너희는 물러가도록 하여라."

"예."

문 앞에 무릎 꿇고 앉아 있던 두 명의 시비가 방을 향해 머리를 조아렸다. 잠자리 시중을 들기 위해 찾아왔던 시비들은 그리 이상하다 여기는 기색도 없이 자리에서 일어나 조심스레 걸음을 옮겼다. 물론 왕부의 대소사를 책임지는 왕 집사나 왕부의 시비들을 담당하고 있는 진 태태가 알면 경을 칠 일이겠지만, 불이 밝혀져 있는 방에서 멀어지던 시비들에게서는 안도의 한숨이 내쉬어지고 있었다.

"휴. 오늘도 그냥 가라고 하시네?"

"잘됐지 뭐. 안 그래도 귀찮았는데."

"얘는? 누가 들으면 어쩌려고?"

"칫, 귀찮은 건 귀찮은 거지 뭐. 그리고 돈왕자(豚王子)와 마주치느니 차라리 왕 집사의 주름 진 얼굴을 보는 게 나아."

"점점⋯⋯."

"어휴, 연왕과 같이 멋진 분에게서 어떻게 저런 아들이 나올 수가 있지?"

"얘, 말조심해. 정말 누가 들으면 어쩌려고?"

함께 걷던 시비의 당황한 듯한 목소리에 그제야 자신이 무슨 말을 한 것인지 깨닫고는 급히 좌우를 살피는 시비였다. 다행이 그녀들을 보는 사람은 없었고, 가슴을 쓸어 내린 두 시비는 걸음을 재촉하며 어둠 속으로 사라졌다. 한데 그녀들이 사라진 자리에 조용히 나타난 한 사람의 인영이 있었다.

"쯧쯧, 저것들을 그냥⋯⋯."

그녀들이 미처 살피지 못한 나무 뒤에 있던 사내가 그녀들의 모습이 사라진 다음에야 달빛 아래로 모습을 드러내었다. 오 척 단구의 노인. 얼굴에 가득한 주름을 보니 환갑을 넘긴 지 제법 되어 보이는 노인이었다.

"휴… 돈왕자라. 아랫것들이 자신을 어찌 부르는지 왕자께서 아시면 얼마나 상심이 크실꼬."

노인의 눈은 어느새 시비가 사라진 어둠이 아닌, 불이 환히 켜진 방을 향해 있었다.

"일왕자의 무예에 대한 관심이 왕야의 반의 반만 되었더라도 이 정도는 아니었을 것을. 어찌 무(武)를 등한시 하시고 문(文)만을 좇으려 하시는 것인가?"

노인은 고개를 저어 눈가에 어렸던 안타까움을 털어내었다. 자신이 걱정한다 하여 달라지진 않겠지만, 나이 열여덟이 되도록 검 한 번 손에 쥐어본 적 없고, 활 한 번 쏘아본 적 없는 왕자였기에, 행여 자신이 모시고 있는 연왕의 위상에 누가 되지 않을까 염려하는 마음이 늙어버린 두 눈에 투영되었던 것이었다. 하나 어찌하겠는가. 자신이 아무리 연왕을 오랫동안 모셔온 측근이라 하여도, 자식의 문제만큼은 함부로 입도 벙긋 못하게 하는 연왕이니 그저 멀리서 지켜보며 안타까워하는 수밖에.

기이할 정도로 살이 쪄 왕부의 아랫것들에게까지 돈왕자라 불리는, 북평과 관외의 제왕이라 불리는 아버지와는 달리 일초 반식의 무공도 익히지 못한 그. 아비의 바람과는 달리 오로지 학문에만 매달려, 특별한 일이 없다면 서로 왕래조차 하지 않게 되어버린 왕과 왕자.

연왕의 장자 주고치의 하루는 책과 함께 시작되었고, 책과 함께 끝이 났다. 그런 하루 중 그를 찾는 이도 없었을뿐더러, 그가 찾는 이 또한 없었다.

第三十章
무심박도(無心朴刀)
임정(林貞)

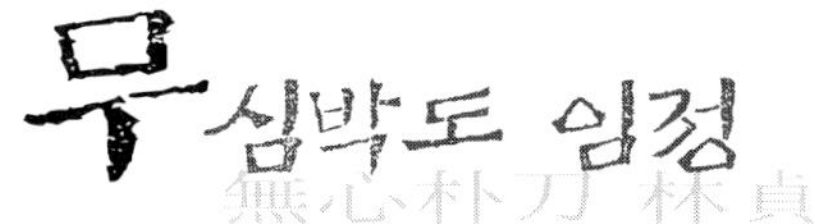

무심박도 임정
無心朴刀 林貞

…빚을 갚아주면,
그 박도를 바로 줄 수 있겠소?

"어떻게 하실 겁니까?"

일삼의 질문에 철웅은 잠시 생각에 잠겼다. 잠시 후면 맹진(孟津)이라는 곳에 배가 잠시 멈춘다 했다. 이미 개봉(開封)까지 가는 뱃삯을 지불하였기에 그들에게는 이곳에서의 멈춤이 별 의미가 없었지만, 문제는 장 의원과 소소였다. 이미 뱃길로만 닷새를 이어온 그들이었기에 피로도 제법 쌓여 있었고, 닷새나 건포만으로 끼니를 때우자니 그것도 그다지 내키는 일이 아니었다. 하지만 가장 큰 문제는 뱃전에서 떨어질 줄 모르는 장 의원과 소소였다.

"우욱… 우엑~"

"웁… 우웁……."

청수곡에서 평생을 살아온 두 사람이니 뱃멀미가 나는 것은 당연하

다 여길 수도 있었지만, 누런 위액까지 토해내고 있는 두 사람을 보면
이러다 큰일 나는 것이 아닌가 싶을 정도였다. 처음 이틀은 유유히 흐
르는 강물에 낮잠도 자고 끼니도 잘 먹고 하더니 인문(人門), 신문(神
門), 귀문(鬼門)으로 이어진 삼문의 급류를 타자마자 그들의 뱃속이 요
동을 치기 시작했던 것이다. 얼굴이 반쪽이 되어버린 장 의원도 문제
였지만, 허옇다 못해 퍼렇게 질려 오들오들 떨고 있는 소소의 모습 앞
에선 철웅도 뾰족한 수가 있을 수 없었다.

"이곳에서 내리도록 하지. 선주에게 이야기하게."

일삼이 고개를 끄덕여 보이곤 뱃전으로 향했다. 뱃전에 앉아 있던
선주와 일삼이 무엇인가 말을 나누고 있었다. 일삼이 무어라 하고 선
주가 고개를 가로젓는 것을 보니 뱃삯을 다시 셈하자는 일삼의 얘기에
선주가 그럴 수 없다 한 모양이었다. 일삼의 인상이 구겨지며 얼굴을
들이밀고는 몇 마디 속삭이자 선주의 두 눈이 경악으로 치켜 떠지며
자신에게 향했다. 그리곤 내키지 않는다는 표정으로 주머니 속에서 주
섬주섬 돈을 꺼내어 일삼에게 내주는 것을 보니 남은 삯을 돌려주는
모양이었다.

뱃전으로 드문드문 가옥들이 보이기 시작한 것은 그로부터 얼마 지
나지 않아서였다. 강가에 나와 투망을 하는 어부의 모습도 보였고, 물
이 얕게 흘러 들어간 곳에서 빨래를 하는 아낙들의 모습도 보였다. 조
금씩 눈에 띄는 가옥의 수가 늘어가더니 선착장에 다다를 때쯤 되니
강의 양쪽으로 보이는 가옥들의 수가 주변 나무들의 수보다도 훨씬 많
아졌다.

"고생하슈."

마지막으로 배에서 내리는 일삼의 한마디에 선주가 침을 탁 뱉고는 돌아섰다. 그 모습에 씨익 한 번 웃어준 일삼이, 기다리는 일행 곁으로 몸을 돌려 걸어왔다.

"저 사람에게 무어라 한 건가?"

"흐흐, 아무것도 아닙니다."

일삼의 말에 철웅은 고개를 갸웃해 보았지만, 땅바닥에 주저앉아 숨을 고르는 장 의원과 소소를 돌보는 것이 먼저였다.

"휴우… 후우… 이제… 조금… 살 것 같구먼……. 휴우."

"하아… 하아……."

장 의원은 완전히 녹초가 되어 바닥에 주저앉아 있었고, 소소 역시 철웅의 팔에 겨우 매달려 쓰러지지 않고 있었다. 그나마 소소의 얼굴에 일었던 파란 기운이 많이 가시긴 했지만, 며칠을 끼니를 걸러 서 있기도 힘든 모양이었다.

"일단 좀 쉴 곳을 찾아봐야겠습니다."

"마을 안쪽에 객잔이 있을 겁니다."

장 의원을 부축한 강추가 안으로 들어가 볼 것을 권했다. 선착장이 있으니 오가는 사람들을 위한 객잔도 있을 것이 분명하였기에, 그의 의견대로 사람들은 마을 안쪽으로 걸음을 옮기기 시작했다. 과연 몇 집 지나지 않아 이 층으로 된 객잔들이 하나 둘 보이기 시작했다. 이것저것 따질 겨를이 없는 일행이었기에 가장 가까이 있는 객잔으로 들어섰다.

가장 가까운 객잔의 가장 가까운 자리에 털썩 쓰러지듯 앉은 장 의원은 점소이가 내어온 물을 세 잔이나 거푸 마시고 나서야 크게 숨을 내쉴 수 있었다.

"하아… 이제… 정말 살 것 같구먼."

"허허. 조금만 쉬었다가 끼니를 들도록 하지요. 지금은 뱃속으로 들여보내도 받아주지 않을 겁니다."

"그래야겠어……. 휴우……."

소소 역시 물을 마시고 난 다음에야 조금씩 화색이 도는 듯했다. 철웅은 손수 잔을 받쳐 주며 소소가 물을 마시는 것을 도와주고 있었고, 그 모습을 보던 일삼이 대단하다는 듯 말을 걸어왔다.

"장 대인도 참 대단하십니다. 친딸도 아니고, 그냥 마을에서 아는 아이였을 뿐인데 소소에게 쏟는 정성을 보면 어지간한 부녀지간은 저리가라 할 정도군요."

일삼의 말에 철웅은 가만히 웃어줄 뿐이었다. 그가 어찌 알 것인가. 이 아이가 들려준 마지막 말의 느낌을…….

'봄이 왔어도… 너는 아직 추위를 느끼고 있겠지.'

철웅은 잠시 지나왔던 시간들을 생각하고 있었다. 청수곡에서의 일들. 소소와의 만남과 산적들과의 일전. 마을 사람들 사이로 자신에게 다가와 건넨 소소의 마지막 말과 마을을 떠나려 하던 그날, 자신의 옷소매를 붙잡고 놓지 않으며 보여주었던 두려움 가득했던 그 눈빛. 자신이 어찌 이 아이와 무관하다 할 수 있으며, 어찌 소소의 병에 책임이 없다 말할 수 있을까. 그래야 한다면 평생 이 아이의 곁에서 수발을 들어야 한다 해도 철웅은 웃으며 그러마 대답할 것이다. 그것이 지금의 철웅과 소소의 관계였다.

모두 피곤에 지쳐 말없이 앉아 객잔의 창으로 드는 정오의 햇살을 만끽하고 있었다. 그런 그들 앞에 몇 개의 그림자가 다가선 것은 장 의원이 네 잔째 물을 마시고 있을 무렵이었다.

"호오. 처음 보는 얼굴들이군."

등 뒤에서 들린 목소리에 일삼의 고개가 돌아갔고, 일행의 시선 역시 자신들의 햇살을 가려 버린 그들에게 향했다.

"호패와 노인 좀 보여주시오."

객잔으로 들어선 세 사람의 관원이 철웅 일행에게 다가와 호패와 노인을 요구했다. 장 의원은 무의식 중으로 품을 뒤졌으나 뒤이어 느껴진 심상치 않은 분위기에 주머니를 뒤지던 손을 멈추었다. 일삼과 강추는 물론이고 철웅마저도 움직일 생각을 하지 않고 있었다.

"호패와 노인을 그만 짐 깊숙이 집어넣어 버렸으니 이를 어쩐다?"

일삼은 평소와는 다르게 조금 간사해 보이는 미소를 지으며 품을 뒤지는 척했다. 그리고 그의 품에서 나온 돈이 선주에게 돌려받은 남은 뱃삯이라는 것을 철웅은 알고 있었다.

"장사하러 먼 길 가는 사람들이오. 하루만 묵어갈 터이니 사정 좀 봐주시오. 다른 곳에 가서도 맹진 인심 좋다고 말해 줄 터이니."

일삼이 슬쩍 내민 돈에 포쾌의 시선이 느긋하게 주변을 훑고 있었다. 객잔에 있는 몇 안 되는 사람 중 그들을 바라보고 있는 사람도 없었고, 문 앞에 서 있던 점소이도 오래전에 딴청을 피우며 객잔 밖으로 나가 버린 상태였다.

"험… 조용히 있다들 가시오."

포쾌의 손이 빠르게 움직여 일삼의 손에 있던 돈을 낚아채 갔다. 그리곤 일삼만큼이나 간사한 미소를 지어 보이곤 유유히 객잔을 빠져나갔고, 그 모습을 바라보던 장 의원이 이상하다는 듯 일삼에게 물었다.

"아니, 자네들 호패가 없는가?"

"호패는… 물론 있지요."

호패는 자신의 출신지와 생년월일, 이름과 발행지 등이 적힌 일종의 신분증이었다. 대명의 백성이라면 누구나 지니고 있는 것이 바로 호패였으니 일삼과 강추라 하여 호패가 없을 리 없었다. 하지만 그들은 호패를 꺼내 자신을 밝힐 입장이 아니었다. 자신들은 엄연히 자신들이 몸담았던 조직을 배반한 것과 다름없었고, 그들이 자신들을 찾으려 한다면 호패를 내보인 것만으로도 큰 흔적을 남기는 것과 마찬가지였으니 함부로 호패를 꺼내 이름을 밝힐 수가 없었던 것이다. 그런 사정을 알기에 철웅 역시 아무 말 하지 않았던 것이고.

장 의원은 철웅이 잘했다는 듯 고개를 끄덕이는 모습에 그냥 그런 이유가 있나 보다 하며 넘어갔다.

"아무래도 이곳에서 하루 묵는 것이 나을 것 같군."

"음… 그보다는 마차부터 구해봐야겠습니다. 내일도 이동해야 하는데, 다시는 배를 타지 않으려 하실 것이고……."

일삼의 시선에 장 의원은 헛기침을 하며 딴청을 피웠다.

"마차라……. 마차를 구할 만한 곳이 있는가?"

"아마 이곳에서는 힘들 겁니다. 낙양 정도는 가야 그래도 먼 길 가도 괜찮을 만한 마차를 살 수 있을 겁니다."

"음, 낙양이라……. 그곳까지는 얼마나 걸리겠는가?"

철웅의 물음에 하남의 지리에 익숙한 일삼이 말했다.

"조금 서두른다면 낙양성문이 닫히기 전에 도착할 수 있을 겁니다."

하지만 철웅은 일삼의 이야기에 가만히 고개를 저었다. 얼굴이 반쪽이 된 장 의원은 그렇다 쳐도, 기진맥진해 있는 소소를 데리고 가기엔 아무래도 무리다 싶었기 때문이다. 하지만 철웅은 맹진에서 그냥 하루 쉬어가자 말할 수 없었다.

"낙양으로 가는 길이라면…… 마차가 있는데 함께 가시겠소?"

일행의 옆자리에 앉아 소면을 먹고 있던 한 사내가 불쑥 말을 걸어왔다. 일행의 시선이 자신에게 닿아 있음에도 사내는 꾸역꾸역 소면을 먹고 있었다. 국물까지 후루룩 마셔 버리고 입까지 훔친 다음에야 사내의 고개가 일행에게 돌아갔다.

"낙양에 물건을 좀 사러 가는데, 살 것이 좀 많아서 마차를 가져가려 하거든. 근데 그쪽 얘기를 들어보니 낙양에 갈 일이 있는 듯해서 말이오."

철웅은 사내를 바라보고 있었다. 사내의 모습은 그다지 특이할 것이 없었다. 평범한 인상에 까칠한 얼굴. 다만 허리춤에 걸린 박도가 사내의 분위기와 맞지 않게 자리하고 있었지만, 전체적으로는 위험해 보이지 않는 인상이었다. 일행 역시 사내를 그리 경계하는 것 같지는 않았다. 일삼과 강추가 약간 의심스럽다는 눈초리로 사내를 보고 있었지만, 그리 위험을 느낄 정도는 아니라 판단하고 있는 모양이었다.

'위험해 보이진 않지만… 약한 자도 아니다.'

철웅의 판단은 일행과는 조금 달랐다. 사내의 인상 때문인지는 몰라도 그리 악하다거나 위험해 보이진 않았지만, 투박해 보이는 박도와 어울리지 않게 사내에게서 강하다는 느낌을 받고 있는 철웅이었다.

"두당 구리문 닷 냥이오."

사내의 이야기에 일삼은 피식 웃었다. 저 사내도 이런 일에 익숙하지 않은 자라 생각하고 있었다. 하룻길 마차 값이면 못해도 한 사람당 구리문으로 열 냥에서 스무 냥은 부르는 것이 보통이니, 저 사내는 아마 대충 계산해서 낙양에서 살 물건 값만큼만을 이야기한 것이리라. 일삼은 그렇게 하자는 눈빛을 보냈다. 마차로 낙양을 가는 것이 하루치 객잔 방세보다도 싸게 먹혔고, 그보다는 하루라는 시간을 버는 것이 그의 구미를 당겼다. 철웅 역시 일삼의 눈에 동조했다. 타지에서의 성의는 일단 의심해야 할 것 중 하나였지만, 박도사내에게서 전해지는 느낌은 그런 것과는 거리가 있어 보였기에 큰 고민 없이 수락할 수 있었다.

"고맙소이다."

"고맙기는… 그냥 누이 좋고 매부 좋은 일이지. 나는 지금 출발할 건데, 끼니를 때우실 거면 서둘러 주시오."

사내의 말에 철웅은 고개를 저었다.

"아니오. 우리도 지금 출발할 것이오. 음… 하룻길이라도 인연은 인연이니 통성명이나 합시다. 나는 장철웅이라 하오."

사내의 눈이 흠칫 놀라는 듯했으나 찰나지간의 일이었기에, 그것을 알아본 사람은 아무도 없었다.

"나는… 임정이라 하오."

임정의 마차에 올라탄 일행이 맹진을 떠나고 있었다. 임정의 마차는 두 마리의 말이 끄는 짐마차였기에, 일곱이나 되는 철웅 일행을 모두 태우고도 제법 빠른 속도로 달릴 수 있었다. 고도 낙양으로 이어지는 관도는 낙양이라는 이름에 부끄럽지 않을 만큼 상태가 좋았다. 해가

지기 전에 낙양에 닿을 수 있을 것이라는 임정의 말도, 철웅 일행의 마음을 한결 놓이게 하였다.

제법 맑고 쾌청한 하늘이었다. 낙양으로 향하는 관도 위의 하늘도, 그녀가 있던 숭산의 하늘도…….

*　　　*　　　*

"분명합니다……. 마교의 수법입니다."

종령의 단호한 이야기에 혜원 대사는 나직이 불호를 읊조렸고, 상현 진인의 입에서도 한숨 섞인 도호가 새어 나오고 있었다. 설마 했었다. 그들의 수법과 흡사한 면이 많아 상현 진인도 내심 그들이지 않을까 하는 불안한 짐작을 하고는 있었다. 물론 자신의 착각이길 바라는 마음속에 인 작은 불안함이긴 하였지만. 하지만 정신 금제에 관해서만큼은 분명 자신보다 한 수 위인 남천궁파의 대제자가 확인하였으니 더 이상 그 사실을 의심하기는 어려웠다.

"확실한… 것이냐?"

"예. 과거 마교가 존재했을 당시에도 이런 금제에 당했던 환자들 대부분을 저희 사부님이 치료하셨던 것 기억하시겠지요? 사부님을 도와 저도 그들의 치료에 함께했었습니다. 마교의 수법이 틀림없습니다."

종령의 시선이 침상 위에 누워 있는 사내에게 향했다. 남성의 중요한 부위만을 가린 채 누워 있는 사내의 모습에도 종령의 눈은 아무런 흔들림도 보이지 않았다. 그녀의 도력이 낮지 않아서였기도 하였지만,

두터운 살들로 뭉쳐진 사내의 모습을 본다면, 웬만큼 색기 강한 여인이라도 음심을 일으키기 힘드리라.

키는 겨우 오 척 반 정도에 불과하건만, 그의 전신을 감싸고 있는 살들은 보기 민망할 정도로 비만한 상태였다. 두 눈은 반쯤 떠진 채로 천장을 바라보고 있었지만, 풀려진 동공으로는 그가 어디를 보고 있는 것인지 짐작하기 힘들었다. 전형적인 실혼인의 가사 상태였다.

"실혼인을 만드는 방법은 그리 많지 않습니다. 약물을 이용하여 백치를 만들거나 광기를 일으키는 것이 가장 하급의 방법이고, 침이나 어떤 도구를 이용하여 정신을 관장하는 일정 부위를 자극하여 제압하는 것이 중급의 방법입니다."

잠시 숨을 고른 종령이 사내에게 다시 시선을 주며 말을 이었나.

"그리고… 지금 이 사내처럼 어떠한 법술이나 주문으로 심령을 제압하는 것이 가장 고급의 심령 제압술입니다. 이런 경우는 시전자가 아니면 금제를 풀기가 거의 불가능하고, 시전자가 사전에 주입한 어떤 명령에 따라 자신도 모르는 새 행동하기도 합니다. 하지만 일부 방문좌도에서 행하는 최면술과는 그 격이 달라 시전자의 의지를 자신의 의지와 구분하지 못합니다. 당연히… 금제를 파해하기가 매우 어렵지요."

"불가능하다는 말이냐?"

상현 진인의 말에 종령은 가만히 생각에 잠겼다. 방법을 모르는 것이라면 차라리 나았다. 하지만 방법을 알고 있음에도 쉽게 말하지 못하는 것은 그 파해의 방법이 지극히 난해하고, 여러 가지 준비가 필요했기 때문이다.

"가능은… 합니다. 저와 종홍, 재희 세 사람이면 시전해 볼 순 있습니다. 다만……."

"다만?"

"예. 준비해야 할 것이 조금 많습니다. 부적도 만들어야 하고, 약재들도 많이 소요됩니다."

"아미타불. 약재라니…… 그게 무슨 뜻이오?"

혜원 대사가 이상하다는 듯 물었고, 종령은 소림방장의 질문에 감히 소홀하지 못했다.

"예. 심령을 깨우는 방법은 자신이 금제되어 있다는 것을 자각시키는 것에서부터 시작합니다. 한데 지금 이 사람과 같은 경우는 단순히 주문과 법술의 접촉만으로는 자각시키기가 어렵습니다. 해서 약재의 도움을 받아 단단히 둘러쳐진 정신의 장벽을 허물어야 합니다."

"정신의 장벽이라……."

혜원 대사는 종령의 대답에 무엇인가 알겠다는 표정을 지었다. 하지만 종령은 친절히 자신이 다 하지 못한 설명을 이어가고 있었다.

"이런 고급의 금제는 다른 이의 접촉을 막고자 강력한 정신의 장벽을 세우도록 만듭니다. 그것을 풀어주는 가장 좋은 방법은 과거를 일깨우는 것이고, 그러기 위해 두 가지 준비를 해야 합니다."

"말해 보거라. 무엇이 필요한지."

상현 진인은 이미 종령의 말에서 확신을 읽었다. 준비만 갖추어진다면 능히 이 사람의 정신 제압을 풀 수 있다는 종령의 확신을.

"과거를 일깨우는 방법의 첫 번째는…… 자궁 안에 사내를 가두는 것입니다."

　종령의 얼굴이 조금 붉어졌지만, 그것은 상현 진인의 헛기침에 묻혀 버렸다.

　"탕 속에 약재를 풀어 자궁 속 태아였을 때의 느낌을 일깨우는 것이 첫 번째 준비입니다. 자신을 자각시키는 가장 좋은 방법이지요. 그리고 두 번째는……."

　종령은 말을 하다 말고 사람들의 눈치를 살폈다. 종흥과 재희는 그녀가 무엇을 망설이는지 알고 있었지만, 함부로 끼어들진 않았다. 그렇게 머뭇거리던 종령은 상현 진인의 재촉이 있은 후에야 어렵사리 말문을 열었다.

　"인간의 가장 원초적인 욕망으로 정신의 장벽을 허무는 것으로… 최음약으로 정신의 벽을 허물어야 합니다."

　상현 진인은 입을 조금 벌렸다. 남천궁의 행사가 신비로운 줄은 알고 있었지만, 최음약까지 사용할 정도인 줄은 그도 미처 알지 못했다. 혜원 대사 역시 불호를 세 번이나 외운 다음에야 말을 꺼낼 수 있었다.

　"혹……."

　"물론 여인과 교접을 할 수 있다면 더욱 쉽게 장벽을 허물 수도 있겠지만… 아직… 본 문에서는 시도해 본 적이 없습니다. 단지 최음약으로 양기를 촉발시켜 자각을 돕는 것이고, 이후에는 격체전력으로 최음약의 기운을 몰아내면 됩니다."

　미리 이야기를 꺼내어 혜원 대사의 난감한 궁금증을 해소해 준 종령이었다. 그녀의 얼굴에 돌던 화색은 침상 위의 사내에게 눈길을 주는 것만으로 해소되었다. 상현 진인과 혜원 대사는 고개를 끄덕였다.

　"준비는 얼마나 걸리겠느냐?"

"약재의 준비는 하루나 이틀이면 되겠지만… 최음약과 같은 경우는 구하는 것이 쉽지 않은 일이라……."

종령은 말끝을 흐릴 수밖에 없었다. 의원에 가서 최음약을 달라 말할 수도 없는 노릇이었고, 최음약 따위를 내놓고 파는 의원 역시 있을 리 만무했다. 그리고 그렇게 구입한 최음약이 정말 최음약인지 그냥 강장제인지도 확인할 길이 없었을뿐더러, 그런 것을 파는 곳을 알아내는 일도 불문과 도문의 사람들로서는 난감한 일일 수밖에 없었다. 더군다나 이곳은 숭산. 소림사가 자리한 이곳에서 최음약을 찾는 것은 불가능한 일이었다.

"아미타불… 이 일을 어찌하면 좋겠습니까?"

"음, 글쎄요……. 화음이었다 하더라도… 구하기 쉽지 않았을 일입니다."

상현 진인과 혜원 대사는 마치 일생의 화두라도 만난 마냥 고민하고 있었다. 그리고 결국 자신들이 어쩔 수 없는 일인 것만을 확인하고, 도움을 청하기로 결정하였다.

"다른 제자들에게 물어 낙양의 속가제자들 중 적임자를 찾아 연결시켜 드리리다. 아무래도 그것이 가장 빠른 길인 것 같소."

"허어, 이것 참. 불문의 성지에 최음약이라니… 뭐라 드릴 말씀이 없습니다."

"허허. 마음이 중요한 것. 그런 기물이 있다 하여 소림이 홍루가 되는 것은 아닙니다."

혜원 대사의 표정은 말 그대로 그런 것이 무슨 상관이냐는 듯했다. 천하 불문의 소림에 최음약을 들인다는 것만으로도 충분히 위신이 훼

손되었다 느낄 수도 있는 일이건만, 이 늙은 노승은 재미있다는 표정만을 짓고 있었을 뿐이다.

"무량수불……."

상현 진인과 혜원 대사가 서로 무슨 말인가를 주거니 받거니 하며 방을 나섰고, 남아 있던 종령과 종홍, 재희 역시 그들의 뒤를 따라나섰다.

방에 남겨진 것은 작은 침상 하나와 그 위에 눈도 감지 못하고 누워 있는 새하얀 피부의 뚱보 사내뿐이었다.

*   *   *

소아의 눈을 보고 있으면 저 눈이 언제 떨어질까 기다려도 되겠다 싶다. 원체 크고 똘망똘망한 눈이기도 하였지만, 더 이상 커질 수 없을 만큼 놀란 눈을 보면 난생처음 보는 거대한 성벽의 위용 앞에 이 작은 꼬마가 얼마나 놀라고 있는지 쉽게 짐작할 수 있었다.

"저, 저……."

"크크. 말을 해, 임마."

소아의 더듬거리는 모습에 영우는 뭐가 그리 재밌는지 키득거리며 소아의 머리를 비볐다. 장 의원도 가만히 고개를 끄덕이며, 지는 노을을 받아 붉은 빛으로 물든 성벽의 웅장함은 지천명을 넘긴 자신의 눈에도 일대 장관이었으니.

고도 낙양(洛陽).

황하의 남쪽 해안과 낙하의 북쪽 해안에 위치한 낙양은 주(周)나라
의 수도가 된 이래로 동주(東周), 동한(東漢), 조위(曹魏), 서진(西晉), 북
위(北魏), 수(隨), 당(唐), 후량(後梁), 후당(後唐) 등 아홉 개 왕조가 도읍
을 정한 까닭에 구조고도(九朝古都)라 불리기도 했다.

특히 후한에서 당대까지 정치 중심지 서안에 비해 경제 학술 문화의
국제적 중심지로서 번영했으며, 전국시대의 노자, 당나라 때의 이백,
두보, 백낙천 등의 문인이 이곳을 중심으로 활동하며 예술의 꽃을 피웠
다.

낙양성의 곳곳에 산재해 있는 고대의 유물들은 낙양의 문화적 융성
함을 대변하고 있었고, 그러한 이유로 한해에도 수없이 많은 사람들이
낙양의 성문을 통해 드나들고 있었기에 성문의 경계는 다른 성에 비해
그리 까다롭지 않았다. 게다가……

"어? 임 대협 아니십니까?"

"아, 잘 지냈나?"

성문에 서서 번을 서던 한 병사가 철웅 일행이 탄 마차를 보며 다가
왔다. 그 병사의 미소를 보니 임정이란 사내를 이미 알고 있는 눈치였
다.

"요새 낙양에 자주 오시는 것 같습니다."

"뭐, 봄이 왔으니까."

간단한 안부 인사를 나누던 병사가 임정의 뒤로 보이던 철웅 일행을
바라보며 말했다.

"못 보던 분들 같은데……"

"어, 섬서에 사시는 내 사촌형님과 그 일가야. 오랜만에 오신 분들이

라 낙양성 구경이나 시켜 드리려고……."

"아……."

병사는 가만히 고개를 끄덕여 보이곤 성문에 있던 다른 병사들에게 고개를 끄덕여 보였다. 임정이 탄 마차는 그렇게 조용히 낙양성 안으로 들어서고 있었다.

"고맙소……."

"번거로운 것을 싫어하는 분들 같아서……."

임정은 철웅의 인사에 무뚝뚝하게 답했다. 아마도 맹진의 객잔에서 포쾌에게 은자를 넣어주던 모습을 보고 그런 것이리라.

철웅 일행을 태운 마차는 낙양 대로를 따라 천천히 움직이고 있었다. 해가 저물어가고 있었지만, 낙양 거리는 객산과 주루의 불빛들로 인해 환히 달아오르고 있었다.

"딱히 아는 곳이 없다면 내가 잘 가는 객잔으로 갑시다. 그 근처에 마방(馬房)이 있어 마차를 구하기도 쉬울 것이고."

임정은 고개도 돌리지 않고 말을 건넸다. 철웅 역시 그런 임정의 말에 답하지 않았지만, 임정은 그것이 긍정이라는 것을 아는지 거리낌없이 마차를 몰아 낙양 대로를 거스르고 있었다. 마차가 당도한 곳은 '태종루(太悰樓)'라는 제법 규모가 큰 객잔이었다. 마차에서 내린 일행이 객잔 안으로 들어가고 얼마 지나지 않아 점소이에게 마차를 맡기고 돌아온 임정이 객잔 문을 열고 들어섰다.

"임형, 이리 와 술 한잔 같이 합시다."

일삼이 객잔으로 들어서던 임정을 불렀고, 임정은 이렇다 할 표정 없이 철웅 일행이 앉아 있는 넓은 팔선탁의 한쪽에 엉덩이를 걸쳤다.

“이곳까지 무사히 온 것도 그렇고, 성문에서도 그렇고 여러 가지로 고마웠소. 내 술 한잔 대접하리다.”

철웅의 말에 임정은 가만히 고개를 끄덕여 보이며 말했다.

“장 대협 같은 분이 술을 사겠다는데 내 무슨 담으로 거절할 수 있겠소.”

일행은 임정의 말에 의아해했고, 이상함을 느낀 강추가 좌중을 대신해 임정에게 물었다.

“말속에 뜻이 있구려. 혹… 장 대인을 아시오?”

강추의 말에 임정은 크게 웃어 보이더니 철웅을 바라보며 말했다.

“위명이 자자한 섬서의 파검을 내 어찌 모르겠소.”

질문한 강추보다 철웅의 놀람이 더했다. 지난 몇 달간 저자에 몇 번 내려간 것 외엔 화산 밖으로 나서본 적이 없는 철웅이었기에 그런 놀람이 더했으리라.

“그게 무슨…….”

임정은 철웅이 의아해하는 것이 도리어 이상하다는 듯 물었다.

“그럼 당신이 검절과 검을 나눈 장철웅 대협이 아니란 말이오?”

“…….”

철웅은 그 소문이 어찌 난 것인지 알 도리가 없었다. 물론 이자가 말하는 바를 듣자니 자신의 이야기가 맞는 것 같았다. 검절과 검을 섞은 것도, 파검이란 외호를 받은 것도 분명 자신이었으니. 철웅이 느끼는 궁금증을 풀어준 것은 임정이 아니라 일삼이었다.

“과연 하루에 천 리를 가는 소문이라더니, 그 이야기가 벌써 하남 땅에까지 퍼진 것이오?”

"이르다뿐이오? 그 소문이 처음 퍼진 것이 상주의 명문 초씨세가이니 의심할 자도 없고, 얼마 전엔 무당파 사람들과 만난 자리에서 검절 그분이 직접 확인까지 해주었다 하니 믿지 않을 도리가 없지 않겠소?"

철웅은 어이가 없다는 표정으로 좌중을 둘러보았으나, 장 의원과 소아만이 자신과 비슷한 표정을 짓고 있을 뿐 강추와 일삼, 영우는 가만히 고개를 끄덕여 임정의 이야기에 수긍하는 눈치였다.

"나도 처음 장 대협과 수인사를 나누었을 때까지만 해도 반신반의했었소만…… 이렇게 본인임을 확인하게 되었으니 다시 인사를 드려야겠소. 나는 맹진에 사는 임정이라 합니다. 강호의 동도들이 무심박도라 부르는 사람이지요."

임정이 자리에서 일어나 정중히 포권하자 철웅도 엉겁결에 일어나 예를 받을 수밖에 없었다.

"이러지 마시오. 괜한 풍문일 뿐이오."

철웅의 겸양에 임정은 오던 길 내내 한 번도 보이지 않았던 미소까지 보이고는 자리에 앉았다.

"소문대로 홀로 무공을 닦으신 강호의 은자시군요. 강호의 소문이라는 것은 달리는 말보다도 빠르고, 나는 새도 따라잡지요. 이거 장 대인과 같은 고수와 함께 술을 마시게 되었으니, 이 임모에게 큰 자랑거리가 하나 생겼습니다."

임정의 무덤덤한 목소리에 좌중은 흐뭇해했지만, 철웅은 머리 한쪽이 지끈거려 왔다.

"미안하지만, 그리 소문 낼 일은 아닌 듯하니……."

"염려 마십시오. 낙양에서 장 대협을 보았다는 이야기는 하지 않겠습니다."

　임정은 무슨 뜻인지 알겠다는 듯 고개를 끄덕였다. 그의 생각에 철웅은 강호의 은거 기인이었고, 그런 사람이 속세의 사람들과 부딪치길 꺼려하는 것은 쉽게 수긍할 수 있는 일이었다. 때마침 점소이가 주문했던 술과 안주, 소면 등을 가지고 나왔기에 일행은 철웅의 이야기를 잠시 접는 듯했다. 하나 몇 순배의 잔이 돌자 결국 이야기의 중심에 다시 철웅이 들어앉게 되었다.

　"…그렇게 된 것이라네. 그 모습을 보는 동안 내 속은 내 의제가 팔병신이 되지 않을까 하는 걱정에 새까맣게 타 들어갔었지."

　술이 조금 들어간 장 의원의 설명에 자세한 내막을 모르던 강추와 일삼마저도 고개를 끄덕이고 있었다. 임정은 놀랍다는 표정으로 철웅을 바라보고 있었고. 철웅의 무안함을 알았는지, 일삼이 잠시 헛기침을 하며 이야기의 흐름을 다른 곳으로 이끌었다.

　"한데 요즘 강호의 상황은 좀 어떻소?"

　얼굴이 약간 달아오른 임정이 가만히 생각을 하다가 입을 열었다.

　"음, 아직 이렇다 할 큰일은 없었소. 간혹 마교의 잔당을 보았다는 소문이 들리긴 하지만, 그다지 신빙성있는 소문은 아니고……."

　일삼과 강추 역시 가만히 고개를 끄덕여 임정의 말에 동의했다. 마교라니? 이미 십여 년 전에 사라진 이름이었다. 다들 쉬쉬하곤 있지만 명왕조가 들어서기까지 마교, 다른 이름 백련의 도움이 적지 않았다고 한다. 하지만 새로운 왕조가 들어서자마자 태조 홍무제는 그들을 대대적으로 탄압하여 결국 수십만에 달하던 백련교도들이 죽거나 산적이 되어 달아나 버렸다. 마교의 탄압에 강호의 인물들도 적지 않게 참여

하였고 결국 십 년 전, 그들의 마지막이라 부를 수 있는 파양호의 혈사를 끝으로 강호에서 마교의 그림자는 모두 사라졌다.

"마교라니… 말도 안 되는 소문이구려."

"그러게 말이오. 강호의 소문이란 것이 원래 그런 것이니……."

일삼과 임정은 제법 죽이 잘 맞았다. 서로 연배도 비슷할뿐더러 퉁명스런 말투와 그 속에 숨겨진 호기까지 참으로 닮은 점이 많았다. 술자리의 분위기가 달아오르고 있었고, 철웅과 강추는 물론 퉁명스럽던 임정마저도 제법 웃음을 내보이며 한가로운 시간을 보내고 있었다. 한데 그런 분위기를 보면 도저히 그냥 지나칠 수 없는 족속이 어디에나 있었고, 그들에게 다가온 다섯 사람의 귀공자 역시 그런 부류였다.

"이것 참, 언제부터 태종루에 이런 자들까지 출입하게 된 것이지?"

"그러게 말일세. 낙양에서 그나마 조용히 식사를 할 만한 곳은 여기뿐이었는데, 이런 어중이떠중이들까지 들락날락거리며 소란을 떠니……."

좌중의 시선이 들려온 목소리들로 향했다. 다섯. 그들이 보이고 있는 상대를 멸시하는 듯한 눈빛, 그들이 걸친 비단 옷이 아니더라도 한눈에 그들이 제법 위세있는 귀한 집 자식들임을 알 수 있었다.

"이게 누군가? 무심박도 임 대협 아니신가?"

청년들 중 하나가 임정을 알아보며 다가왔지만, 청년의 말속에 담긴 느낌은 반가움이 아니라 비아냥이었다.

"…오랜만이오, 옥 공자."

"정말 오랜만이군. 그래, 요즘도 맹진에 틀어박혀 무위도식하고 있는가?"

손에 든 섭선으로 임정의 어깨를 툭툭 내려치는 모습에 일삼과 강추의 눈이 낮게 굳어갔다. 한눈에 보기에도 청년들의 나이는 대략 이십대 후반. 사십 줄로 보이는 임정에게 보이고 있는 저 태도는 도저히 웃어넘길 수 없는 것이었다. 하지만 임정은 가만히 참고 있었다.

"옥 장주님 덕에… 잘 지내고 있소."

"하하, 그렇다면 다행이고. 그런데 우리가 아직 식사 중인데 말이야, 자네들의 왁자지껄한 소리 때문에 도저히 밥을 넘기기가 힘들어 그러니, 자리를 좀 피해주겠는가?"

임정의 주먹이 으스러지듯 쥐어졌다. 마치 자기 집에서 나가라는 듯한 말투였고, 윗사람이 아랫사람에게 훈계하는 듯한 어투였다. 일삼과 강추의 눈에 불꽃이 튀었고, 금방이라도 자리를 박차고 일어날 듯했지만 임정의 탁해진 목소리에 눌려 일어나지 못했다.

"…예 …그렇게 …하지요."

일삼과 강추가 놀라 임정을 바라보았으나 사정을 봐달라는 듯한 임정의 간곡한 눈빛에 입술을 깨물 수밖에 없었다. 치미는 화를 참지 못한 일삼과 강추가 철웅을 보았지만, 철웅의 눈빛 역시 차갑게 내려앉았을 뿐 이렇다 할 움직임을 보이진 않았다. 그리고 임정은 그런 철웅에게 간곡함을 숨긴 담담한 말투로 사정하였다.

"장 대인… 죄송하지만, 자리를 옮겨주실 수 있겠습니까? 그곳에서는 제가 한잔 대접하도록 하지요."

철웅의 눈이 임정의 눈과 마주쳤다. 철웅의 눈에 어렸던 차가운 기운이 조금씩 풀어지고 있었다. 임정의 눈빛은 그만큼이나 간절했다. 분명 무언가 사정이 있는 눈빛이었고, 쉽사리 뿌리치기 힘든 눈빛이었다.

"…그러지."

철웅이 자리에서 일어나자 일삼과 강추 역시 이를 악물고 일어나는 수밖에 없었다. 장 의원도 영 못마땅하다는 듯하였으나 일어날 때라는 것을 알고 있었기에 소아와 소소를 챙기며 짐을 꾸리기 시작했다. 하지만……

"오오… 이보게, 옥형. 저기 있는 소저의 미색이 참으로 곱구먼. 내가 잠시 자리를 청하고 싶은데, 자네가 다리를 좀 놓아주면 안 되겠는가?"

옥 공자라 불리는 청년에게 말을 건 청년은 백의를 입은 청년이었다. 제법 반반한 용모에 단정한 듯 보였지만, 그 눈에 흐르는 음욕을 모두 숨기기엔 역부족이었다. 자리에서 일어서던 일행의 몸이 굳어졌다. 그리고 그들의 움직임에 놀란 임정이 무어라 말을 하려 하였으나 옥 공자라 불린 청년이 한발 빨랐다.

"호오. 내가 눈이 있어도 보질 못하였군. 이보게, 임정. 내 친우의 부탁도 있거니와 나 역시도 저기 있는 소저와 교분을 쌓고 싶은데, 부탁을 좀 해도 되겠는가?"

은근한 압력이 실린 목소리였지만, 임정이 들어줄 수 있는 부탁이 아니었다.

"미안하지만, 저기 있는 분들은 나와 작은 인연만 있는 분들이오. 그런 부탁은… 들어드릴 수 없소."

임정의 악다문 목소리에 재미있다는 듯 옥 공자의 입가에 걸렸던 미소가 짙어지고 있었다.

"호오, 그래? 이런… 아버님이 맹진의 땅을 어찌 처리하실지 모르겠구먼. 이번에 조정의 세도 부담이 되는데, 아무래도 소작료를 좀 더 올려야 할지도 모르겠고……."

일삼과 강추의 눈에 조금씩 살의가 얹히기 시작했다. 대강의 사정을 파악하기에 충분한 대화였다. 저 옥 공자라는 자의 가문이 맹진의 유지였고, 맹진에서 살고 있다는 임정 역시 그런 재력의 위압에서 자유로울 수 없었으리라. 아니, 강호에 적을 두고 있는 임정이었으니 이런 위협쯤 웃어넘길 수도 있겠지만, 옥 공자의 태도를 보아하니 맹진에서 임정의 위치가 그런 것이 아님을 느낄 수 있었다. 하나 그것은 어디까지나 그의 일. 낙양이나 맹진에 인연이 없는 철웅 일행이었기에 옥 공자의 방약무인한 태도는 지나가는 개의 짖음과 다름이 없었다.

"흐흐, 이 하룻강아지들이 어디서 깽깽대고 지랄이다냐."

옥 공자의 인상이 굳어졌고, 웃음 짓던 그의 친구들 역시 헛웃음을 지으며 입을 연 사내를 바라보고 있었다. 일삼의 입가에 걸린 조소만으로도 자신들을 강아지라 부른 자가 그라는 것을 알 수 있었다.

"네, 네놈이 감히, 우리가 누군 줄 알고."

"누구긴… 똥오줌 못 가리고, 짖을 줄만 아는 개새끼들이지."

일삼의 말에 영우와 강추의 입가에 재미있다는 미소가 걸렸고, 청년들의 표정은 그들과는 정반대로 변하기 시작했다.

"이 발칙한… 네놈들은 낙양 숭무문이 두렵지도 않느냐?"

낙양 숭무문의 제자인지 소가주인지 모를 청년 하나가 호통을 쳤지만, 고작 낙양성 내에서나 이름을 얻고 있는 작은 무관 따위를 겁낼 강추가 아니었다.

“낙양 승무문의 이름이 좀 더 널리 알려진다면 한번 생각해 보마.”

강추의 말에 청년의 얼굴이 붉어지며 뭐라 소리치려 하였지만, 제일 뒤에 있던 청색 비단옷을 입은 청년의 말에 입을 다물고 있었다.

“그래? 그럼⋯ 낙양의 지부대인은 어떠한가?”

“⋯⋯.”

강추의 눈에 작은 놀람이 스쳤다. 일삼과 영우의 입가가 일그러지는 것을 본 청의 공자의 입가에 득의의 미소가 번지고 있었다. 낙양을 책임지는 지부대인의 위세는 아무리 강호에서 살아온 강추와 일삼이라 하더라도 함부로 상대할 수 없는 것이었다. 적어도 지부대인이라면 낙양 안에서 만날 수 있는 최고 권력자임이 분명했고, 눈앞의 청년은 그 권력을 등에 업을 수 있는 위치에 있어 보였다. 하지만⋯⋯

“⋯낙양지부대인이 지나가는 아녀자를 그대들 마음대로 유린해도 좋다 하던가?”

봄이라는 계절이 무색해져 버렸다. 고막을 파고든 차가운 한기에 몸서리를 쳤어야 했을 정도로, 철웅의 입에서 나온 목소리는 감당하기 힘들 만큼 차가운 한기를 담고 있었다. 소스라치게 놀란 한 청년이 말까지 더듬거리며 철웅의 말에 맞서려 했다.

“노옴, 무엄하다! 감히 지부대인을 그런 식으로 비방하고도 낙양에서 살아남을 수 있을 성싶으냐? 그리고 여기 있는 이 사람은 지부대인의 장자시다. 어서 무릎을⋯⋯.”

“⋯지부대인의 장자가 언제부터 지부대인의 권력을 함께 사용하게 되었는가?”

철웅의 목소리는 결코 크지 않았다. 하지만 그 작고 낮은 목소리를 듣지 못하는 자는 아무도 없었다. 귓구멍을 틀어막았다 해도… 그의 목소리는 고막에 울렸을 것이다. 청의 청년의 인상이 굳어갔다. 아직 그 누구도 자신 앞에서 저렇게 오만하게 서 있지 않았다. 그런 도전은 일어난 적도 없었고, 일어나리라 생각해 본 적도 없었다. 당황스러움을 떠나 분노가 치밀었다.

"…정녕 죽고 싶으냐?"

청년의 눈에 분기가 담겼고, 일삼과 강추의 눈에 긴장의 빛이 어렸다. 저런 버릇없는 아이 하나쯤 어찌하는 것은 일도 아니었지만, 그 뒤에 있다는 지부대인은 그들이 어찌할 수 없는 상대였다. 지금은 물러서는 것이 상책이었다. 문밖으로 조심스레 나간 점소이의 움직임도 그들의 조급함을 부채질하고 있었다.

그들 사이에 있던 임정의 곤혹스러움은 자리의 그 누구보다도 더했다. 옥 공자 한 사람이라면 그의 가문에 찾아가 사정을 이야기하고 말로 어찌해 볼 수 있을 것이다. 하나 지부대인의 장자인 저 사내는 자신도 감히 어찌할 수 없는 자였다. 사실 저 청년의 사람됨은 같이 있는 자들보다는 조금 나았다. 조금 거들먹거리긴 하여도 무작정 사람을 해하는 자는 아니었고, 자신들과 같은 자들과 어울리진 않았어도 함부로 권력을 휘두르는 자도 아니었다. 하지만 일이 점점 커지고 있었다. 친구들의 방탕함을 미소로 방관하던 자가 전면에 나서 맞서고 있었고, 그에게 맞서는 자 역시 한 걸음도 물러설 생각이 없어 보였다. 그리고 일은 터지고 말았다.

"…자리를 비켜달라고 한다면 비켜주겠다. 나 역시 고약한 악취를 맡으며 술을 마실 생각은 없으니. 하나 내 여식의 몸에 악취가 나는 것은 나로서도 용납할 수가 없으니, 그리 알고 물러나라.”

“…한 발자국도 움직이지 못한다. 네놈의 여식 따위가 어찌 되든 상관치 않겠다. 하나 나에게 불손하게 군 것에 대해 사과하지 않으면… 결코 이곳을 떠나지 못한다.”

청의 사내의 눈에 이는 것은 분명 분노였다. 흠집 한 번 나지 않았던 자존심에 커다란 상처가 나고 말았으니, 이대로 이자를 보냈다가는 상처난 자존심을 치료할 방법이 없을 것 같았다. 그리고 자신의 자존심을 회복시켜 줄 그들이 들이닥치고 있었다.

“모두 꼼짝 마라!”

제아무리 점소이가 바람처럼 달려나가 그들을 불렀다 하더라도, 분명 신기에 가까울 만큼 빠른 등장이었다. 게다가 근 이십 명에 달하는 인원이 들이닥쳤다는 이야기는 그들 모두 지부대인의 아들 뒤를 열심히 쫓고 있었다는 말밖에는 설명할 길이 없었다.

“어디 다치신 곳은 없으십니까, 공자?”

스무 명의 관원. 하나같이 얼굴에 인상을 쓰고 나타난 그들은 인근 호동(胡同)을 순찰 중인 포쾌와 포두들이었다. 마치 누군가에게 보여주어야겠다는 것처럼 그들의 얼굴은 하나같이 자신의 일인 것처럼 붉게 상기되어 있었다.

“저자를 포박하라.”

청의 공자의 손가락이 철웅을 가리켰다. 포쾌들의 시선이 철웅에게 향했고, 강추와 일삼 역시 어쩔 수 없다는 듯 철웅의 앞을 막아섰다. 장 의원과 소소, 소아가 조심스레 한 발 물러섰고, 그 앞을 영우가 인상을 쓰며 막아섰다. 마치 그렇게 하기로 미리 정했던 듯한 포진이었지만, 그들의 서로에 대한 마음이 어떠한지를 알 수 있는 포진이기도 하였다.

"…이보게들."

"자, 오라구. 어차피 하기로 마음먹었으니 빨리 끝내고 낙양을 빠져나가야겠어."

"그렇지. 다시 나온 강호에서의 첫 상대가 관부라 껄끄럽긴 하지만, 그런 것 따지며 살아온 삶은 아니었지."

철웅의 말은 듣지도 않은 채 두 주먹을 굳게 쥔 일삼과 강추였다. 아무런 병기도 구하지 않은 두 사람이었지만, 두 사람이 내뿜는 기세만으로도 포쾌들은 그들이 강호의 인물임을 짐작할 수 있었다. 철웅도 마음을 굳히고 있었다. 어차피 해야 할 싸움이라면 걱정은 잊어버리는 편이 좋았다. 상대가 관부의 인물이든, 지부대인의 장자든, 지부대인 자신이든.

"하압~!"

청의 공자의 눈치를 힐끔 보던 포쾌 하나가 용감하게 달려들었다. 일삼에게 주먹을 내지르는 모습이 관부에서 가르치는 팔로권(八路拳)을 제법 끈기있게 수련한 듯 보였다. 자신의 명치를 노리고 들어오는 주먹을 바라보던 일삼이 피식 웃으며 오른손을 살짝 내밀었다. 그리고 몸을 우측으로 살짝 비틀며 포쾌의 주먹을 오른쪽으로 흘렸고, 그와 동시에 무릎을 포쾌의 복부에 쑤셔 박았다.

퍼억!

그것이 시작이었다. 다섯 명의 청년이 뒤로 무르며 스무 명에 달하는 포쾌들이 달려들었고, 일삼과 강추는 그들을 맞아 신형을 띄우며 몸을 움직이기 시작했다.

퍽!

"켁!"

퍼벅!

"으악!"

포쾌들의 권각도 제법 매서웠으나 일삼과 강추에게는 아직 부족해 보였다. 그렇다고 일삼과 강추의 손속이 매섭게 휘몰아치지도 못했기에 싸움은 쉽게 끝날 것 같지 않았다. 아무리 관부의 인물들과 부딪치는데 거리낌없다 하였어도, 주먹을 나누는 것과 목숨을 취하는 것은 큰 차이가 있었기에 가급적 상대를 제압하기 위한 공방을 벌이는 일삼과 강추였다. 강추와 일삼의 무공은 일반 포쾌들이 감당할 수 있는 수준이 아니었기에 그리 큰 무리가 없었지만, 그래도 스무 명에 달하는 사람을 큰 상처 없이 제압하는 것은 쉬운 일이 아니었다.

"임정! 그대도 저들을 잡는데 도와라! 그렇지 않으면 맹진의 모든 소작을 거두어 버릴 것이다!"

옥 공자라 불린 청년이 악에 받친 듯한 고함을 질렀다. 임정의 눈이 매서워졌으나 입술을 깨물고 있는 그의 입은 쉽게 거부할 수 없는 그의 마음을 보여주고 있었다.

"어서! 그대가 저자들을 제압한다면, 그간 밀린 맹진의 소작료를 모두 탕감해 주겠다!"

포쾌들이 하나 둘 떨어져 나가자 다급해진 옥 공자가 다시 큰 소리로 소리쳤다. 그 소리에 임정은 눈이 크게 뜨일 수밖에 없었다. 자신의 고향 사람들이 지고 있는 빚은 해마다 늘어갈 뿐이라 이자만 갚아나가는 것도 버거운 일이었다. 한데 그 빚을 모두 탕감해 준다는 말은 그로서도 쉽게 거부할 수 없는 유혹이었다.

임정이 허리춤의 박도를 만지작거리며 고민하고 있을 무렵, 서 있는 포쾌들보다는 누워 있는 포쾌들의 수가 더 많았다. 옥 공자의 눈에는 다급함이 어렸다. 포쾌들마저도 모두 때려눕힌 자들이 자신들을 어쩌지 못하리란 법이 없었기에 두려움은 점점 커지고만 있었다. 그리고… 조용히 걸어나오는 사내의 모습에 옥 공자의 가슴은 겨우 한숨을 내쉴 수 있었다.

"…미안하오."

임정의 목소리에 일삼과 강추의 얼굴이 일그러지고 있었다. 그의 오른손엔 투박한 한 자루 박도가 들려 있었다.

임정의 오른손엔 한 자루 박도가 들려 있었다. 한 자 반에 불과한 길이에 폭이 한 뼘은 되어 보일 듯한 기형 박도였지만, 그 모습을 본 강추와 일삼은 긴장하지 않을 수 없었다.

'…예상은 했지만 쉽지 않은 상대다.'

"임형… 이래야 하겠소?"

일삼이 안타깝다는 듯 임정을 바라보며 떨어지지 않는 입을 열었다. 하지만 임정은 그의 눈을 마주 보지도 못했다.

"…어쩔 수 없소!"

임정은 더 이상 말을 나누는 것도 힘겹다는 듯 악에 받친 한소리를 내뱉고는 일삼과 강추를 향해 몸을 날렸다. 박도에 실린 기세에 놀란 포쾌들이 다급히 몸을 날려 피했고, 일삼과 강추도 날아드는 임정을 보며 몸을 긴장시켰다.

"하압!"

내려치던 박도를 피한 일삼이 숨도 고르기 전, 다시금 올려쳐지던 박도를 보곤 놀라 몸을 뒤로 급히 날려야 했다.

찌이익!

간발의 차이로 가슴 어림의 옷만 잘린 일삼이었지만, 두터운 박도가 잘라낸 옷이 날카롭게 베어져 있음을 보곤 놀란 입을 다물지 못하고 있었다.

'검기를 다룰 만큼의 고수였던가?'

거리를 벌린 일삼을 두고 임정의 박도는 한 바퀴 회전하며 강추의 허리를 쓸어갔다. 강추는 급히 거리를 벌리며 물러났으나 박도는 그런 강추를 쫓아 종횡으로 베어왔다.

"하앗!"

임정의 박도가 스친 탁자의 모서리가 날카롭게 베어져 떨어져 나가는 모습에 놀랄 틈도 없이, 어깨를 노리며 들어오는 박도를 피해 몸을 뒤로 꺾어야 했던 강추였다. 하지만 어깨를 노린 것은 허초였음인가? 강추의 몸이 제자리로 돌아오기도 전 어깨를 노렸던 박도가 허공을 치고 떨어져 내리며 강추의 목을 노렸다. 하나 놀라 도망치던 일삼과는 달리 강추는 낮아진 신형을 피하지 않고, 오른발을 낮게 휘둘러 임정의 하체를 노렸다. 병기를 가진 자와 대적하는 첫 번째는 병기를 이탈시 킴이고, 두 번째는 병기의 이득을 보지 못하게 함이라는 것을 강추는 상기하고 있었다. 하체를 가격당하기 직전 임정은 몸을 뒤로 크게 꺾 어 제비를 넘었다. 그사이 강추가 신형을 바로 했고, 곁에 있던 의자를 집어 임정의 얼굴을 향해 던졌다. 바로 서자마자 자신의 얼굴로 날아 드는 의자를 보곤 급히 박도를 올려쳐 의자를 두 동강 낸 임정이었지 만, 갈라진 의자 사이로 보인 강추는 이미 지척까지 다가서 있었다.

"차앗!"

강추가 틈을 노려 임정의 어깨에 주먹을 날렸고, 임정이 다급히 몸을 돌려 그 주먹을 피했다. 주먹이 빗나갈 것임을 예상이나 한 듯, 몸을 돌린 강추의 주먹이 임정의 허리를 노렸다. 임정은 급히 발을 들어 무릎으로 강추의 주먹을 막았고, 그 반동을 이용해 강추는 다시 거리를 벌렸다. 하나 그것이 패착이었다. 거리를 벌리기 위해 몸을 내뺏지만, 임정은 다시금 몸을 날리며 박도를 종횡으로 휘둘러 왔다. 설마 이렇게 빠르게 반격하리라곤 생각지 못했던 강추였기에, 철판교의 신법으로 상체를 뒤로 꺾을 수밖에 없었다. 하지만 어느새 수직으로 고쳐 잡은 임정의 박도는 강추의 허벅지를 노리며 내려 꽂히고 있었다. 일말의 양심은 있었던 것인지 생명에는 지장이 없을 법한 공격이었지만, 자신의 다리를 향해 짓쳐 드는 넓은 박도를 보며 강추는 눈을 질끈 감을 수밖에 없었다.

카강!

철판교의 모습 그대로 바닥에 누워 있던 강추의 눈이 번쩍 떠졌다. 그리고 몇 발자국 떨어진 곳에서 박도를 쥔 오른 손목을 움켜쥐고 인상을 쓰고 있는 임정의 모습을 볼 수 있었다. 또한 그를 향해 내민 한 손도 볼 수 있었다.

"…일어나게."

철웅이 오른손에 묵빛 장검을 늘어뜨린 채 왼손을 자신에게 내밀고 있었다. 강추는 그 손을 잡고 일어서서는 철웅의 뒤에 섰다. 철웅의 시선이 잠시 임정에게 향했다가 청년들에게 향했다.

"…아직은 아무도 다치지 않았다. 이번이 마지막 기회다. 물러가 줄 테니 막지 마라."

철웅의 눈이 청의 공자에게 향했다. 그 서늘한 눈빛에 흠칫 놀란 청의 공자가 악에 받쳐 무어라 말하려 했지만, 뒤이어 들린 철웅의 한마디에 입을 다물 수밖에 없었다.

"그래도 막겠다면 싸울 수밖에 없다. 하나… 내가 손에 검을 든 이상… 싸움이 다시 시작된다면… 누구도 살아서 돌아갈 생각은 하지 마라."

철웅의 눈이 좌중을 쓸고 지나갔다. 그 눈빛을 받은 포쾌들은 흠칫 놀라 한 걸음씩 물러섰고, 청년들 역시 그 기세에 눌려 함부로 입을 열지 못하고 있었다. 한쪽에 서 있던 임정 역시…….

그런 폭발 직전의 침묵을 깨뜨린 것은 좌중의 누구도 아닌 객잔 문을 열고 들어선 한 사람이었다.

"도련님, 댁으로 들어오시라는 지부대인의 명입니다."

붉은 옷. 그 사내는 붉은 옷을 입고 있었다. 긴 장검을 차고 있었고, 검은 관을 머리에 쓰고 있었다. 서른 중반으로 보이는 얼굴엔 당당함이 어려 있었고, 그의 손이 올라가 있던 장검에는 자신감이 배어 있는 듯했다.

"하 동지(同知)를 뵈옵니다."

몇몇 포쾌가 객잔으로 들어선 사내에게 서둘러 예를 올렸다. 청의 공자의 눈에도 의아함이 어렸다.

"아니, 하 동지가 어떻게……?"

"대인의 명입니다. 어서 가시지요."

어찌 알았는지는 중요하지 않았다. 하나 자신의 아버지인 지부대인의 명은 아들인 자신도 따르지 않을 수 없는 것이었다.

"하지만 저들은……."

"불문에 붙이라는 명이십니다."

이번에는 청의 공자만큼이나 철웅과 일행도 놀랐다. 하 동지라는 사람의 말을 듣자 하니 지부대인이란 사람도 이미 이곳에서 벌어진 일을 알고 있는 눈치였다. 한데 자신의 아들이 시비에 휘말렸음에도 불문에 붙이겠다 했으니 놀라지 않을 수 없는 일이었다.

"하지만……."

"속히 들라는 명이셨습니다."

청의 공자는 입술을 깨물었지만 발작을 하거나 하진 않았다. 아버지의 명도 명이었지만, 저 고지식한 하 동지는 자신의 고집 따위는 아랑곳하지 않을 것이 분명했다.

"…놈들 …두고 보자."

결국 청의 공자는 바람이 일 만큼 휙 하니 몸을 돌려 객잔을 빠져나갔다. 같이 있던 다른 청년들 역시 눈치를 살피더니 이내 청년의 뒤를 따라 객잔을 떠나갔다. 하 동지의 눈짓을 받은 포쾌들도 그 자리에 있을 이유가 없었기에 아수라장이 되었던 객잔은 금세 철웅 일행만이 남게 되었다. 철웅 일행이 어리둥절해 있는 사이 문을 열고 나가던 하 동지라는 자가 입술을 움직였다.

"장 대인, 지부대인이 뵙기를 청하오. 자정에 모시러 오겠소."

철웅이 고개를 돌려 그를 찾았으나 이미 그는 객잔 밖으로 사라져 있었다. 장 의원과 소소 등은 자리에 털썩 주저앉아 버렸다. 일삼과 강추의 시선이 임정에게 향했고, 임정은 그들의 시선을 받으면서도 아무 말도 하지 못했다. 그가 무슨 입이 있어 그들에게 말을 하겠는가.

"임형… 실망했소."

일삼의 목소리엔 허탈함이 배어 있었다. 짧은 하루의 만남이었지만, 제법 말이 통하는 자라 여겼었는데, 그깟 돈 몇 푼 때문에 검을 거꾸로 쥐다니……. 하지만 철웅은 가만히 선 채로 아무 말이 없었다.

"미안… 하오."

어느 한 사람에게 하는 말이 아니었다. 철웅과 일삼, 강주, 그리고 일행 모두에게 임정이 미안하다 말하고 있었다. 그리고 그의 사과를 받아줄 사람은 아무도 없었다. 단 한 사람을 빼곤.

"…빚이 얼마나 되오?"

철웅의 한마디에 임정은 얼굴이 붉어짐을 느꼈다. 하지만 대답하지 않을 수 없었다.

"…은자 천 냥 정도……."

일삼과 강추의 눈이 커졌다. 결코 적은 돈이 아니었다. 아니, 그들에겐 천문학적인 액수라 해도 과언이 아니었다. 좋게 생각하자면… 충분히 검을 거꾸로 쥘 수도 있는 액수였다.

"몇 사람이나 되오?"

"오십 호 정도 됩니다. 모두… 가난한 자들이지요."

오십 호라면 한 호당 은자 스무 냥 이상씩 빚을 지고 있는 셈이었다. 일 년 농사를 지어도 은자 열 냥을 벌기 힘들다. 안 먹고 안 입어 일 년에 은자 닷 냥을 모으면 수전노 소리를 들을 수 있다. 빚이란 것이 크면 클수록 늘어갈 수밖에 없다는 점을 생각한다면, 평생 갚기 힘든 금액이었다. 임정의 입장이 이해될 것도 같았다.

"…빚을 갚아주면, 그 박도를 바로 쥘 수 있겠소?"

임정의 눈이 크게 떠지며 철웅에게 향했다. 무슨 소리냐는 듯, 어떤 의미냐는 듯.

"임형이 저런 아이들에게 놀아나는 것이 보기 딱한 것뿐이오. 그렇게 휘두르기엔… 임형의 박도가 아깝기도 하고……."

철웅이 가만히 뒤돌아서더니 자신의 봇짐을 뒤적였다. 그리고 무언가를 꺼내어 임정에게 다가가 건네었다.

"가지고 가시오."

임정은 철웅이 건넨 전표를 보곤 크게 놀랐다. 중원전장의 직인이 선명하게 찍힌… 천 냥짜리 전표였다.

"이것을… 왜?"

"아무 말 하지 마시오. 모든 일을 다 설명할 수 있는 건 아니라오."

철웅은 가만히 미소 지었다. 그리고 뒤돌아서며 말했다.

"인연은 여기까지만 했으면 하오. 무슨 말인지… 알겠지요?"

은혜에 대한 보답이라느니 하며 자신을 따르지 말라는 뜻이었다. 임정 역시 철웅의 말을 알아들었다. 그리고 가만히 고개를 숙여 보이곤 객잔을 떠났다. 아무 말 없이. 그렇게.

"젠장… 말없이 가버리는군. 인정머리없이……."

일삼이 씨근덕거리며 남아 있던 술잔을 들어 목에 털어 넣었다. 철웅이 건넨 전표가 얼마짜린지는 모르겠지만, 적은 액수는 아니었을 것이다. 그럼에도 고맙다는 말 한마디 없이 그냥 떠나 버린 것이 괘씸했는지도 모른다. 하지만 그런 괘씸함보다 아쉬움이 더 남음을 보이기 싫었음인지 일삼은 신경질적으로 다시 한 잔의 술잔을 비웠다.

"이보게, 이리 좀 와보게."

철웅은 조용히 객잔 밖에 숨어 있는 점소이를 불렀다. 미적미적 다가온 점소이에게 약간의 은자를 건네준 철웅이 말했다.

"이건 부서진 집기 값이네. 그리고 이곳에서 하룻밤 묵어갈 것이니 방 세 개만 준비해 주게."

점소이는 선뜻 대답을 하지 못하고 있다가 철웅의 눈을 보곤 고개를 끄덕여 보이곤 물러갔다. 이곳을 자주 찾는 지부대인의 아들 눈치를 생각한다면 당장 쫓아내도 아쉬울 판이었지만, 그렇게 쫓아내기엔 그들이 보여준 무위에 말할 엄두도 나지 않는 점소이였다. 입맛을 버린 일행은 하나 둘 짐을 챙겨 이층으로 향했다. 잠을 청하기엔 아직 이른 시간이었지만, 난장판이 되어버린 객잔에 앉아 술잔을 기울이는 것도 내키는 일은 아니었기에 선택의 여지가 없었다.

낙양의 첫날은 그렇게 막을 내리고 있었다. 하지만 하룻밤 여정으로 택했던 낙양의 일정은 그들의 의지와는 조금 다르게 흘러가고 있었다.

第三十一章
과거지사(過去之事)

과거지사 過去之事

　"잠시 밖으로 나와주시오."

　자리에 누워 있던 철웅의 귀로 익숙한 목소리가 들려왔다. 철웅은 이미 깊이 잠들어 버린 일삼과 강추를 지나 방문을 열고 객잔의 일층으로 향했다. 계산대에 엎드린 채 잠들어 있던 점소이가 계단을 내려오는 철웅의 발소리에 놀라 깨었다.

　"에? 어디 가십니까?"

　잠이 덜 깬 점소이의 목소리에 철웅이 조용히 말했다.

　"잠시 나갔다 왔으면 하네."

　점소이는 부스럭거리며 일어나 잠겨진 객잔의 빗장을 열어주었다. 철웅이 건네준 동전 한 닢에 귀찮아했던 마음은 모두 달아나 버렸고, 돌아올 때 문만 두드리면 언제든 일어나겠다는 인사까지 한 다음에야 다시금 객잔의 문을 잠근 점소이였다.

　객잔 앞에 서 있던 철웅의 앞으로 한 대의 마차가 조용히 다가왔다. 마차의 문이 열리고 그 안에서 하 동지라는 자가 내리며 철웅을 맞았다.

　"늦은 시간에 청해서 죄송합니다. 저희 지부대인께서 이목을 피해 만났으면 하십니다."

　"지부대인께서 찾으신다면 응당 가야겠지만… 무슨 이유인지는 알려주는 것이 순서일 것 같습니다."

　철웅의 담담한 말에 하 동지라는 사람은 살짝 미소를 지으며 마차에 오르기를 권했다.

　"가보시면 아실 겁니다. 다만 장 대인에게 어떠한 위협도 없을 거라는 건 제가 보증하지요."

　하 동지의 말에 철웅은 잠시 생각을 하다 결국 마차에 올랐다. 거절할 이유도, 명분도 없었고 현실적으로도 지부대인의 명을 거절한다는 것이 쉽지 않음을 인정할 수밖에 없었다.

　철웅을 태운 마차가 낙양 대로를 따라 달리고 있었다. 물론 낙양지부의 위치를 모르던 철웅이었기에 마차가 낙양지부가 아닌 다른 곳으로 향하는 것까지는 알 도리가 없었다. 단지 생각보다 조금 먼 곳으로 가고 있다라는 짐작만 할 뿐. 마차가 멈추어 선 곳은 자정이 되어서도 불이 꺼지지 않고 있던 한 거대한 기루의 앞이었다. '태평제일루' 라는 거창한 이름의 기루 앞에 선 마차의 문을 연 것은 삼십대 초반의 한 여인이었다.

　"어서 오십시오, 장 대인. 지부대인께서 기다리고 계십니다."

참으로 고운 미색이었다. 삼십대의 완숙함이 보이는 여인의 인도를 따라 철웅은 기루 안으로 걸음을 옮겼다. 기루의 이곳저곳에서 여인들의 교성과 사내들의 취기 어린 목소리가 들리고 있었다. 마지막으로 기루를 들었던 적이 언제였던가 기억을 더듬는 사이, 여인을 따라 발걸음을 옮긴 철웅은 사층의 한 방문 앞까지 이르렀다.

"드시지요."

철웅은 사양치 않고 방 안으로 들었다. 그곳에는 그가 기다리고 있었다.

"……"

"……?!"

마주 선 두 사람. 두 사람은 서로를 바라보고 있었지만, 아무 말도 할 수 없었다. 두 사람의 입이 떨어진 것은 기억 속, 서로가 남아 있던 그 시간만큼을 되돌리고 난 후였다. 십칠 년이란 세월을 격하고 난 후…….

"…정말 …자네가 맞군."

"…상 …지?"

두 사람은 서로를 기억해 내고야 말았다. 십칠 년 전의 기억이었지만, 그들이 서로를 기억해 내는 것은 그리 어려운 일이 아니었다. 그 전대미문의 옥사를 기억해 내는 것만큼이나…….

"자네가… 이곳의 지부대인이었나?"

철웅의 목소리는 조금 떨리고 있었다. 자신을 보고자 했던 사람이 그일 줄은 꿈에도 생각지 못했다. 아니, 자신의 모습을 기억하는 사람이 남아 있으리라는 것을 생각지 못한 것이 더 정확한 표현일 것이다. 하지만 눈앞의 사내는 자신을 기억해 내었고, 그런 자신을 찾았다.

"정말… 오랜만이군…… 세민."

"…잊혀진 이름일세."

철웅은 사내에게서 눈을 떼지 못한 채 우두커니 서 있었다. 사내, 탐스러운 수염을 가슴까지 기른 사십대 후반의 중년인이었다. 뚜렷한 이목구비에 범과 닮은 큰 눈은 주위를 압도하기에 충분해 보였다. 그 사내가 바로 낙양의 지부대인인 유상지(劉常志)였다.

"이리 와… 앉게. 자네 얼굴을… 자세히 보고 싶구먼."

철웅은 말없이 다가가 유상지의 맞은편에 앉았다. 상 위엔 온갖 산해진미(山海珍味)가 차려져 있었고, 미주가효(美酒佳肴)가 올려져 있었지만, 그들의 시선을 붙잡아두기엔 역부족이었다. 두 사람의 시선은 서로에게 닿아 있었다. 흘러가 버린 과거를 회상하듯 서로의 변해 버린 모습에서 그 시절의 흔적을 찾는 것은 어렵지 않았.

"자네… 많이 상했군. 하지만… 하나도 변하지 않았어."

"자네 역시… 그대로구먼."

두 사람은 한동안 아무 말도 하지 못했다. 상 위의 음식이 식어가고 있었지만, 그런 것들을 신경 쓰기보단 그들이 느끼고 있는 감정의 조율이 먼저였다.

"우연치 않게 그곳을 지나치게 되었네. 그리고 아들놈이 시비가 일었다는 말에 구경 삼아 그곳에 들렀었지. 그리고… 자네를 보았네."

"……"

철웅은 아무 말이 없었다. 그저 옛 친우의 말을 듣고만 있었다.

"하마터면 못 알아볼 뻔했어. 자네가 검을 들고 뛰쳐나오기 전까진. 내가 어찌 그 모습을 잊을 수가 있겠나. 자네의 그 모습을……."

"그랬겠지. 자네는 나의 검무(劍舞) 보길 좋아했었으니까."

"그래… 그랬지. 내가 얼마나 놀랐는지 아는가? 이미 십 년 전에 죽었다고 알려진 친구가 버젓이 살아 있으니. 거기다 강호의 인물들과 함께… 자네가 신분을 알리지 않고 다른 이의 이름으로 지내는 것 같았기에 부득이 이렇게 부를 수밖에 없었네."

"잘했네. 그리고 고맙네."

철웅은 가만히 미소 지었다. 예나 지금이나 자신의 친우는 모든 일에 빈틈이 없었다. 마음 한편이 편해졌다. 마치 예전의 그때로 다시 돌아간 것처럼.

"그래… 그동안 어찌 지냈는가?"

"허허, 그냥… 모든 것을 잊고 살았지."

"…그랬군. 그래, 그러고도 싶었을 거야. 이해할 수 있네."

"나 역시 놀랐네. 자네가 벌써 지부대인이라니."

"허허, 내 머리가 원래 좀 비상하지 않은가. 큰 막힘 없이 이곳까지 올라왔네."

철웅은 친우의 흰소리에 미소 지었다. 자신의 친우는 변하지 않았다. 자신에게만큼은 그 시절의 친우 그대로였다.

"대인."

"들게."

방문이 스르륵 열리며 철웅을 맞이하였던 미부가 들어왔다. 그녀와 함께 들어온 장정 둘이 상을 통째로 들고 나갔고, 뒤이은 사내들이 또

다른 상을 들고 와 유상지와 철웅의 사이에 놓았다. 장정들은 모두 나갔지만, 미부는 한편에 앉은 채로 있었다.

"이 사람은 믿을 수 있는 사람이네. 입이 무겁기로는 천하제일이라 부를 수도 있는 사람이지."

"호호, 대인의 농은 감당하기 어렵습니다. 그저 조용히 술잔만 채워 드리다 나갈 터이니 신경 쓰지 마십시오."

미부의 눈길이 철웅에게 향했다. 철웅은 웃으며 잔을 들어 건넸다. 미부 역시 마주 웃어 보이며 조용히 술병을 들어 잔을 채웠다.

"허허, 홍요랑(紅天琅)의 술은 몹시 비싼 술일세. 적어도 낙양성에서는 이 사람의 술잔을 받을 수 있는 사람이 나섯 손가락을 넘지 않으니."

철웅은 가만히 고개를 들어 미부의 얼굴을 보았다. 하얀 피부와 오뚝한 코, 갸름한 턱 선과 고운 이마까지. 그가 알고 있는 한 사람과 많이 닮아 있었다.

'재희 소저와 많이 닮았군. 아니지, 재희 소저가 이 홍요랑이란 미부를 닮은 것인가?'

문득 떠오른 그녀의 모습에 철웅은 헛웃음을 흘렸다. 주책없는 생각이었다. 언감생심 꿈도 꿀 수 없는 상대…….

"그리고 아들 녀석의 잘못은 내가 단단히 꾸짖어놓겠네. 자네를 볼 면목이 없구먼."

"잘 키웠더군. 조금만 더 다듬으면 큰 재목이 되겠어. 자네가 힘 좀 들겠네."

그래도 친우의 자식인지라 나쁜 말은 할 수가 없었지만, 힘들어서라도 재목으로 만들라는 뜻은 저 머리 좋은 친우에게 분명히 전달되었으리라. 철웅은 친우의 잔이 채워지는 것을 보곤 손을 들어 올렸다.

"자네를 위해……."

"자네를 위해……."

두 사람은 들었던 잔을 한입에 털어 넣곤 잔을 내려놓았다. 홍요랑이 조금 다가와 두 사람의 잔을 다시 채우고 있었다. 곁으로 다가온 홍요랑의 향기가 철웅의 코끝을 간질였지만, 철웅은 가만히 미소 지을 뿐이었다.

"그래, 낙양에는 무슨 일로 찾아온 것인가? 아니지, 자네 어디서 머물고 있는 것인가?"

철웅은 친우의 물음에 화산의 거처와 낙양에 들르게 된 사연, 그리고 앞으로 하고자 하는 일들을 털어놓았다. 그 이야기를 들은 유상지는 기어이 웃음을 터뜨리고 말았다.

"허허허, 아, 웃어서 미안하네. 하지만 천하의 맹장이었던 자네가 약을 판다는 이야기에는 도저히 웃지 않을 수가 없구면."

"허허, 너무 나무라지 말게. 그래도 내가 파는 약은 꽤 효과가 좋다네."

두 사람의 이야기는 너무나도 격의가 없었다. 서로 감출 허물도, 보여선 안 될 치부도 그들에겐 없었다. 그들은 아주 오래된 친우였다. 이런 저런 이야기로 시간이 흐르고 있었다. 그들이 나누어야 할 이야기는 너무나 많았기에 홍요랑의 손이 바쁘게 상 위를 돌아다녀야 했다. 그리고 유상지가 꺼낸 그녀의 이야기도 그들이 나누어야 할 중요한 이야기 중 하나였다.

"…그녀가 …살아있네."

"……?!"

철웅의 손에 있던 술잔의 동요가 멈추었다. 철웅은 고개를 들어 친우가 말한 그녀가 누구인지 확인하지 않았다. 설마… 설마…….

"지금… 북평에 있네. 북평제일루의 루주라고 하더구먼. 연왕 그분께 들었으니 아마 맞을 걸세."

철웅은 결국 들었던 술잔을 도로 내려놓고 말았다. 연왕, 자신을 한 사코 친우라 부르며 즐거워하셨던 분이다. 그리고 자신과 그녀가 가약을 맺었을 때 자신만큼이나 기뻐해 주셨던 분이다. 그분이 있는 그곳에 그녀가 있다면, 자신이 생각하는 그녀가 틀림없었다.

'정혜주(正慧姝), 나의 정혼녀…….'

철웅은 한동안 아무 말도 할 수 없었다. 설마… 그녀가 살아 있으리라곤……. 그토록… 그토록… 찾아 헤맸건만…….

"지금은… 설화라고 한다더군."

철웅은 아무 말이 없었다. 입을 열면 참고 참았던 한숨이 쉬어질 것만 같아서였다.

아무 말도 할 수가 없었다…… 아무 말도…….

*　　　*　　　*

유상지는 비어 있는 술잔을 바라보고 있었다. 마치 단잠 속에 이어 졌던 짧은 꿈처럼 그는 떠났고, 그가 남긴 빈 술잔만이 그의 온기를 전해주는 듯했다.

"두 분의 친분이 두터웠던 것 같습니다."

"두텁다라……."

홍예랑의 말에 유상지는 가만히 고개를 저으며 술잔을 들었다. 홍예랑의 하얀 손이 그의 빈 잔을 채우는 동안에도, 그의 시선은 친우가 남기고 간 잔을 떠나지 못하고 있었다.

"그는 …내가 닮고자 했던 사람이라네."

"……?!"

홍예랑의 손길을 따라 전해진 떨림이 차 오르던 잔에 파문을 만들고 있었다. 그 사람이 누군지는 모르지만, 눈앞의 낙양지부대인이 어떤 사람인지는 잘 알고 있었다.

이제 겨우 마흔일곱. 지부대인이라는 감투를 쓰기에 이르다면 이른 나이였지만, 그가 걸어온 행적을 아는 사람이라면 지부대인이란 감투가 초라하다 서슴없이 말할 수 있는 사람이 바로 유상지였다.

나이 십사 세에 대과의 초입이라는 동시(童試)를 통과하였고, 그 이듬해에 원시(院試)를 통과하여 주의의 사람들을 놀라게 하였다. 불과 스물셋의 나이에 대과의 마지막 시험인 전시(殿試)를 장원(壯元)으로 통과하였을 땐, 당금의 황제가 친히 그에게 진사급제(進士及第)의 패를 하사하며 그의 명석함을 치하하였다고 한다.

이후 여러 관직들을 두루 섭렵하며 자신의 입지를 다져 왔으며, 비록 지금은 잠시 중앙정계의 알력 다툼으로 밀려나 낙양성의 지부대인으로 있는 상태였지만, 조만간 중앙정계로 권토중래할 것이라는 소문이 자자한 막강한 권력을 가진 그였다.

그런 사람이 누군가를 닮고자 했다니 놀라지 않을 수가 없는 일이었다.

"나의 집안은 몇 대에 걸쳐 유림의 명가로 그 성세를 누리고 있었고, 그 친구의 집안은 명조 최고의 군벌 가문으로 그 명망이 하늘을 찌르고 있었네. 내 친우의 아버지는 그 그릇을 감히 재어볼 엄두도 내지 못할 만큼 큰 인물이었지. 대명의 개국공신이었고, 북원정벌의 선봉으로 그 이름을 천하에 위진시켰던 일세의 명장……."

'북평대장군… 이정인…….'

홍예랑은 어렵지 않게 한 사람의 이름을 떠올릴 수 있었다. 지부대인의 아비 연배에서 개국공신이며, 북원정벌로 이름이 높았던 장수는 그리 많지 않았기에.

"평소 사람을 사귀는데 격의가 없었던 그와 나의 부친들이었기에 나와 그 친구도 자연스레 친해질 수 있었다네. 그리고… 그가 있었기에 지금의 나도 있을 수 있었던 것이고."

"……?"

"한 번은 이런 일이 있었네. 내가 열다섯이었던가… 열여섯이었던가. 동시를 치룬 그 이듬해, 원시를 치루고자 학업에 몰두하고 있었지. 한데 그 친구가 나를 찾아왔었어. 나는 그때 원시를 준비하기 바빠 그를 만나지 못한다 했었는데… 내가 책을 읽고 있던 곳으로 그가 불쑥 찾아온 거야. 나는 한편으론 반갑기도 했지만, 또 한편으론 불쾌하기도 하여 그 친구를 마구 나무랐지. 그런데 그 친구가 갑자기 인상을 굳히며 호통을 치더군."

낙양성의 하늘이 조금씩 밝아오고 있었다. 여명이 방 안을 환히 채

우고 있었지만 유상지도, 홍예랑도 자신들을 감싸고 있던 밝은 빛살을
인식하지 못하는 듯했다.

"…유상지 네 이놈! 제 일이 급하다고 친우마저 박대하는 놈이 어찌
출세하여 백성들의 원성을 귀에 담을 수 있겠느냐! 하고……. 허허허."

"……."

홍예랑은 감히 마주 소리 내어 웃진 못했지만, 자신도 모르게 입술
끝이 당겨짐은 어찌할 수가 없었다.

"그 친구의 호통에 얼마나 놀랐던지, 나는 입만 벙긋거리며 한참을
그 상태로 꼼짝 못하고 있었어. 한데 그 친구가 돌연 박장대소를 하며
나에게 한마디 하더군. 이놈, 유상지! 친우의 호통에도 놀라 말문이 막
히는 놈이, 어찌 조정의 간신배들의 날카로운 혓바닥에 놀라 주저앉지
않을 수 있겠느냐! 너 같은 놈이 나의 친우라니, 부끄러워 하늘을 볼
수가 없구나! 하고 말일세."

"…대장부였군요."

"진정… 사내대장부였지. 그가 가고 나서… 허험, 얼마나 울었는지
모른다네. 하루 밤낮을 꼬박 울고 나서야 마음을 가다듬을 수 있었지.
아니, 새로운 목표가 생겼기에 치열했다 말할 수 있을 만큼 학업에 매
진할 수가 있었어. 그리고 거의 십 년이 지난 후, 전시에 장원급제를
하고 나서야 그 친구를 찾을 수 있었지. 그리고 나도 그 친구의 면전에
서 이렇게 소리쳤네. 이놈, 이세민아! 백성의 원성을 듣고, 조정의 간
신배를 쳐내기 위해 장원에 급제하였노라! 네가 나를 부끄러워하게 될
지 자랑스럽게 여길지 어디 한번 두고 보아라!"

"호호호."

홍예랑은 결국 입을 가리고 웃음을 토해내고 말았다. 여인인 자신이 보기에도 참으로 부럽고… 멋들어진 사내들이었다.

"친분이 두텁냐고 물었는가? 우린 교우로 맺어진 친우가 아닐세. 그가 나의 스승이었네. 그 친구는 나의 호통에 박장대소하며 내 두 손을 잡아주더군. 아무 말도 없었어. 대신, 백 마디 말을 대신한 한줄기 미소를 보여주었지. 난 그 친구가 나를 자랑스러워한다는 걸 느낄 수 있었네. 그걸로 족했지. 황제 폐하가 직접 내리신 진사급제의 증표도… 아버님과 유림의 축하와 축전들도… 그 친구의 미소에 비한다면 아무것도 아니었네. 그리고… 나는 이곳에 있고… 그는……."

유상지의 눈빛이 암울하게 젖어갔다. 그는 모든 것을 보았었다. 그의 부친이 어떤 최후를 맞았는지, 그의 집안이 어떻게 몰락했는지. 자신의 친우가… 왜 그렇게 살아가야 했는지.

"나와 함께하세. 자네가 이렇게 초야에 묻히는 것은 대명제국의 막대한 손실일세. 나와 함께하는 것이 저어된다면 연왕 그분에게라도 가게. 그분이라면 능히 자네를 거두어주실 수 있을 것이네. 아니, 어쩌면 자네를 가장 필요로 하는 분이 그분일지도 모르네."

"…나는 …이미 잊혀진 자일세."

"자네는 이런 모습으로 잊혀져선 안 되는 사람이야! 자네의 아버님의 호통 소리가 들리지도 않는가? 적어도 옥영진, 그 배은망덕한 자에게……."

"…모두 잊었네."

"……?!"

"…너무 많은 것을 잃어버렸다네. 내 가문과 내 아버지와 내 모든 것을……. 나 역시 가문의 원한을 잊지 않았었네. 하지만… 너무 멀어져 버렸네. 복수도… 원한도… 내가 가야 했던… 그 길과도……."

"…자네 …변했군."

"…변했지. 많이 변했지. 자네가 기억하던… 이세민은 죽었네."

유상지의 눈이 다시금 비어 있는 술잔으로 향했다. 무엇이 자신의 친구를 변하게 하였던 것일까? 그가 기억하던 이세민은 정녕 죽은 것인가? 가문의 누명이 벗겨진 후… 폐허가 되어버린 자신의 가문에서 오열하며 복수를 부르짖던 그는 정녕 죽은 것인가? 무너진 가문을 일으켜 세우겠다며 한 자루 장창을 들고 다시금 전장으로 떠나던 그는 정녕 죽고 없는 것인가?

"…부탁이 있네. 나를 보았다는 말은… 아무에게도 하지 말아주게."

"…연왕, 그분에게도?"

"…아무에게도."

"…그녀에게도?"

"……."

"…그녀는 …아직 자네를 잊지 않고 있을 걸세."

"…언젠가는 …잊겠지."

"……."

유상지는 말없이 떠나는 친우를 붙잡지 못했다. 그의 마음이 어떤지 그로서는 알 수가 없었다. 아니, 어느 정도 알 것도 같았기에 더욱 그를 붙잡지 못했다.

'그의 가문은 사라졌다. 이제 장사 이씨 가문을 기억하는 이는 아무도 없다. 그리고 그가 혈채를 갚아야 할 자는 대명제국의 병부상서(兵部尙書). 원한을 갚기엔 상대가 너무 높은 곳에 있지. 하지만 내가 아는 그는 상대가 강하다고 해서 목표했던 바를 포기하는 사람이 아니다. 오죽하면 혈혈단신(孑孑單身)으로 가문을 다시 일으켜 세우겠다며 전장으로 향했겠는가? 그에게… 정녕 무슨 일이 일어났던 것일까?

유상지의 상념은 거기서 끝이 나고 있었다. 조금씩 터오던 여명은 어느샌가 방 안의 모든 자리를 환히 점령하고 있었다. 홍예랑은 말없이 앉아 있었지만, 피곤해하는 모습이 역력했다. 그를 기억할 시간은 아직 많이 남아 있었기에 유상지는 마지막 잔을 입으로 털어 넣으며 자리를 파했다.

"자네를 위해……."

유상지의 목소리를 들었어야 할 철웅은 그 자리에 없었다.

동이 터오던 그 시각. 철웅은 일행이 있던 객잔의 문을 두드리고 있었다. 피곤에 지친 모습으로… 무겁게 가라앉은 눈빛으로…….

＊　　　　＊　　　　＊

석실의 음습함은 사람의 기분마저 바꾸어놓는다. 흐름없이 부유하는 공기의 탁함은 사람의 신경을 곤두서게 하고, 한 치 앞도 내다볼 수 없는 끝없는 어둠은 사람의 가슴을 옥죄어온다. 정상적인 사람이라면 이런 곳에서 단 하루도 버틸 수 없겠지만, 석실 안 작은 석실에 있던 그는 삼십 년이란 세월 동안 이곳에서 한 발자국도 나간 적이 없었다. 석실 천장의 네 귀퉁이에 박혀 있는 어린아이 손톱만큼 작은 야명주가 희미한 빛을 뿌려 석실 안에 있는 존재들의 윤곽을 잡아주곤 있었지만, 제아무리 어둠에 동화된 눈을 가지고 있다 하더라도 그들이 사람이라는 것 이상의 무언가를 알아보기엔 힘들어 보였다.

"수아에게 전서를 보냈다고?"

"예. 지금쯤 전서를 받고 하남으로 향하고 있을 겁니다."

"음… 수아 혼자 처리하기엔 너무 버거워 보이는군."

"상대는 소림입니다."

"명을 완수하기 힘들겠구먼."

"…성공을 염두에 두고 내린 명이 아니니까요."

노인들이었다. 야명주의 빛살은 어둠을 겨우겨우 헤치고 나가 두 노인의 어깨를 두드리고 있을 뿐이었다. 야명주가 흘리던 빛은 그들이 어떻게 생겼는지, 어떤 옷을 입고 있는지조차 알아보기 힘들 만큼 나약한 빛이었다. 하나 그 나약한 빛이 부딪친 모습만으로도 두 사람이 탁자를 사이에 두고 앉아 있고, 한 사람은 바퀴가 달린 의자에 앉아 있으며, 그가 굽은 등과 좁은 어깨를 가진 왜소한 체격이라는 것을 알 수 있었다. 그의 맞은편에 있던 노인의 체구도 그리 장대하진 않았지만, 앉은키가 노인보다 머리 하나는 더 있는 걸 보니 건강에는 그다지 문제가 없어 보였다.

"좌사의 복안을 한번 들려주겠나?"

"대계의 제이계가 발동된 것입니다."

"반객위주(反客爲主)인가?"

짙은 어둠에 가려 노인이 입고 있던 장포가 붉은빛이라는 것도 알 수 없었고 붉은 장포에 못지않은 적발(赤髮)도 볼 수 없었지만, 노인의 미소만은 그런 어둠 속에서도 보이는 듯했다.

"혈공작 적유의 계책이니 다른 말은 하지 않겠지만… 수아가 위험해지는 건 곤란하네."

"염려 마십시오. 몇 가지 계책을 혈기당주 편에 보냈습니다. 좋은 경험이 될 테니 염려 마십시오."

이륜거에 앉아 있던 노인의 고개가 끄덕여졌다. 삼십 년간 자신의 옆에서 눈과 귀가 되어주었고, 십 년 전 파양호에서도 놀라운 귀계를 펼쳐 련의 인물들을 강호인들의 이목에서 무사히 벗어나게 했던 그였다.

"대계의 진행은 얼마나 진척되었는가?"

"예정했던 인물 중 황실 쪽은 구 할, 강호 세력 쪽은 칠 할 정도 금제가 끝난 상태입니다."

"련의 준비는?"

"외부에서 영입한 고수급 인물만 일백이 넘고, 련 내부에서 수련시킨 자들도 일천이 넘습니다. 그들 개개인의 무공은 강호의 일류라 불려도 손색이 없지만, 적기당에서 제작한 병기들이 있으니 능히 절정고수도 상대할 수 있을 겁니다."

아무런 감정 없이 내뱉는 말이었지만, 그 말속에 담긴 내용은 강호인이 들었다면 경악을 금치 못할 이야기였다. 일천에 달하는 일류고수라면 능히 소림이나 무당과도 자웅을 겨룰 수 있는 수준이었다. 거기에 재화 염승이 남긴 병기들마저 사용된다면 전략상의 문제는 있겠지만, 구대문파 전부와 겨루어도 좋을 만한 전력이었다. 실로 두려운 일이 아닐 수 없었다.

"완전하진 않지만, 십 년간 숨어 살며 이루어낸 것이니 자네의 고생이 어느 정도였는지 새삼 느끼게 되는군."

"제가 해야 할 일이었습니다. 아직 부족한 부분도 적지 않고. 하지만 외부의 고수들을 계속 영입하고 있으니 머지않아 외당의 인물들도 제법 구색을 맞출 수 있을 것입니다."

"그들은 결국 강호의 문파들과 동귀어진할 자들. 최대한 많이 뽑아들이게."

"일백이라곤 하나, 하나같이 악명이 자자한 자들뿐입니다. 그만큼 실력이 입증된 자들이지요."

"황금에 눈이 먼 자들을 모아 대계의 반석으로 소모시키는 것은, 미륵도 눈감아주실 것이네."

"알겠습니다. 더 모아보도록 하지요."

적유의 대답은 거침이 없었다. 일백의 강호 고수를 영입하는데 얼마나 많은 은자가 소모되었는지 알고 있지만, 대계를 위한 투자이니 아깝지 않다는 투였다. 그들이 가진 재력이라면 천 명, 만 명을 모아도 부족함을 느끼지 못할 것이라는 이유도 한몫 했지만.

"다른 교도들은 어떤가?"

"지하에 은둔하고 있는 교도들도 련의 발호가 멀지 않았음을 알고 있습니다. 때만 기다리고 있는 상황이지요."

"…명의 토벌로 너무 많은 사람들이 희생되었다."

이륜거 노인의 눈에 노기가 어렸고, 그에 답하는 적유의 말속에서도 노인과 같은 노한 기운을 느낄 수 있었다.

"근 오만에 달하는 교도들이 학살당했습니다. 결코… 잊을 수 없는 일이지요. 하지만 그들의 핍박은 천하에 산재한 수십만 교도들의 분노만을 부채질했을 뿐입니다. 용화세계의 건설은 결코 인력으로 막을 수 없다는 것을 교도들 모두가 알고 있습니다.”

이륜거의 노인이 눈을 빛냈다. 그 눈빛의 느낌은 아쉬움 같기도 하였고, 갈망 같기도 하였다.

“그자는 어찌 되었는가?”

“소교주님의 노예인 패가 그를 뒤쫓고 있는 것으로 알고 있습니다.”

“수아의 노예? 너무 안일한 대처가 아닌가?”

“그를 확실히 사로잡으려면 련의 고수 일백 이상이 움직여야 합니다. 그 정도의 인원을 움직이고도 우리의 존재가 노출되지 않기를 바랄 순 없지요. 시기상조입니다. 아직은 그의 뒤를 쫓는 것만으로 만족해야 합니다.”

“…성화령의 불꽃을 다시 피우려면 좌사의 화정(火淨)과 우사가 잃어버린 주작홍기(朱雀紅旗)가 있어야만 해. 주작홍기가 혁련웅에게 있으리란 보장은 없지만, 지금은 지푸라기라도 잡아야 하니…….”

“너무 염려 마십시오. 패라면 좋은 소식을 가져다줄지도 모릅니다.”

“그게 무슨 소린가?”

“교주님께는 말씀드리지 않았었지만… 그 패라는 자는 바로…….”

적유의 목소리가 잦아들었다. 하지만 그의 이야기를 듣던 노인의 놀란 듯한 목소리를 들으니 적유가 전한 그의 정체를 놓치지 않은 모양이었다.

“허어. 그가… 그였단 말인가?”

“저도 얼마 전에야 알았습니다. 소교주님이 알고 계신지는 모르겠지만……."

"그러면… 좋은 소식을 기다려도 좋을 듯하군."

이륜거의 노인은 만족스러운 듯 고개를 끄덕이고 있었다.

야명주의 희미한 불빛은 석실에 있었던 그들이 사라진 이유를 설명하지 못하고 있었고, 그들이 나눈 이야기 역시 석실 안을 맴돌다 흔적도 없이 사라지고 있었다.

*   *   *

철웅의 외도를 눈치 챈 사람은 없었다. 철웅의 몸에서 풍기는 약한 지분내에 일삼이 잠시 고개를 갸우뚱했을 뿐. 조반을 들고 일찌감치 객잔을 나온 일행이 걸음을 옮긴 곳은 낙양 대로를 조금 벗어난 한 저자였다. 점소이의 설명에 따라온 저자의 입구에 다다르자, 소아와 영우가 코를 말아 쥐었다.

"어휴 냄새……."

"젠장. 코가 썩는군……."

마방 특유의 말똥 냄새가 사람들의 후각을 자극하고 있었다. 그들이 찾은 곳은 마방이었다. 저자를 이루는 점포들은 하나같이 말과 관련된 것들을 파는 곳뿐이었다. 편자를 만들고 있는 철기점, 안장과 피혁을 파는 피혁점. 간간히 마구가 아닌 병기를 파는 철기점도 보였으나 스무 곳이 넘는 대부분의 점포가 말과 관련된 물건을 파는 전형적인 마방의 풍경이었다.

“요즘은 마차 시세가 어찌 되나 모르겠군.”

“일단 거간꾼을 잡고 물어보는 게 빠를 겁니다.”

언제나처럼 일삼이 앞장을 섰다. 영우가 그 뒤를 쫄래쫄래 쫓고 있었지만, 일삼이 하는 양을 구경만 할 뿐 이렇다 할 도움은 되지 못하는 듯했다.

“뭘 찾소?”

“아, 마차 한 대 보려 하는데……”

턱수염이 덥수룩하게 난 장한 하나가 일삼에게 다가와 말을 걸었다. 생김을 보니 제법 마방에서 세월깨나 보낸 자인 듯싶었다.

“요즘은 값이 뛰는 시기라오.”

“뭐, 겨울도 다 갔으니 찾는 사람도 많겠지. 사람 대여섯 명 탈 만한 마차 있소?”

“마방에 마차가 없으면 어디 있겠소? 짐 나를 거요, 사람 나를 거요?”

“얼마나 하는지 들어나 봅시다.”

흥정에 익숙한 일삼이었다. 언젠가 철웅이 이야기한 것처럼 가끔씩 보이는 그런 모습은, 정말 상인으로 갈 길을 잘못 들어선 것 같아 보일 정도였다.

“짐 실을 거면 은자 두 냥. 사람이 탈 거면 네 냥. 물론 말 값은 빼고. 말은 필당 두 냥이오.”

일삼은 거간꾼의 말에 뒤를 돌아보았다. 배보다 배꼽이 커도 이만저만이 아니었다. 사람이 일곱이면 쌍두마차는 되어야 한다. 먼 여정이 될 것이니 사람을 태우는 마차를 사야 했으니, 말 두필 값과 합쳐 은자가 여덟 냥이다. 철웅은 잠시의 고민도 없이 고개를 끄덕였다. 무언가 꺼리는 듯한 눈치였지만 그냥 값이 생각보다 비싸서 그런가 보다 싶은 일삼이었다.

"먼 길 가야 하니까 튼튼한 놈으로 골라 주슈. 나중에 속 썩이면 꼭 다.시. 찾.아.오.리.다."

"걱정 마슈. 낙양마방이 어제오늘 장사한 것도 아니니. 편자는 어쩔 거유? 먼 길 갈 거라면 아예 손보고 가는 게 나을 텐데."

"싸게 해주쇼. 그놈 타고 갔다 와도 그리 남진 않을 것 같으니."

흥정은 끝났다. 그다지 이익을 본 것 같진 않지만, 손해를 본 것 같지도 않으니 타지에서의 흥정치고는 잘 끝난 편이다. 편자를 갈아놓을 테니 한 시진 후에 오라는 거간꾼의 말에, 일행은 한 시진을 기다릴 만한 곳을 찾아야 했지만 걱정할 일은 아니었다. 마방에서 기다릴 일이 많은 것인지, 대로에서 외떨어진 마방이었음에도 저자의 한쪽에 제법 모양을 갖춘 객잔이 있었다. 일행은 객잔으로 걸음을 옮겼다. 마방의 냄새가 객잔에도 배어 있는 듯했지만, 객잔 안으로 들어와 큰 숨을 들이쉰 일행은 문 안의 공기와 문밖의 공기가 다른 것만도 감지덕지하고 있었다.

특별히 주문을 할 것도 없었다. 객잔이라곤 해도 식사는 소면과 같은 간단한 것뿐이었고, 점소이가 내온 말리차가 객잔에서 파는 전부인 듯싶었다. 일삼은 뜨거운 말리차를 마시다가 고개를 갸우뚱했다. 팔짱을 낀 채 무엇인가를 생각하고 있는 철웅의 모습이 왠지 큰 고민이 있는 것처럼 보였기 때문이다.

'무슨 일이 있었나? 설마 어제 그 일을 아직까지 생각하고 있는 것

은 아닐 테고.'

철웅에게 있었던 일을 알 리 없는 일행이었기에 철웅의 그런 침묵이 조금은 부담스러웠다. 고민을 하는 표정이 너무 심각하였기에 함부로 무슨 일인지 묻기도 어려울 지경이었다.

'북평… 그분이 있는 곳… 그녀가 있는 곳……'

철웅의 마음은 심란하기 이를 데 없었다. 우연치 않게 만난 옛 지우에게서 듣게 된 그녀의 이야기. 그리고 우연이라 하기엔 너무나 공교로운 일행의 목적지.

'이것이… 천리라는 것인가?'

이미 죽었다 생각했던 그녀였지만, 살아 있다면 언젠가는 만날 것이란 희망을 가지고 있던 그녀였었다……. 그 일이 있었던 칠 년 전까지는. 마음의 정리는 이미 끝난 상태였다. 물론 자신이 가야 할 길은 아직 확실치 않았지만, 가지 않기로 다짐한 길은 분명했다. 그리고 자신이 가지 않고자 하는 그 길에 그녀가 있었다.

'…그녀와 헤어진 지 이미 십칠 년. 이제 와 다시 만난다 하여 무엇을 어찌할 수 있을까.'

그녀를 만난다는 건 말처럼 쉬운 일이 아니었다. 그가 잊으려 한 모든 것들과의 조우를 뜻했고, 그가 외면했던 모든 것을 다시 시작해야 할지도 몰랐다. 겨우… 이제 겨우 자신을 잊어가고 있었다 생각했는데.

'…나는 모든 것에서 도망쳤다. 이런 나를… 그녀에게 보여줄 순 없다……'

그럼에도 철웅의 눈빛은 쉽게 결정 내리지 못하고 있었다.

'하지만… 그녀가 살아 있음을 알면서도 모른 척할 수만은 없는 일……. 어찌해야 좋을지 모르겠구나…….'

번뇌가 일고 있었다. 쉽게 풀지 못할 난제에 부딪쳤고, 머리 속이 실타래 엉키듯 복잡해져만 갔다. 그런 그의 고민을 보고 있던 일행의 얼굴도 함께 복잡해져 갔지만, 모든 사람이 그런 것은 아니었다.

'뭐야, 은자 여덟 냥이 그렇게 아까웠나? 장 대인, 알고 보니 쪼잔한 구석이 있네?

영우의 입이 조금 튀어나왔다. 거기까지가 스물다섯 얼뜨기가 생각해 낼 수 있는 한계였다.

第三十二章
최음약(催淫藥)

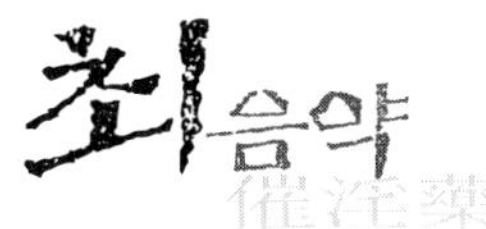

숭산과 낙양 사이에는 사두마차 두 대가 서로 엇갈려 달릴 수 있을 만큼 도로 정비가 잘되어 있었다. 소림으로 이르는 가장 일반적인 길목이기도 하였거니와 낙양성의 고관대작들이 소림으로 시주를 가는 자신들 내자의 베갯머리송사를 이기지 못한 까닭이기도 하였다. 일출과 함께 숭산에서 출발한 쌍두마차는 떠오른 태양이 중천에 오르기도 전, 낙양성의 성문 앞에 다다르고 있었다. 본래 성으로 들어오는 마차는 헛손질이나마 마차를 뒤져 들고나는 인원을 해야 했지만, 마부가 꺼내어준 지부대인의 통행증은 그런 일상적인 행동도 허락하지 않았다. 성내로 향하던 마차에는 다섯 사람이 타고 있었다.

"계율원주께서 말씀하신 사람의 이름이 하건(何建)이라 하였소?"

"아미타불, 그렇습니다. 혜정 사숙님의 속가제자로 낙양부에 계시는 분입니다. 제게는 사형뻘 되시는 분이지요.”

상현 진인의 질문에 답한 자는 소림사 지객당주인 혜윤 대사의 제자로 법명은 일우라 하였다. 얼굴이 바르고 귀티가 흘러 불가에 귀의하지 않았다면 제법 여자의 방심을 흔들었을 법한 이십대 후반의 젊은 승려였다.

“낙양부에 있는 사람이라면… 관부의?”

“예. 낙양부 동지로 계시는 분입니다.”

과연 소림의 인맥은 넓고도 깊었다. 부의 동지라면 정오품의 고위직이었다. 하나 소림의 은혜를 입은 자가 어찌 낙양부의 동지만 있겠는가.

“그럼 지금 낙양부로 가는 것이오?”

“아닙니다. 사람들의 이목도 있고 해서, 낙양부 근처의 객잔에서 만나자 청을 넣었습니다.”

상현 진인은 고개를 끄덕였다. 그들의 이야기를 듣고 있던 종령과 종홍 역시 일우의 이야기에 수긍하는 눈치였다. 단지 창밖의 풍경을 바라보던 재희만이 그들과 동화되지 못하고 있었다. 그런 모습을 이상히 여기던 일우의 눈에 놀람이 인 것은, 지나던 바람이 무심코 마차 안으로 뛰어든 그때였다.

휘이익—

“……!!”

바람의 손짓에 재희의 면사가 살짝 들렸다. 마차의 좁은 창으로 고개를 향했기에 때마침 불어온 바람은 두꺼운 면사를 반쯤 걷어 올릴 수 있었던 것이다. 무심코 그녀를 바라보던 일우는 면사 속에 감추어

져 있던 고운 입술과 갸름한 턱 선을 보지 않을 수가 없었고, 이후의
반응은 불제자라 하여 크게 다르지 않았다. 난생처음 보는 여인의 미
색에 일우의 두 눈은 어쩔 줄 몰라 하고 있었고, 붉어진 얼굴과 쥐어진
두 주먹은 그가 얼마나 당황하고 있는지 여실히 보여주고 있었다. 하
나 다행히도 그는 불가에 귀의한 지 십 년이 넘는 불제자였다.

'아미타불, 아미타불…….'

급히 고개를 돌리고 불호를 외워 뛰는 가슴을 진정시키는 모습을 들
키진 않았지만, 그의 뇌리에 박힌 여인의 영상은 그의 머리 속을 떠나
지 않고 있었다.

'아미타불, 아미타불…….'

일우의 묵상을 하는 듯한 모습에 상현 진인은 가만히 고개를 끄덕였
다. 흔들리는 마차에서도 수행을 멈추지 않는 불제자의 모습에, 소림
의 규율과 수행의 깊이를 알았다는 듯.

그들을 태운 마차는 낙양의 대로를 달리고 있었다. 그리고 상현 진
인 일행이 낙양부 하 동지를 만난 것은 정확히 한 식경이 지난 후였다.

상현 진인 일행이 하 동지라는 사람을 만난 것은 객잔 이층에 있는
작은 내실에서였다. 그들이 찾은 무영루는 객잔과 주루의 중간 정도
되는 곳이었기에 이층에는 내실이, 삼층에는 객실이 자리하고 있었다.
점소이의 안내를 받은 상현 진인 일행이 내실로 들어서자 먼저 자리하
고 있던 삼십대 초반의 한 백의 청년이 자리에서 일어섰다.

"하 사형, 오랜만에 뵙습니다."

"하하, 누가 산을 내려오나 했더니 일우 자네였구만. 정말 오랜만일

세. 그래, 혜윤 사숙님은 강녕하시고?"

"예. 사부님께서는 평안하십니다. 그리고 인사 나누시지요. 이쪽은 아까 말씀드린……."

"하건이라 합니다."

"무량수불. 화산파의 상현자라 하오."

"아, 화산팔선의 영명은 익히 들어 알고 있었습니다. 이렇게 뵙게 되어 영광입니다."

두 사람은 수인사를 나누며 상대를 관찰했다. 하건이라 자신을 소개한 청년은 삼십대 초반의 호남이었다. 관상을 보니 성품이 강직하고 곧아 보였다, 과연 소림의 속가제자이구나 싶은 생각이 들 만큼.

"화산파의 종령이라 합니다."

"화산파의 종홍입니다."

종령과 종홍이 인사를 나누었지만 일행 중 어디에서도 재희의 모습은 보이지 않았다. 사람들과의 만남을 의도적으로 피하는 그녀를 알고 있었기에 마차에서 잠시 기다릴 것을 권했고, 재희 역시 그런 상현 진인의 배려에 고마워하며 마차에 남았다.

일행의 짤막한 인사가 끝나고, 주인 입장에 있던 하건이 자리를 권하자 모두 사양치 않고 자리에 앉았다. 몇몇 음식이 미리 차려져 있었고, 그들의 인사가 끝나기 무섭게 점소이 둘이 음식을 들고 들어오기 시작했다.

"때를 맞추어 오실 것 같아 미리 음식을 준비하라 일렀습니다. 언짢아하지 않으셨으면 합니다."

"겸양이시오. 초면에 신세를 지는 것 같아 빈도가 더 미안해지려 하오."

강직해 보였던 첫인상에 상대에 대한 배려심이 추가되고 있었다. 점소이들이 들고 올라오는 음식들 중 태반이 채소가 주재료여서 도인인 자신들도 음식을 가릴 필요가 없었다.

"사형, 너무 무리하시는 것 아닙니까?"

"하하, 내가 매일 이렇게 먹는다고 생각하면 곤란하네. 생각보다 동지 녹봉은 그리 많지 않다네."

평소에도 서로 격의가 없었던 듯 하 동지와 일우의 대화에는 허물이 없었다. 두 사람의 대화로 조금 경직되었던 내실의 분위기가 많이 풀어지고 있었다. 식사가 끝나갈 무렵 하 동지가 먼저 말문을 열었다.

"그래, 사부님께서 내게 어떤 명을 내리셨는지 들어볼까?"

"저… 그게……."

일우는 소면을 먹던 젓가락을 내려놓으며 상현 진인을 바라보았다. 기실 자신은 길 안내자였을 뿐 정작 도움을 청할 사람은 따로 있었다.

"허험. 그것은 빈도가 설명을 드리리다. 기실 도움을 청한 것은 혜정 대사가 아닌 빈도요."

하 동지의 시선이 상현 진인에게 옮겨갔다. 강직한 성품과는 다르게 부드럽고 총기 가득한 눈빛이었다.

"하교하시지요."

"무량수불. 어찌 빈도가 감히 하교를 하겠소. 그저 부탁을 거절치나 말아주었으면 하오. 음… 빈도가 드릴 부탁은…… 한 가지 물건을 좀 구했으면 하오."

"……"

하 동지는 상현 진인이란 사람이 부탁하는 데 익숙하지 않은 사람이라 느꼈다. 그래도 명색이 화산의 장로인데 너무 격식에 구애받는 것이 아닌가 싶었지만, 상현 진인의 부탁이라는 것을 듣고 난 후에야 왜 그리 어렵게 이야기를 꺼냈는지 이해할 수 있었다.

"그 물건은… 최음약이오."

"…예?"

하 동지는 자신이 잘못 들은 것이 아닌가 싶었다. 하지만 작게 한숨을 쉰 상현 진인이 자초지정을 설명하자 자신이 잘못 들은 것이 아님을 깨달을 수 있었다. 물론 소림에 있는 환자가 누구인지와 같은 중요한 사실들은 빼고 말한 것이지만, 최음약이 필요한 이유는 충분히 설명할 수 있었다.

"음… 쉽지 않군요."

쉽지 않았다. 기실 최음약을 파는 곳을 찾는 것은 그리 어렵지 않았다. 몇몇 하오문과 연결 고리가 있는 의원들을 뒤적이다 보면 최음약을 파는 의원을 어렵지 않게 찾을 수 있을 것이다. 하지만 그들이 파는 최음약 중 태반은 정체를 알 수 없는 약재를 비방이랍시고 이리저리 섞어 만든 쓰레기였다. 그나마 양심이 조금 남아 있는 자가 만든 최음약이라면 자양강장에 도움이 되기도 하겠지만, 대부분은 화주 한 잔 마시는 것보다 나을 것이 없는 그런 물건들이었다. 하지만 상현 진인이 원하는 것은 진짜 최음약이다. 규방의 규수를 천하의 요부로 만들고, 백면서생을 천하의 난봉꾼으로 만들 수 있는 진짜 최음약. 그래서 쉽지 않았다.

"사부님도 참……."

하 동지는 작게 한숨을 내쉬며 고개를 저었다. 아무리 사부지만 해도 너무한다는 생각이 들지 않을 수 없었다. 그래도 명색이 관부에 적을 둔 제자이고, 정오품의 지위가 낮지도 않은 자신에게 최음약을 구하는 일을 도와주라니. 한숨이 나오지 않으려야 안 나올 수가 없었다. 자신의 맞은편에 앉아 있던 두 명의 여도사가 애써 시선을 피하는 모습을 보니 어이없는 것을 넘어 허탈해지기까지 했다.

그래도 어쩌랴, 사부의 명인 것을. 사부의 체면을 보아서라도 구해주기는 해야만 했다. 어떻게 해서든.

"방법이… 조금 까다롭기는 하지만 몇 가지 생각나는 것이 있긴 하군요."

"그것이 무엇이오?"

상현 진인이 하 동지에게 물었다. 하 동지는 잠시 생각을 고르고 난 후 입을 열었다.

"첫 번째는 직접 의원을 찾는 것입니다. 말 그대로 이름난 의원을 찾는 것이지요. 최음약을… 만들 수 있는. 사정을 이야기하면 만들어줄지도 모릅니다."

상현 진인은 고개를 가로저었다. 최음약이라는 것은 분명 존재한다. 강호에서 제법 악명 높은 채음적들의 경우 최음약을 쓰는 일이 허다하였으니. 하나 그들이 만드는 최음약의 경우는 나름대로의 비전을 가지고 있었다. 일반 의원들의 의술과는 그 맥을 달리하는.

최음이라는 것은 음양의 조화를 깨뜨리는 물건이다. 비정상적으로 양기나 음기를 폭발시켜 본능적으로 다른 이성을 찾게끔 만드는 것이 최음약이다. 음양의 조화는 부족한 부분을 메우거나 넘친 부분을 덜어

내는 것만이 유일한 방법이다. 음양의 교합을 자연스레 유도하는 것이
다.

한데 이런 약을 가진바 지식만으로 만들 수 있는 의원은 기실 그렇
게 많지 않다. 아니, 그만큼 실력이 뛰어난 의원을 찾는 것이 어렵다
는 말이 맞을 것이다. 또한 자신들 역시 그렇게 사방팔방 수소문을
하고 다닐 만한 입장도 되지 못했다. 만약 최음약을 구하는 일에 소
림이 연관되었다는 소문이라도 나게 된다면 이는 소림에 커다란 누를
끼치는 일이 된다. 결정적으로 그들에겐 그럴 만한 시간적 여유가 없
었다.

"다른 방법은 무엇이오?"

상현 진인의 말에 하 동지가 다시 자신의 생각을 이야기했다.

"둘째는… 조금 어려운데… 강호의 채음적을 하나 붙잡는 수밖에
는……."

상현 진인은 고개를 가로저었다. 찾기만 한다면 그런 자를 잡는 것
은 어려운 일이 아니었다. 문제는 그런 자들을 찾기가 쉽지 않았고, 찾
을 만한 여유도 없다는 것. 역시 시간이 문제였다.

"최음약이라… 아무래도 무리입니다."

결국 하 동지도 뾰족한 수를 내어주진 못했다. 원래 평소에는 거들
떠도 보지 않았던 것들이, 정작 필요할 때는 구하기 어려운 법이었다.
그들이 최음약이라는 물건과 무슨 인연이 있었겠는가? 쉽게 생각하고
낙양을 찾은 것이 실수였다. 하지만 뜻밖의 장소에서, 뜻밖의 방법으
로 그들의 고민은 해결되었다.

"진인."

상현 진인은 자신의 등 뒤에서 들린 익숙한 목소리에 고개를 돌렸다. 그리고,

"아, 아니? 자네가 여긴 어떻게?"

상현 진인의 눈이 놀람으로 크게 떠졌다. 그가 어떻게 여기에 있을 수가 있단 말인가? 분명… 그는 화산에 있어야 하거늘.

"오랜만에 뵙습니다."

상현 진인 앞에 나타난 사내. 철웅이었다.

철웅과 상현 진인이 만나게 된 것은 정녕 우연이었다. 아니, 철웅과 재희가 다시 만나게 된 것이 우연이었다.

재희는 홀로 남은 마차에서 멍하니 창밖을 바라보고 있었다. 누구를 생각하는지는 그녀밖에 모를 일이었지만, 그녀의 시선은 먼 서쪽 하늘을 향해 있었다. 하늘에 떠가는 구름도 그의 모습 같았고, 자신을 스쳐 지나는 바람에도 그의 체취가 실려오는 듯했다. 또다시 가슴이 아파왔다. 가슴이 아파온 것이 어제오늘의 일이 아니었다. 길을 가다가도, 밥을 먹다가도, 잠을 이루다가도 하루에도 열두 번씩 가슴이 아파오는 그녀였다. 가슴의 통증이 일 때마다 까닭없이 눈물이 흐르곤 했고, 사람들과 함께한 자리에서 가슴이 아파올 때면 눈물을 흘리지 않기 위해 얼마나 애를 썼는지 모른다.

그렇게 멍하니 하늘만 바라보고 있던 그녀의 고개가 잠시 저자로 향했던 것을 우연이라고만 말하기엔 그 공교로움이 예사롭지 않았다. 잠시… 눈 몇 번 깜빡일 시간만큼 그녀가 더 하늘을 보고 있었다면, 그를 보지 못했을 것이 분명했으니.

저자를 지나는 한 대의 마차에 시선이 간 것도, 마차의 창으로 시선이 간 것도 그녀의 의지가 아니었다. 그리고 마차의 작은 창으로 보인 그를 보았을 때 재희의 시선은 더 이상 움직일 수 없었다. 재희는 자신이 어떻게 마차의 문을 열고 나왔는지, 어떻게 자신을 스친 그 마차를 쫓았는지, 어떻게 그 마차를 세웠는지 기억하지 못했다. 단지 그 마차의 창으로 보인 그의 얼굴만을 보고 있을 뿐이었다.

"아니? 소저는……?!"

놀람은 철웅도 별반 다르지 않았다. 그녀가 왜 이곳에 있는지, 왜 자신을 뚫어져라 보고 있는지, 왜 눈물을 흘리고 있는지 아무것도 알 수 없었다. 단지 무언가 북받치는 감정이 자신의 가슴을 답답하게 하고 있다는 것만을 느끼고 있었다.

"소저……."

'장 가가.'

"이곳엔 어떻게……?"

'…당신을 이렇게 만나려 왔나 봅니다.'

"이런… 눈물부터 닦으시오. 무슨 일이 있었소?"

철웅은 급히 마차에서 내려 재희의 눈물을 닦아주었다. 재희는 철웅의 손길을 느끼면서도 움직이지 않았다. 당황해하며 자신의 눈물을 닦아주는 철웅의 모습에도 재희는 아무 말도 없었다. 그리고 재희의 들릴 듯 말 듯 한마디에 철웅의 손길이 멈췄다.

"…보고 …싶었습니다."

수많은 사람들이 오가던 낙양의 대로였지만, 그곳에는 단 두 사람만이 있을 뿐이었다. 그런 그들 사이에는 아무도 없었다. 아무도……

＊　　　　＊　　　　＊

"혈작… 과연 혈작이다."

서찰을 읽어 내려가던 한수의 눈에 재미있다는 표정이 역력했다. 그런 그를 바라보던 사내의 무심함이 돋보일 정도로.

"그래, 얼마나 왔지?"

"혈기당 삼십 명입니다."

"크크. 이란격석(以卵擊石)이라 하기도 민망하군."

한수는 서찰을 접어 품에 넣었다. 그가 있던 곳은 낙양의 한 장원이었다. 련에서 마련한 장소였고, 련의 인물들만이 이 장원에 들어올 수 있었다. 장원을 관리하던 대여섯 명의 하인은 물론, 자신의 눈앞에 부복해 있는 서른 명의 혈기당 고수까지.

"거참, 소림으로 오르는 계책까지는 마음에 드는데, 자네 생각은 어떤가?"

한수의 부름을 받은 사내는 숙인 머리를 들지도 않고 말했다.

"명에 따를 뿐입니다."

한수는 코웃음을 쳤다. 적유의 심계는 확실히 사람의 허를 찌르는 면이 있었다. 그가 보내준 서찰에 적힌 방법이라면 소림에 오르는 일쯤은 일도 아니었다. 하지만 그가 함께 보내준 혈기당 고수 삼십 명 정도로는 소림이란 이름에 생채기를 내는 것도 어려워 보였다.

'크크, 알아서 잘해보란 뜻인가?'

심사가 편치 못했다. 어찌 되었든 총단에서 보내준 혈기당 삼십 명은 련의 전체 전력으로 볼 때 가용할 수 있는 최대의 수였을 것이다. 실패한다 하더라도 나름대로 생색을 낼 수 있는 최대의 수.

'자, 이 피에 전 도귀들로 소림에 숨어 있는 그놈을 어떻게 찾아 해치운다?'

적유의 생각을 읽어야 했다. 대강의 윤곽은 잡을 수 있었다. 소림에 올라 내부까지 잠입한 후, 소란을 일으킨 그 틈을 타 그자를 찾아 없앤다. 몇 가지 방법이 더 떠오르긴 했지만, 이보다 더 현실적이고 성공 가능성이 높은 방법은 떠오르지 않았다.

'쯧쯧. 아무리 그래도 그렇지, 혈기당을 희생양으로 보내다니…….'

자신의 앞에 부복해 있는 서른 명의 고수는 희생양이었다. 소림의 내부에서 소란을 일으키는 데는 더없이 확실한 선택이었지만, 그중 소림의 산문을 내려올 수 있는 자는 아마 없을 것이다. 희생양으로 쓰기에는 아까운 자들이었다.

'뭐, 아버님과 좌우쌍사가 키운 자들이니 죽어도 입은 열지 않겠지만 한 명이 능히 일류라 부를 수 있는 고수들인데…….'

삼십에 달하는 인물이 장원의 대청에 모여 있음에도 숨소리 하나 들리지 않았다. 눈 속에 갈무리된 예기는 그들의 수련이 그리 녹록치 않았음을 말해 주고 있었다. 이들 삼십 명만 가지고도 어지간한 군소방파 하나 멸문시키는 것은 여반장이었다. 하나 상대는 군소방파 따위가 아니었다.

'소림이라……. 내 한 몸 빼는 것도 쉽지는 않겠군.'

한수의 입가에 조소가 걸렸다. 자신을 골려먹기 위한 좌사의 괘씸한 선택이었다. 하나 그럼에도 한수는 즐거워하고 있었다. 어려운 일일수록 도전할 값어치가 크다는 것이 그의 평소 지론이었고, 소림이라면 능히 도전해 볼 만한 상대였다.

"모레 아침 소림으로 오른다. 오늘… 마음껏 먹고 마시도록."

제일 앞에 있던 사내가 머리를 바닥에 찧으며 말했다.

"소교주님의 명을 받듭니다."

한수는 그들을 뒤로한 채 대청에서 사라졌다. 그가 내린 마지막 명은 그가 해줄 수 있는 마지막 배려였다. 죽으러 가는 자들에게 그 정도의 배려는 해주어야겠다 생각했기에.

'소림이라…….'

한수의 걸음은 가벼웠다, 마치 산보라도 나가는 사람처럼. 소림을 향해 칼을 빼어 든 사람치고는 너무하다 싶을 정도로 걱정이 없어 보였다. 그것이 자만인지 자신인지는 그만이 알 일이었다.

*　　　　*　　　　*

"다시 뵙는군요."

철웅은 자신에게 포권하는 사내를 보곤 아, 하는 표정과 함께 마주 인사했다.

"그렇군요."

"말씀 낮추시지요."

하 동지의 말에 상현 진인과 일우는 의아하다는 표정을 지었다. 철웅과 하 동지가 구면이라는 것도 놀라웠지만, 하 동지가 스스로를 낮춘 것이 그들을 놀라게 한 이유였다. 정오품의 고위 관리인 그가.

"그러지. 한데……."

"알고 있습니다."

철웅은 무슨 말인가를 하려 했으나 하 동지의 말에 말을 마칠 수가 없었다. 그보다는 다 알아서 하겠다는 하 동지의 눈빛에 말을 끝맺지 않았다는 것이 더욱 정확했다.

"두 사람이 아는 사이였나?"

"약간의 친분이 있었습니다. 장 대인이 군부에 계셨을 때……."

"아……."

철웅은 눈으로 고마움을 표시했고, 하 동지 역시 가만히 고개를 끄덕여 보였다. 어찌 알았는지는 모르지만 자신이 군부에 있었다는 것도, 그리고 신분을 밝히고 싶어하지 않는다는 것도 그는 알고 있었다. 과연 자신의 친우가 가까이에 거둘 만큼 영민한 친구였다. 하 동지의 짧고 간결한 한마디에 상현 진인은 쉽게 수긍하는 눈치였다. 그것으로 족했다.

"한데 이곳엔 어쩐 일인가?"

철웅은 간단히 그간의 사정을 이야기했다. 화음을 떠나 맹진과 낙양까지 흘러들게 된 이야기를. 그리고 재희와의 우연 같은 필연도 아주 짧게 설명하여야 했다. 종령의 옆에 조용히 앉아 있던 재희의 얼굴이 조금 붉게 달아올랐으나 그것을 눈치 챈 사람은 그녀를 몰래 바라보던 일우 정도였다.

"그랬었군. 거참, 참으로 대단한 우연일세. 허허."

“그보다 진인께서는 이곳에 무슨 일로……?”

상현 진인은 가만히 종령과 종홍을 돌아보았다.

“이 사람들과 인사를 하는 것이 먼저일 듯하네. 여기는 소림사의 일우라 하고, 이쪽은…….”

일우와 종령, 종홍과도 짧게나마 인사를 나누고 철웅과 함께 올라온 재희도 짧게 소개하였고, 일우의 시선은 보이지 않게 재희에게 머무르고 있었다. 종령과 종홍의 눈가에 이채가 어렸다. 그들도 귀가 있었기에 화산에서의 일과 검절에게 파검이란 명호를 받은 사내의 이야기를 귀가 따갑도록 들었기에 실제로 만난 그의 모습에 호기심을 보였다.

“모종의 일로 소림에 오게 되었네. 한데 그 일을 하려다 보니 필요한 물건이 있어 이곳, 낙양까지 오게 되었지.”

“그러셨군요. 한데 물건은 구하셨습니까?”

“그게… 구하기가 조금 까다로운 물건이라…….”

“……?”

철웅은 호기심을 나타내었다. 화산파의 장로와 낙양부의 동지가 구하기 힘든 물건이 무엇인지 궁금해하는 것은 당연한 일이었는지도 모른다.

“…최음약일세.”

“……?”

철웅은 처음 하 동지가 보여주었던 반응과 비슷한 반응을 보였다. 하지만 이어진 상현 진인의 설명을 듣고 난 후에 보인 반응은 하 동지와 조금 달랐다.

“의원을 찾아야겠군요.”

“쉽지 않지. 함부로 발설해서도 안 되고, 약의 효과도 확실해야 한다네.”

“음… 아무래도 일행을 이곳으로 올라오라 해야겠습니다.”

“음? 일행이 있었나?”

잠시 후 철웅은 아래층에서 기다리던 일행과 함께 다시 올라왔다. 그제야 상현 진인이 무릎을 치며 말했다.

“아, 자네의 의형이…….”

“예. 함부로 발설하지 않을 거란 것은 보증할 수 있는데, 나머지 부분은 저도 의형께 여쭈어봐야겠군요.”

무슨 소리를 하는지 몰라 어리둥절해하는 장 의원이었지만, 먼저 자리에 앉아 있던 사람들과의 인사가 우선이었다.

“장인수라고 합니다.”

“하건입니다.”

사람들의 인사가 오갔고, 제법 많은 사람들이었기에 인사를 나누는 시간도 조금 길어지고 있었다. 그리고,

“일삼이라고 합니다.”

“강추입니다.”

“영우라고 합니다.”

“…내 가솔들입니다.”

상현 진인이 놀랍다는 표정을 지었으나 별다른 말은 하지 않았다. 일삼과 강추도 당연하다는 듯 철웅의 뒤에 자리했다. 한참이 지나서야 모든 사람이 다시 자리에 앉을 수 있었다. 그리고 잠시 끊겼던 이야기의 시작은 어리둥절해 있던 장 의원에게서부터 시작되었다.

"아까 하던 이야기가 뭔가? 발설치 않는다느니 하던 그거……."

"형님, 최음약 만들 줄 아십니까?"

장 의원은 살짝 인상을 찌푸리며 자신의 의제를 바라보았다. 물론 영우처럼 '그런 것까지?'라는 표정은 아니었지만, 그래도 이상하다는 표정인 것만은 확실했다. 그리고 조금은 성이 난 목소리로 철웅에게 말했다.

"누가 그딴 물건을 만들어달라고 하던가?"

"허, 허험. 빈도가… 부탁을……."

상현 진인이 민망하다는 표정으로 장 의원에게 말했고, 사람들의 표정 역시 이상하게 변해갔다. 물론 영우처럼 '아니? 이런 변태 노도사 같으니?' 하는 노골적인 표정을 짓지는 않았지만. 사람들의 표정이 변하는 것에 적지 않게 당황한 상현 진인이 서둘러 그간의 사정을 이야기하기 시작했다. 노안을 따라 흐르는 땀방울을 보니 그가 얼마나 당황했는지 짐작할 수 있었다.

"휴우… 그랬던 것이오."

사람들은 그제야 고개를 끄덕여 자신들의 머리 속에서 뛰놀던 이상한 상상들을 제자리에 가져다놓았다. 영우의 반쯤 감긴 눈은 의심의 빛을 거두지 않고 있었지만.

곰곰이 생각을 하던 장 의원이 가만히 상현 진인을 바라보았고, 왠지 모를 불안감에 상현 진인은 긴장을 하고 있었다.

"은자 열 냥입니다. 효과는 확실하고."

영우와 소아의 키득거리는 소리와 종령과 종홍의 얼굴에 어린 홍조가 좌중의 분위기를 풀어주고 있었고, 영우가 장 의원에게 속삭이는 소리를 들은 일삼이 영우의 머리통을 쥐어박자 사람들은 박장대소할 수밖에 없었다.

"장 의원님, 나도 한 알만……."

"시끄러, 임마!"

"아얏! 왜 때려요? 그걸로 노총각 일삼 장가 한 번 보내줄라고 했드만……."

"하하하하!"

"허허허!"

북평으로의 출발은 아무래도 며칠 미루어야 할 듯싶었다. 인연의 끈이 닿았으니 그 끈을 따라가 보는 것도 좋겠다 생각한 철웅이었다. 그것이 순리인 것 같았다.

第三十三章
팔상동(八相洞)

팔상동

八相洞

"뭐? 지금 뭐라고 했느냐?"

혜윤 대사의 눈이 화등잔만하게 커졌다. 오전 공양을 마치고 자신의 집무실로 돌아온 혜윤 대사의 서탁 앞에 한 장의 배첩이 놓여져 있었고, 그 배첩을 가지고 온 승려 역시 편치 않은 신색으로 앉아 있었다.

"말씀드린 그대로입니다. 주왕부에서는 본 사에서 불공을 드리길 원하니 입산을 허락해 달라고 하였습니다."

배첩을 읽어 내려가던 혜윤 대사의 이마에 골이 패였다. 평소 주왕부와 소림사 간에 왕래가 없었던 것은 아니었다. 하나 주왕부가 자리하고 있던 개봉부에는 상국사(相國寺)라는 유명한 사찰이 있었기에, 주왕부의 입산 요청은 이례적이라 하지 않을 수 없었다. 거기다 배첩의 내용을 보니 이번 입산의 허락을 구하는 인원이 사십여 명 가까이 된다니 더욱 일상적인 방문이라 보기도 어려웠다.

'평소 소림과 관계가 소원했던 주왕부였다. 주왕부에서 무슨 생각으로 소림을 찾는 것인지를 모르겠구나.'

가끔 소림을 찾는 주왕부의 인물들은 상국사를 찾는 주왕비와 마주치기 싫어하는 처첩들이 대부분이었다. 평소 그 행실이 방정치 못한 주왕 주숙이었기에 적지 않은 처첩이 있었고, 그의 처첩들 중 불심이 깊은 몇은 사람들의 이목을 피해 소림을 찾기도 하였다. 하나 아무리 그렇다고 해봐야 일 년에 한두 번, 서너 명의 시비만을 거느린 조용한 행차였기에 그들이 주왕부의 사람이라 아는 사람은 지객당의 혜윤 대사 정도였을 뿐이었다.

'사십여 명에 달하는 행차이지만 정작 주왕의 행차는 아닌 것 같으니……. 설마 주왕비가 직접 행차하는 것인가?'

왕부의 행차에 사십여 명은 많은 수가 아니다. 왕부의 번왕이 한 번 걸음을 내딛는다면 수백 명의 관원이 동원되는 것도 예사다. 더욱 요즘과 같이 정국이 어수선한 때라면 수백 명의 관원 대부분이 무관들로 구성될 정도였으니, 소림을 오르는 사십여 명 정도의 행차로는 주왕의 친방이라 보기 어려웠다.

"그것참, 아무리 그렇다고 해도 방문 하루 전에 기별을 주는 법도가 세상에 어디 있을까. 주왕의 성정이 폭급하고 안하무인이라는 소문이, 그저 소문만은 아닌 듯하구나."

혜윤 대사의 말에 승려는 고개를 조아렸다. 황실의 인물에 대한 비방이 얼마나 큰 죄인지 모를 혜윤이 아니었으나, 마치 소림을 시험하는 듯한 주왕의 배첩에 적잖이 기분이 상한 상태였기에 그의 말투가 고울리 없었다.

"아무래도 방장 사형께 다녀와야겠다. 일정이 너는 손님 맞을 준비를 좀 하고 있거라."

"예."

젊은 승려 일정은 고개를 조아렸다. 왕부의 행차이니 소홀함이 없어야겠지만, 일 자 항렬에서 세 번째로 배분이 높은 일정이었기에 혜윤 대사는 이렇다 할 지시도 내리지 않고 방장실로 걸음을 옮겼다. 혜윤 대사가 나간 후 일정의 발걸음도 바빠졌다. 소림의 지객당에 사십여 명 정도가 묵을 방이야 없겠을까만은 그 방을 쓸 사람들이 왕부의 사람들이었기에, 소소한 것 하나까지 신경 쓸 일이 한두 가지가 아니었다. 소림이 바빠지기 시작했다.

"주왕부?"

"예. 내일 정오면 당도할 것이라고, 입산을 요청하는 배첩을 보내왔습니다."

혜원 대사의 고개가 모로 누웠다. 주왕부가 평소 왕래가 없었다곤 하나, 그렇다고 그들이 소림의 산문을 넘지 못할 이유도 없었다. 천하에 개방된 소림이었고, 낙양의 고관대작들도 즐겨 찾는 불문의 성지이니 주왕부가 아니라 당금 황제가 찾아온다 하여도 하등 이상하다 느껴지지 않았어야 했다. 하지만 혜원 대사는 주왕부의 배첩에서 이상함을 느꼈다.

'분명 의도가 있는 행차다. 그 의도가 무엇인지는 알 수 없지만 분명 무엇인가가 있다.'

혜원 대사는 가만히 눈을 감았다. 난제를 만났을 때 나오는 사형의 버릇이었으니, 주왕부의 방문을 사형도 자신만큼이나 이상히 여기고 있다는 것을 알 수 있었다.

'공교로움 때문이다. 지금 소림에 연왕의 장자일지도 모를 이가 있다는 것이 마음의 눈을 어지럽히고 있었던 것이다. 그들이 소림을 찾는 이유 따위가 무어 중요할까? 소림은 소림인 것을……'

혜원 대사는 감았던 눈을 떴다. 주왕부의 방문이 의도가 있다는 것을 짐작할 수 있었지만, 그렇다고 해서 소림이 달라지진 않는다. 찾아오는 이가 주왕이라 하여 들어주지 못하고, 황제라 하여 들어준다는 식의 사고는 소림의 불승이라면 결코 하지 않을 것이다. 모두 다 같은 중생이고, 자비를 베풀어야 하는 대상일 뿐이다.

"입산해도 좋다 전하게."

"…예."

방장의 뜻이니 따라야 했다. 하지만 무언가 찜찜한 느낌이 뒤통수를 잡아채는 듯한지 혜윤 대사의 표정은 썩 내켜하지 않는 듯 보였다. 사제가 어떤 고민을 하고 있는지 짐작 못할 혜원 대사가 아니었다. 그리고 그런 사제의 고심을 덜어주기 위해 입을 열었다.

"허허. 사제, 무엇을 그리 고민하고 있는가? 줄 수 있으면 주고, 줄 수 없으면 그만인 것이지."

방장 사형의 말에 혜윤 대사는 가만히 미소 지으며 고개를 끄덕였다. 사형의 말이 맞다. 그들이 누구이든 간에 산문을 넘지 못하게 할 이유가 없었다.

이곳은… 소림이었다.

　한 해에도 수만 명이 소림의 산문을 넘는다. 소림의 명성이 중원 천지 닿지 않은 곳이 없었기에, 천하에서 소림의 설법을 듣기 위한 향화객이 끊이지 않는 까닭이었다. 그런 사람 중 하룻밤 유숙을 원하는 사람도 적지 않아, 소림에서는 부득불 외빈을 맞는 숙소를 늘릴 수밖에 없었다. 그러다 보니 당금 소림에 외인을 위한 전각만 네 곳이었고, 객실만 오백여 칸에 달했다. 지객당은 그런 소림을 찾는 향화객이나 귀빈을 맞이하는 일을 맡고 있다.

　소림에는 두 개의 담이 있다. 하나는 대웅보전, 장경각, 천왕전 등 소림의 법당을 둘러싸고 있는 사찰로서의 구조에 충실한 담이었고, 다른 하나는 향화객들과 같은 외인들과 강호의 방파들을 맞이하는 강호 문파로서의 담이었다. 천하무공의 본전이라고도 불리는 소림의 장경각이나 달마의 사리가 안치되어 있다고 알려진 조사전 등의 유명한 법당들은 소림의 내원 정도로 구별할 수 있는 작은 담 안에 있었고, 소림의 무승들이 연무를 하는 연무장이나 외부의 인물들을 맞이하는 지객당 등은 소림의 외원격인 외담 안에 있었다.

　소림에는 산문이라 불리는 두 곳이 있었다. 하나는 소림의 큰 외담 안으로 들 때 지나는 작은 문이었고, 다른 하나는 소림사의 경내로 들기 위해 지나야 하는 작은 전각이었다. 소림의 승려들은 소림으로 들기 전 만나는 작은 문을 외산문이라 하고, 경내로 들기 위해 거치는 곳을 내산문이라 가려 부르기도 하였지만, 대부분의 사람들은 그냥 외산문을 산문이라 일컬었다.

　지객당이 관리하는 네 곳의 전각은 모두 소림의 내산문 밖에 위치했다. 소림을 찾는 향화객 중 절반 이상이 여성이었으니 승려들의 수행에 방해되지 않게 하기 위한 조치일 수도 있었지만, 그보다는 소림의 무공을 탐내 장경각이나 조사전에 들려 하는 무리를 차단하기 위한 이유가 더욱 컸다.

외인이 소림의 경내로 들 수 있는 시간도 한정되어 있어 진시(辰時) 초에 열린 내산문은 유시(酉時)가 되면 그 문을 굳게 걸어 잠근다. 외인이 들 수도 없고, 승려가 나갈 수도 없다. 유시부터 진시까지, 소림은 아무도 드나들 수 없는 철옹성이 된다. 천하에 그 문호를 개방하고 있었으나 천하의 그 누구도 난입할 수 없는 곳. 이곳은 소림이었다.

"마치 하나의 마을과도 같군요."

"소림의 경내에 있는 승방에 상주하는 승려만 이천일세. 그리고 소림의 지객당에서 묵어가는 향화객만도 하루에 기천을 넘기는 일이 허다하다 하더구먼. 불도 정진에 방해만 되지 않는다면 산문의 코앞에 객잔을 세워도 될 만한 규모지."

물론 상현 진인의 말은 농이었다. 어떤 정신 나간 작자가 소림의 코앞에 객잔을 세울 생각을 하겠는가.

철웅은 상현 진인과 걷고 있었다. 그들이 걸음을 옮기고 있던 곳은 소림의 경내로 드는 산문 앞이었다. 수백 명의 사람이 이리저리 몰려다니며 소림의 위용에 찬탄을 금치 못하고 있었다. 설법을 듣고자 소림의 경내로 들기 위해 온 사람들도 있겠지만, 대부분은 나들이 삼아 숭산을 오른 자들일 것이다. 소림은 그런 사람들을 박대하지 않았다. 소림의 외산문 안에도 여러 곳에 불당을 세워 불공을 드릴 수 있게 하였고, 이곳저곳에 탑을 세워 지성을 드릴 수 있게 하였다.

"허허. 화산은 언제나 이런 날이 올지……."

"화산을 찾는 이들도 적지 않습니다. 아마 지금쯤이면 매화향을 따라 수천의 사람들이 화산을 오르고 있을 겁니다."

상현 진인의 말에 철웅이 위로하듯 말했다. 화산은 험산이다. 오르기도 어렵고 내려가기도 쉽지 않다. 그러기에 화산을 찾는 이들은 소림을 찾는 이들에 비하자면 십분지 일도 되지 않았고, 아마 그 차이는 백 년이 흘러도 좁혀지지 않으리라.

"부러워할 일이 아님에도 부럽네. 천하에 도교의 도리를 전하는 일이… 점점 힘들게만 느껴지니……."

철웅은 아무 말도 하지 않았다. 가볍게 산보나 하자고 나온 길이 되려 마음을 무겁게 한 것만 같았다. 상현 진인은 그런 철웅의 마음을 눈치 챘는지 근심을 털어버리듯 크게 웃었다.

"허허, 자네가 왜 고민을 하는가? 부처든 원시천존이든 세상이 평안하기만 하다면야 아무 상관 없는 일이지. 나야 밥그릇 챙기기 힘들어 그런다지만 자네가 걱정할 것이 무어가 있는가. 허허."

너털웃음을 짓던 상현 진인은 철웅을 이끌고 소림의 경내로 향했다. 소림의 경내로 들기 위해선 제법 까다로운 절차가 있었지만, 화산파의 장로라는 신분은 소림에서도 통하는 것이었다. 지객당 승려들의 합장에 불호를 한 번 읊어준 상현 진인이 소림의 경내로 들었다.

소림의 경내는 한산하였다. 오가는 사람들은 계인이 선명한 승려들뿐이었고, 외인으로 보이는 사람들도 대부분 명문세가의 안주인들로 보이는 사람들 몇뿐이었다. 상현 진인과 철웅이 향한 곳은 대웅보전 뒤에 가려 있던 장경각이었다.

소림의 장경각은 무학의 보고인 것처럼 알려져 있지만, 기실 장경각 안에서 무공비급이라 할 만한 것은 찾아보기 힘들다. 삼 층으로 이루어진 서가에는 수천 수만 가지의 불경이 빼곡히 들어차 있어 과연 소림이란 찬탄이 나올 법도 하지만, 소림의 자랑인 역근과 세수, 칠십이 종절예와 같은 제목의 책은 찾아볼 수 없다. 하지만 소림의 승려 누구를 붙잡고 물어봐도 소림사에서 가장 중요한 것을 물어보면 조사전 다음으로 장경각을 꼽을 것이다. 천하 무학의 보고는 아닐지라도, 천하 불학의 보고인 것만은 틀림이 없으니.

장경각에도 내실이 있다. 불경을 읽을 수 있는 자리로 만들어놓은 곳이겠지만, 그곳을 이용하는 자는 극히 적었다. 대부분의 승려는 장경각에서 얻은 서책을 자신들의 승방으로 가져가 탐구하는 것이 보통이었으니. 철웅과 상현 진인이 다다른 곳은 가장 안쪽에 자리하고 있는 내실이었다. 가장 크고 넓었지만, 가장 인적이 닿지 않는 곳이기도 한 그곳에는 이미 세 사람이나 자리하고 있었다.

"어떻습니까?"

"쉿!"

철웅의 물음에 장 의원이 손가락으로 입을 가렸다. 장 의원이 앉아 있던 서탁 위에는 몇 가지의 약재와 작은 탕기, 그리고 작은 은 접시가 여러 개 놓여 있었다.

"잠시 아무 말도 말게. 이 약은 배합이 가장 중요한 것이라 실수하면 아주 위험하거든."

장 의원의 옆에는 장 의원과 비슷한 표정으로 강추가 앉아 있었다.

어느새 장 의원의 수발 의원이 되어버린 듯한 강추의 모습에, 철웅은 웃음이 나오려는 것을 억지로 참았다.

"됐어."

장 의원은 손에 있던 미세한 가루를 은 쟁반 위에 있던 가루 위에 털어놓고 난 후에야 고개를 들어 한숨을 내쉴 수 있었다. 잠시 숨을 고른 장 의원은 은 쟁반 위에 있던 약재를 하얀 백지 위에 쏟고는 조심스레 접어 한쪽에 밀어놓았다.

"다 되었습니다."

"이것이……."

"최음약입니다. 환자가 이지를 상실하였다 하기에 분말을 내었습니다. 약효는 반 시진이고, 양기를 촉발시키는 데에는 반 각이면 충분할 겁니다. 반 시진 안에 양기를 다스리지 못하면 혈맥이 파열되어 죽을지도 모르는 위험한 약입니다. 물론 해약 같은 것도 없는……."

"그건 걱정 마시게. 격발되어 팽창한 양기는 내가 다스리면 될 것이니."

장 의원은 몇 개의 약봉지를 상현 진인에게 내밀었다. 상현 진인은 그 약봉지를 장 의원보다도 더 조심스레 다루어 자신의 소매 속에 챙겨 넣었다. 장 의원의 옆에 있던 혜정 대사가 크게 한숨을 쉬곤 불호를 외웠다.

"아미타불. 참으로 고생이 많으셨습니다."

"허허. 장 의원도 고생하였지만 계율원주께서도 고생 많으셨습니다."

"제가 무슨……."

“허허, 소림의 자랑인 장경각 안에서 최음약을 만드는 모습을 보고 계셔야 했으니, 그 마음이 얼마나 답답하셨겠습니까. 허허허.”

상현 진인의 농에 계율원주인 혜정 대사의 얼굴이 웃지도, 울지도 못할 표정이 되었다.

“허허, 사람을 구하는 일에 선악의 구별이 어디 있습니까. 단지…….”

“허허, 아무 걱정 마십시오. 소문이란 놈이 무섭다곤 하지만, 소림의 장경각에서 일어난 일까지 알아채지는 못했을 겁니다. 허허.”

상현 진인의 말에 혜정 대사는 마주 웃어줄 수밖에 없었다. 장경각 주인 사제가 펄펄 뛰던 모습이 아직도 눈에 선했다. 방장 사형이 직접 나서 중재해 주지 않았다면 장경각에서 약을 만드는 일은 생각지도 못 했으리라.

“이보게, 혜지. 그럼 그 약을 방장실에서 만들어야겠나? 아니면 조사전에서 만들까?”

방장 사형의 한마디에 얼굴이 벌게지며 아무 말 못하던 사제의 얼굴을 생각하니 겨우 참았던 웃음이 다시금 터져 나올 것 같았다. 혜정 대사는 신색을 바로 하며 사람들에게 말했다.

“이제 방장실로 가시지요. 방장께서 몹시 기다리고 계실 것입니다.”

“그러시지요.”

장 의원과 강추가 집기들을 흔적도 없이 말끔하게 치웠다, 마치 불경이라도 저지른 사람들처럼. 사람들이 방장실로 떠나고 텅 빈 내실.

아무도 소림의 장경각에서 최음약을 만들었다는 사실은 모를 것이다. 누군가 소문을 퍼뜨린다 하여도, 곧 미친놈 취급을 받으며 사라질 소문이겠지만.

"그럼 준비는 다 된 것입니까?"

"그렇습니다. 한데 아직 장소를……."

"음… 이보게, 혜정. 어디가 좋겠는가?"

비좁은 방장실이 사람들로 가득 차 있었다. 방장인 혜원 대사를 비롯하여 계율원주인 혜윤 대사. 화산파에서 온 상현 진인과 종령, 종홍, 재희까지 총 여섯 사람이었다. 이제 실혼인의 정신 금제를 풀어낼 준비는 모두 갖추어진 셈이었다. 장소만 결정된다면…….

"사람들의 이목이 닿지 않는 곳을 찾는 것이……."

"음… 거기는 어떤가?"

"예? 거기… 라니요?"

혜윤 대사의 질문은 몰라서 하는 질문 같지 않았다. 그보다는 설마 하는 마음이 실린 반문이었다. 그리고 원래 그런 반문은 정확하기 마련이었다.

"거기 말일세. 팔상(八相)……."

"안 됩니다!"

좌중이 깜짝 놀랐을 정도로 혜윤 대사의 음성은 단호했다. 도대체 어디를 말하는 것인데 이렇듯 다급히 반대하는 것인지 모를 일이었지만, 혜원 대사는 아무렇지 않은 듯 웃으며 말했다.

"왜 그리 놀라고 그러는가? 팔상동(八相洞)만큼 사람들 눈에 뜨이지 않고, 대법을 하기 좋은 곳이 또 어디 있다고……."

"아무리 그래도 팔상동은 안 됩니다. 어찌 조사전에서……."

이번에는 좌중이 놀랄 차례였다. 팔상동이란 이름은 듣지 못했다 하더라도 조사전을 모를 수는 없었으니.

"아니, 아무리 생각해도 그곳보다 좋은 곳은 생각이 나질 않네."

"그곳은 본 문의 비지입니다. 어찌……."

외인들에게라는 말은 차마 내뱉지 못했지만 그 정도 눈치도 없는 상현 진인 일행이 아니었다.

"대사, 다른 곳을 찾아보는 것이 나을 듯합니다. 타문파의 금지에서 대법을 행하는 것은 저희도 마음이 내키질 않습니다."

상현 진인의 말이 옳았다. 금지나 비지라 할 때는 그만한 이유가 있는 법. 그런 곳에 함부로 드는 것은 강호의 예를 보아도 합당하지 않았다. 하지만 혜원 대사의 미소는 여전하였다.

"괜찮소. 비지는 무슨… 그냥 평범한 연공실일 뿐이오."

'…소림 장문인의 연공실!'

상현 진인은 좀 더 확실하게 거부해야겠다 마음먹을 수밖에 없었다. 장문인의 연공실은 금지 중의 금지였다. 그 어떤 문파를 보더라도 폐관 수련을 하는 연공실 한두 개쯤은 가지고 있다. 그중에 장문인이 연공을 하는 곳은 문파의 가장 중요한 금지가 된다. 무엇을 알아낸다는 개념이 아니었다. 장문인의 연공실은 그 문파의 내력과도 다름없는 곳이다. 그 상징적인 의미가 감히 작다 말할 수 없는 그런 곳이다. 소림사 장문인의 연공실이라면 두말할 나위도 없는 일.

"허… 그런 곳이라면 더 더욱 안 되겠습니다. 어찌……."

“다 마음먹기 달린 일. 비지라곤 하나 감출 것이 없으니 비지가 성립할 수 없고, 금지라 해도 아무도 금하지 않으니 금지가 되지 못하는 곳. 안 그래도 요 몇 년 들릴 일이 없었건만, 이참에 청소나 깨끗이 해놔야겠구먼. 허허.”

혜원 대사의 웃음이 좌중의 고막을 파고들었다. 청량한 기운이 깃들인 그 기운에 좌중의 마음이 차분히 가라앉는 듯하였다. 그 음성에 깃들인 기운이 혜정 대사의 마음속에 자리했던 욕심이란 놈을 몰아내 주고 있었다.

‘허어… 혜정아, 너는 아직도 부족하구나. 장문 사형은 이미 모든 마음을 비우신 게다. 고작 사방 십 장의 공간으로 소림을 가두려 하다니……. 그깟 이름 따위가 무어 대수일꼬. 장문인이 수련을 하는 곳, 그곳이 바로 장문인의 연공실인 것을…….’

혜정 대사가 고개를 숙이며 말했다.

“알겠습니다. 팔상동은 제가 직접 치워놓겠습니다.”

“허허, 고맙네. 그리해 준다면 내 마음도 편치.”

상현 진인은 두 사람 사이에 일고 있는 기류를 볼 수 있었다. 혜원 대사의 등 뒤에서 일던 금빛이 혜정 대사의 머리 위를 맴돌고 있었다. 그 모습이 어찌나 눈부시던지 상현 진인은 감히 눈을 크게 떠 마주 볼 수 없었다.

‘무량수불… 생불이라는 말은 이것을 두고 하는 말이다. 어찌 사람에게서 부처의 기운이 흘러나올 수 있단 말인가. 과연… 소림의 그릇은 넓고도 크구나…….’

상현 진인은 가만히 눈을 감고 도호를 뇌까렸다. 자신이 보았던 금빛을 다른 제자들도 볼 수 있으면 좋았겠지만, 그녀들이 혜원 대사의 후광을 보려면 앞으로 꽤나 오랜 수양을 해야 할 것이다. 눈으로 보는 것이 아닌, 마음으로 보는 눈을 뜨기 위해선.

'참으로 아름다운 빛이구나. 장 가가의 붉은 빛도 아름답지만, 이분의 금빛도 참으로 아름답구나.'
재희의 입가에 미소가 어렸다. 그 사람의 모습이 지워지지 않고 있었다. 그녀의 눈물을 닦아주던 붉은 빛처럼…….

*   *   *

기운은 기의 응집이다. 내력은 기운의 응집이다. 결국 힘이라는 것은 응집함으로 생기는 것이다. 하나 응집을 하기 위해선 넓게 퍼져 있어야 한다. 순을 하기 위해 역을 취하고, 역을 하기 위해 순을 취하는 것처럼. 기운을 몸 안에 잡아두는 것 역시 그 기운을 다시 풀어주기 위함이다. 비가 내리는 것은 강을 이루기 위함이고, 강을 이루는 것은 대해로 나가기 위함이다. 하나 끝없이 비가 내리기만 한다면, 제아무리 넓은 대해라 해도 차고 넘치지 않을 도리가 없다. 대해는 다시 구름으로 승화하고, 그 구름이 다시 모여 비를 내린다. 흐름이 멈추는 것은 파멸하는 것과 같다. 내력이란 가두는 것이다. 하나 가두는 것이 아니다. 응집을 하여 한곳에 모으는 것도 중요하지만, 그것을 어떻게 떨쳐 내는 가도 모으는 것에 못지않게 중요하다 철웅은 비지땀을 흘리며 사부가 남긴 비급을 넘기고 있었다. 지객당의 독방을 달라 했을 때 사람들은 그를 이상히 여겼지만, 오늘이 바로두 번째 단약을 먹는 날이었기에 어쩔 수가 없었다. 두 번째는 첫 번째만큼이나 고통스러웠다. 하지만 이번에도 큰 탈 없이 무사히 진기를갈무리할 수 있었다.

근 한 달간 사람들 눈에 뜨이지 않게 수련을 계속 이어왔다. 친우를만난 날만 제외한다면 하루도 거른 날이 없었다. 사부가 전한 가르침을 소홀히 할 수 없다는 이유도 있었고, 혁련웅이 남긴 강해지라는 한마디가 그의 마음을 다잡아 주었는지도 모른다. 어쨌든 그는 쉬지 않고 수련했다. 두 번째 단약의 기운은 분명히 그 족적을 남겼다. 첫 번째 단약이 그의 혼탁한 세맥을 깨끗이 하였다면, 두 번째 단약은 깨끗해진 세맥을 돌다 그의 단전에 똬리를 틀었다. 단전에서 따뜻한 기운을 느낄 수 있다는 말 그대로였다. 그의 단전에 자리한 기운은, 그 열기가 손바닥을 대어도 확연히 느껴질 정도였다.

"이것이… 내력이라는 것인가?"

실체를 잡았으니 사용해 보고 싶은 마음이 드는 것이 당연했다. 삼경이 다 되는 시간까지 사부의 비급을 놓지 않고 있는 것도 그 때문이었다.

기운을 발산하는 것을 발경이라 한다. 발경을 하기 위해서는 단전에 응집되어 있는 기운을 실타래 풀듯 풀어내는 것이 선행되어야 한다. 단전의응집되어 있는 기운을 풀어, 다시 세맥으로 돌리는 것이 발경의 첫 번째이다. 세맥은 전신에 고루 분포되어 있다. 전신의 어느 곳으로도 발경이 가능하다는 뜻이다. 이것 역시 의지로 가능하고, 내관이라는 것과 일맥상통하는 것이다. 보내야 하는 곳으로 기운을 보내는 것은 결국 의지가 아니면 되지 않는 일이니…….

철웅의 눈이 서책을 읽어 내려가는 동안 그의 손은 끊임없이 무엇인가를 반복하고 있었다. 무엇을 잡으려는 듯하다가도 다시 풀어내고, 내려치는 것 같으면서도 비껴내는 듯한.

"이게… 이렇게……."

철웅의 주먹이 곧게 펴지며 유등으로 뻗어나갔다.

휘이익~

철웅의 주먹에서 인 작은 바람에 유등의 불꽃이 힘없이 꺼져 버렸다. 어둠 속에 남겨진 철웅은 당황하지 않았다. 그는 자신의 옆에 있던 화섭자를 꺼내 유등의 불씨를 당겼다. 다시 돌아온 방 안의 정경엔 아무런 변화도 없었다. 단지 철웅의 입가에 머문 미소가 조금 짙어졌다는 것을 빼면.

"이것이… 발경."

철웅은 기뻐하고 있었다. 입으로 웃음을 내뱉진 않았지만, 그의 눈은 분명 기뻐하고 있었다. 아주 미약한, 겨우 유등의 불꽃을 꺼뜨린 작은 바람이었지만 그것은 분명 자신의 쥐어진 주먹에서 나간 내력의 힘이었다.

"발경, 발경이라……."

철웅은 자신의 수준을 알 수 있을 것 같았다. 사부의 비급에는 두 알의 단약을 먹고 나면 능히 십 보 밖의 나뭇가지를 떨쳐 낼 수 있으리라

하였다. 하지만 그는 코앞의 유등을 껐을 뿐이었다. 그래도 좋았다. 진전이 느린 것은 시간이 해결해 줄 것이다. 아니, 어쩌면 시간으로 되지 않을 문제일 수도 있다. 자신의 나이가 있으니. 늦은 나이의 내공 입문이니 사부의 예상보다 진전이 느릴 수도 있었다. 하나 분명 발경이 되었다. 위력의 차이가 있을 뿐 묘리는 같은 것이다. 철웅은 그것으로 만족했다. 그리고 그런 만족감은 동이 틀 때까지 이어졌다.

철웅은 동이 틀 무렵이 되어서야 자리에 누울 수 있었고, 얼굴 가득 미소를 머금은 채 숙면에 들 수 있었다.

만약 자신이 쳐낸 권풍이 유등의 불꽃을 지나 객방의 반쯤 열린 창밖에 있던 석등의 모서리를 가루 내었다는 것을 알았다면, 이리 쉽게 잠을 이루지는 못했겠지만.

성동격서(聲東擊西)

성동격서
聲東擊西

커다란 욕조에 그가 누워 있었다. 욕조 속에는 검푸른 액체가 넘실대고 있었지만, 비릿하고 역한 냄새만으로는 그 액채가 무엇으로 만들어진 것인지 알아낼 도리가 없었다.

알몸으로 누워 있는 사내의 머리맡에는 종령이, 그의 좌우에는 종홍과 재희가 자리하고 있었다. 그녀들의 입에서 쉼없이 주문이 흘러나오고 있었고, 그녀들 옆에 있던 화로에서는 붉고 푸른 연기가 피어올라 석실을 가득 채우고 있었다.

석실은 여덟 개의 면을 지닌 팔각형 모양이었다. 재질을 알 수 없는 묵색의 벽면에는 부처의 생애를 조각한 여덟 개의 부조가 새겨져 있었다. 소림사 장문인의 연공실인 팔상동은 화산파의 대법을 위해 그 문이 열려진 상태였다. 그녀들과 멀찍이 떨어진 곳에 혜명 대사와 상현 진인이 자리하고 있었다.

"참으로 오묘한 기운이 깃들어 있는 대법입니다."

"도교의 환혼주는 실혼인을 치료하는 데 탁월하지만, 특히나 남천궁파의 환혼대법은 그 효과가 탁월하기로 정평이 나 있지요."

혜원 대사와 상현 진인은 전음으로 대화를 나누고 있었다. 행어 대법을 행하는 제자들의 심기가 흐트러질까 염려한 배려였지만, 대법을 진행하는 당사자들은 옆에서 고함을 지르기 전까지는 알아듣지도 못할 만큼 정신이 집중이 되어 있는 상태였다.

"얼마나 걸릴 것 같습니까?"

"글쎄요. 한 시진이 걸릴 지, 두 시진이 걸릴 지 저 아이들도 해보아야 알겠다고 하더이다."

"음… 빈승은 잠시 다녀올 곳이 있어서……."

"……?"

"오늘 주왕부의 행차가 있어 나가봐야 할 듯싶습니다."

"아아, 알겠습니다. 이곳은 제가 지키도록 하지요."

"아미타불. 속히 다녀오도록 하지요."

혜원 대사는 대법이 펼쳐지고 있는 안을 한 번 일별하고는 자리를 떠났다. 주왕부의 행차가 탐탁지는 않았으나, 이미 받아들이기로 한 일. 누가 왔는지는 모를 일이었으나 주왕부의 행차에 장문인인 자신이 얼굴을 내비치지 않는다면, 성급하기로 소문난 주왕이 추후 소림에 어떤 짓을 저지를지 모를 일이었다.

상현 진인의 시선이 다시금 욕조를 향했다가, 그 옆에 놓인 한 쟁반에 가 닿았다. 장 의원이 만들어준 최음약. 저 약 때문에라도 자신은 이곳에서 한 발자국도 움직여선 안 되었다. 언제 저 약을 쓰게 될지 알 수 없는 노릇이었고, 자신이 아니면 사내의 양기를 다스릴 사람이 없었기 때문이다. 싫든 좋든 자신은 이곳에 있어야 했다. 시간이 더디게 흐르든 말든.

혜원 대사가 지객당주인 혜윤 대사를 만난 것은 방장실로 들기 직전이었다. 멀리서 혜윤 대사의 모습이 보일 때 걸음을 멈추었건만, 혜윤 대사가 자신의 앞에 내려선 것은 촌각도 걸리질 않았다.

"허어, 무슨 일인데 신성한 경내에서 신법을 펼친단 말인가?"

방장 사형의 꾸지람에 환갑이 넘은 혜윤 대사가 머리를 조아리며 사죄했다.

"죄송합니다. 하나 너무나 급한 나머지……."

"무슨 일인가?"

"주왕부의 사람들이 도착하였습니다."

"그래. 내가 가보아야 하는가?"

혜원 대사의 말에 혜윤 대사는 잠시 머뭇거렸다. 자신도 그것을 판단키 어려워 이리 달려온 것이었기에.

"저, 그것이… 주왕의 행차는 아니었습니다만……."

"다만?"

"…주왕부의 총관이라는 자가 주왕의 친서를 가지고 왔습니다."

"친서?"

혜원 대사는 고민을 하였으나 그것도 잠시일 뿐이었다. 제아무리 망나니라 소문이 무성한 주왕이라 하더라도 당금 황제의 적자였고, 친왕으로 봉해진 자였다. 제아무리 강호무림의 거대 방파인 소림이라 하더라도 친왕의 친서를 받잡지 않을 방법은 없었다. 그리고 그것을 받아야 할 자는 장문인인 자신뿐이었다.

"가세."

혜윤 대사는 방장의 뒤를 따랐다. 올 때는 그리도 급히 달려왔건만 갈 때는 사형의 뒤를 따라 느긋이 걸어가고 있었다. 노구에 달음박질하지 않아 좋기는 하였지만, 조금 더 빨리 걸어도 될 것 같다는 생각이 드는 혜윤 대사였다.

혜윤 대사가 산문에 도착하여 보니 이미 수십 명의 인원이 산문을 넘어선 상태였다. 혜윈 대사는 몸가짐을 바로 하여 친왕의 친서를 받는 예를 취했다. 산문 앞에는 비단으로 된 포단이 깔려 있었고, 삼십대 초반으로 보이는 자가 친서가 놓여 있을 서탁 앞에 서 있었다. 혜윈 대사는 내키지 않는 걸음으로 포단 위에 올라 무릎을 꿇었다. 소림의 방장이 무릎을 꿇자 기다렸다는 듯 그 청년은 서찰을 펴 읽어 내려갔다.

"소림은 본 왕이 주시하여 본바 불법으로 백성을 감화하여 천하의 안녕에 큰 보탬이 되었고, 본 왕의 천하 안위를 위한 노력에 그 의를 같이 하였는바 본 왕은 이에 황금 열 관을 보내어 소림의 노고를 치하하는 바이다."

짧고 간결한 친서였으나 속이 훤히 들여다보이는 친서였다. 소림의 공이 자신의 공과 같다. 노력이 가상하였으니 황금을 내리고, 앞으로도 더욱 노력해서 왕의 땅을 살기 좋게 만들도록 하여라.

'…뜻은 맞지 않으나 그대가 내린 황금 열 관은 분명 백성을 위해

쓰일 것이오.’

혜원 대사는 머리를 조아린 그대로 두 손을 내밀어 친왕의 친서를 받았다. 그리고 조심스레 뒤로 물러나며 옆에 준비하고 있던 혜윤 대사에게 그 친서를 넘겼다. 혜윤 대사에게 옮겨진 친서는 다시 조심스레 옮겨져 방장실의 서탁 위에 놓일 것이고, 그것은 얼마 지나지 않아 먼지가 수북이 쌓인 조정과 관련된 문서들 속으로 묻혀 버릴 것이다.

“주왕부의 감영이라 합니다.”

“아미타불. 먼 길 오시느라 수고 많으셨습니다. 소림의 혜원이라 합니다.”

형식적인 관례가 끝나고 다시 정상적인 일상으로 되돌아온 사람들이었다. 자신에게 친서를 내린 사람과 마주한 혜원 대사의 얼굴에 미소가 감돌았다.

“소림의 경치가 참으로 보기 좋습니다.”

“허허, 소림에는 처음이신가 봅니다?”

혜원 대사의 물음에 옅은 미소로 답한 감영이었다. 그는 가만히 주위를 둘러보며 감탄 어린 눈빛을 보내고 있었다.

“잠시 경내를 둘러보아도 되겠습니까?”

“그렇게 하시지요.”

혜원 대사는 가만히 불호를 외우곤 어디론가 사라졌다. 왕부의 인물과 오래 함께하여 좋을 것 없다는 듯. 그 모습을 바라보던 감영의 눈에 작은 조소가 일고 있었지만, 그의 주위에는 그를 따라온 삼십 명의 왕부 사람 외에는 아무도 없었다.

‘혈작… 혈작… 과연 혈작이오. 그대의 말대로 떨치려 하지 않아도

스스로 물러나는구려. 소림의 경내를 이렇게 가벼운 마음으로 걷게 되다니…….'

감영, 아니, 감영으로 분한 백호 한수의 눈이 소림을 훑고 있었다.

"실혼령주……."

"예, 소교주님."

"그를… 찾아라."

"예."

한수의 뒤에 있던 사람들 중 하나가 앞으로 나섰다. 그것이 신호였는지 삼십여 명에 달하는 인원이 소림의 구석구석으로 흩어지기 시작했다. 얼핏 보기엔 주변의 경관을 구경하며 걸음을 옮기는 것 같았지만, 그들의 움직임이 드넓은 소림의 그림자를 향해 스며들기 시작했다. 그런 그들을 주시하는 사람은 아무도 없었다. 하다못해 안내를 위한 사미승 하나 남겨놓았어도 그들의 움직임을 이상히 여길 수 있었겠지만 그들 곁에 남겨진 자도, 그들의 그런 행동을 눈여겨보는 자도 없었다.

"소교주님, 찾았습니다."

"어디냐?"

"저쪽입니다. 저 방향에서… 그의 울림이 전해지고 있습니다."

실혼령주라 불린 사내의 시선을 따라 한수의 고개가 돌아갔다. 한수의 시선이 향한 곳. 그곳에는 소림사의 조사전이 있었고, 이제는 금지라 부르지 못할 소림사 장문인의 연공실이 있었다.

한수의 입술이 달싹이고 있었다. 그 작은 움직임을 따라 삼십여 명에 달하는 인원이 움직이기 시작했고, 소림에 화광이 치솟은 것은 그로부터 정확히 반 각이 지난 후였다.

　벽력탄은 천화통과 함께 무림 삼대금용병기 중의 하나이며, 국법으로도 민간의 유통을 철저히 제한하는 화기의 하나이다. 벽력탄은 진천뢰를 본떠 만든 화기로, 본래 진천뢰라 함은 화포의 포탄을 발포는 물론 투척도 가능하게 변형한 군부의 병기였다. 진천뢰는 어른 주먹 세 개 정도를 합친 크기에, 한 번 폭발하면 방원 일 장을 초토화시키고 작열하며 비산하는 철편이 방원 삼 장 안에 있는 인명까지도 살상할 수 있는 무시무시한 병기였다. 그에 비해 벽력탄은 크기가 고작 어른 주먹 크기만하였고, 폭발의 위력도 진천뢰의 절반 정도에 그쳤으나, 작열할 때 철편 대신 수백 개의 작은 철환이 화염과 함께 암기처럼 뿜어져 나왔기에 진천뢰에 비해 결코 그 위력이 작다 말하기 힘들었다.
　벽력탄을 만든 자는 본래 강호에 이름이 없는 무명의 장인이었으나, 마병 벽력탄을 강호에 선보인 후 벽력자라는 외호를 얻게 되었다. 죽은 지 백여 년이 지난 지금까지 강호에서 벽력자의 이름을 기억하는 것은, 그가 남긴 벽력탄이 얼마나 위험한 병기인지를 말해 주는 것이었다. 강호의 명숙들은 벽력탄을 무림 삼대금용병기라 정한 지 이미 오래였다. 무림 삼대금용병기를 사용한 자는 전 강호의 공적으로 지목되어 죽을 때까지 추적의 손길을 피할 길이 없었다.

　철웅 일행이 머물고 있는 곳은 소림의 경내에서 조금 떨어진 지객당의 한 전각이었다. 이 층으로 이루어진 목조 전각의 모습은 사찰의 그것과 닮아 있었고, 내부는 일반 객잔과는 달리 침상이 없어 마치 승려들이 생활하는 승방의 분위기와 흡사했다.

철웅 일행은 부지런히 손을 놀리고 있었다. 부탁받았던 일이 끝났으니 더 이상 소림에 남아 있을 이유도 없었고, 북평으로 가려던 일정에서 거의 사흘 이상을 소비하였기에 서둘러 떠나려는 것이었다.

"가기 전에 인사나 하고 가야 할 텐데……."

"소림이나 상현 진인도 그 대법이란 것을 서두르는 것 같았습니다. 언제 끝날지 모르는 대법을 무작정 기다릴 수만도 없으니, 일단 짐을 모두 꾸리고 나서 한번 가보도록 하지요."

섭섭한 듯한 의형의 말에 철웅이 웃으며 말했다. 기실 자신도 이렇게 서둘러 떠나고 싶은 마음은 없었다. 타지에서 지인을 만나는 것처럼 반가운 일이 또 있을까. 가기 전에 상현 진인을 찾아 석별의 정을 나누고 싶은 마음은 장 의원이나 철웅이나 매한가지였다. 하지만 자신은 일행을 이끄는 위치에 있었으니, 다른 이들처럼 감정이 원하는 대로만 움직일 수도 없는 노릇이었다.

'…떠나기 전, 한 번만 더 보았으면 좋겠구나.'

철웅이 인사를 나누고 싶어하는 사람이 누구인지는 그만이 알 일이었지만, 그의 머리 속을 맴도는 목소리의 주인에게 다가서기란 생각보다 쉽지 않았다.

"보고… 싶었습니다."

철웅의 입가에 작은 미소가 걸렸다. 그녀의 말이 어떤 의미였는지 짐작 못할 만큼 남녀 간의 문제에 무지한 철웅도 아니었을 뿐더러, 모른 척 웃어넘기기엔 그녀의 두 눈에서 흐르던 눈물이 너무나 고왔다. 어찌 그런 마음이 생기게 되었는지, 어찌 자신을 그리 생각하게 되었는지는 모를 일이었지만 그녀가 자신에게 전한 그 마음은 그의 가슴에 고이 남아 있었다.

'안타깝구려… 어쩌자고 나 같은 이를 마음에…….'

철웅은 그녀가 안타까웠다. 그 마음이 너무나 고왔기에, 그 마음에 대한 고마움만큼이나 가슴이 아려왔다. 마음이 가는 대로 따라가기엔… 그 앞에 가로막힌 장애가 낮지 않았다.

스물다섯. 여인의 나이로는 적다 할 수 없었지만, 지천명을 바라보는 자신에게 비하자면 감히 마음을 품었다 말을 꺼내기도 무안한 상대였다. 자신이 정년기에 혼인을 하였다면 그녀만한 딸이 있었을 것이다. 게다가 감정의 치우침만으로 선뜻 손을 내밀기엔… 너무나 아름다웠다. 쥐면 부서질 꽃잎처럼, 눈 뜨면 사라질 이슬처럼…….

'한때의 감정… 지나면 잊혀질…….'

욕심. 그녀가 자신에게 내보인 감정이 순수라면, 자신이 그녀에게 가지는 감정은 욕심이다. 자신이 먼저 물러서야 한다 생각했다. 그녀도 시간이 흐른 뒤에 지금을 되돌아본다면 웃음으로 넘겨 버릴 수 있으리라. 철웅의 마음은 그렇게 굳어지고 있었다. 떠나기 전 그녀를 보고 싶다는 마음은 미처 다 굳지 못한 욕심의 잔재일 뿐이었고, 좋은 추억으로 남기고픈 늙은 병사의 소박한 바람이었다.

"장 대인, 모두 꾸렸습니다."

철웅을 상념에서 끌어올린 것은 일삼의 목소리였다.

"……"

철웅은 조금은 나른해진 몸을 일으켜 세우며 주위를 둘러보았다.

이제 떠나는 일만 남았다. 소림에서… 그녀의 곁에서.

하지만 그의 떠나는 발목을 붙잡은 것은 아련히 들리는 그녀의 목소리가 아니라, 소림의 경내에서 들린 지축을 뒤흔드는 굉음이었다.

콰과광!!

"으아악!!"

"으~악! 불이야~!!"

소림의 담장 안에서 두 개의 불기둥이 치솟아올랐고, 거대한 굉음과 함께 뿜어져 나온 화염은 삽시간에 소림의 전각으로 옮겨 붙어 소림의 역사를 집어삼키고 있었다. 폭음과 화염, 하늘로 치솟는 연기와 비명과 고함이 섞인 사람들의 절규에 소림은 일대 혼란을 겪고 있었다.

담장 너머의 참상이 어떤지 직접 볼 순 없었지만, 지객당의 창문 너머로 보이는 화염과 검은 연기만으로도 철웅 일행은 경악을 금치 못하고 있었다.

'이 소린… 진천뢰가 터지는 소리다. 어찌 사찰에서 군부의 화포가 터질 수가……'

철웅은 이해할 수 없다는 듯 담장 안에서 피어오르는 화염을 바라보고 있었다. 그러나 그것도 잠시, 무엇에 놀랐는지 눈이 크게 떠졌다. 광목으로 쌓인 채 봇짐 위에 얹어져 있던 그것을 낚아챈 철웅이, 다급히 지객당 밖으로 몸을 날리며 소리쳤다.

"강추! 일삼! 따라와! 영우는 일행을 지켜!"

느닷없이 터진 일갈에 일삼과 강추가 놀란 듯했지만, 이내 황급히 신형을 날리며 철웅의 뒤를 따랐다. 철웅은 산문으로 향하고 있었다. 무엇에 쫓기는 듯 다급한 표정으로.

'그녀가… 저 안에 있다…….'

철웅의 눈빛이 낮게 가라앉고 있었다.

"이게 무슨 소린가?!"

혜원 대사가 두 눈을 부릅뜨며 소리쳤지만, 그와 함께 걷고 있던 혜정 대사의 표정도 혜원 대사와 별반 다르지 않았다.

"아무래도 변고가 생긴 것 같습니다. 제가 가보도록 하겠습니다."

혜정 대사가 다급히 바닥을 박차고 날아올랐다. 바닥을 찰 때마다 혜정 대사의 신형이 삼사 장씩 밀려 나갔고, 얼마 지나지 않아 붉은 화염이 화룡처럼 뿜어져 나오는 긴나라전 앞에 당도할 수 있었다. 이미 수많은 승려들이 물을 길어와 진화에 나서고는 있었지만, 불길이 얼마나 거세게 타오르던지 길어온 물을 불길 위에 뿌리는 일에 목숨을 걸어야 할 판이었다.

"이… 이런……."

혜정 대사가 분노로 부들거리는 눈으로 전각을 바라보고 있을 때, 혜원 대사가 그의 옆에 당도했다. 하나 그의 눈은 불타오르던 긴나라전에는 아주 잠시 머물렀을 뿐, 이내 그의 걸음은 한쪽에 누워 있던 승려들에게로 향했다.

"나무아미타불, 나무관세음보살……."

혜원 대사의 눈이 감기며 두 손이 가슴으로 모아졌다. 바닥에 누워 있던 여남은 구의 시신은 처참하기 이를 데 없었다. 얼굴 가득 수십 개의 구멍이 뚫려 누구인지 알아볼 수도 없는가 하면, 폭발의 여파에 상반신의 우측이 통째로 날아간 시신도 있었다. 화염에 검게 타 목내이처럼 오그라든 시신도 있었지만, 하나같이 머리에 찍힌 계인이 선명한 젊은 승려들이었다.

"일송아… 일법아… 원… 지야……."

형체를 알아볼 수 없는 시신을 훑어가며 그들의 이름을 읊조리던 혜원 대사의 시선이 마지막 시신에 이르러 크게 흔들리고 있었다. 몸이 굽은 채 까맣게 타 들어간 작은 시신이, 출가한 지 일 년도 되지 않은 열한 살의 사미승 원지라는 것이 혜원 대사의 노안을 흐리고 있었다.

"아미타불… 아미타불……."

혜원 대사의 불호는 끊임없이 이어지고 있었다. 눈물 대신 읊조리는 불호였기에 계율원주 혜정 대사의 눈에 붉은 핏발이 솟구쳤다.

"어떤 놈들이… 어떤 놈들이……."

혜정 대사의 분노가 감당할 수 없을 만큼 치솟으려 할 때, 그의 마음을 진정시키는 목소리가 들렸다.

"사제… 긴나라전의 화마부터 잡아주게……."

혜정 대사는 가볍게 합장한 후 몸을 돌렸다. 제자들이 동분서주하며 불길을 잡기 위해 안간힘을 쓰고 있었지만, 이미 전각의 절반 가까이를 점령해 버린 화마를 잡기엔 역부족으로 보였다. 혜정 대사는 제자들이 떠오던 물통을 바라보다 크게 소리쳤다.

"물통을 모두 이곳으로 가지고 오라!"

내공이 실린 고함에 물을 긷던 소림 승려들의 시선이 한곳에 모였고, 이내 수십 개의 물통이 그의 앞에 놓였다.

"무승들은 앞으로 나오고, 다른 제자들은 계속 물을 길어오도록 하라! 그리고 너희!"

혜정 대사의 시선을 받은 오십여 명에 달하는 일 자 배 무승들이 눈을 빛냈다.

"내가 신호를 내리면 물통을 긴나리전 지붕 위로 던지거라!"

"예!"

질문도 없고, 의문도 없다. 불문 무학을 배우는 자들에게 계율원주 혜정 대사의 말은 곳 진리였다.

"던져라!!"

수십 개의 물통들이 허공을 갈랐다. 쉴 틈 없이 차례로 긴나리전 지붕 위로 날아오르던 물통들을 바라보던 혜정 대사의 입에서 우렁찬 기합성(氣合聲)이 터져 나온 것은, 날아오르던 물통들이 지붕을 넘어가려던 바로 그때였다.

"타앗!"

우르르릉!!

일기가성과 함께 허공으로 내지른 혜정 대사의 주먹에서 천둥 치는 소리가 터져 나왔다. 그리고 그 뇌성이 향한 긴나리전의 허공에서 수십 개의 물통이 일시에 터져 나가기 시작했다.

퍽! 퍼버벅!

쏴아아!!

수십 개의 물통이 깨어져 나가며 긴나리전의 하늘에 때 아닌 소나기가 내리고 있었다.

"…과연 혜정 사숙님이시다. 이토록 엄청난 위력의 백보신권이라니……."

소림의 무승들의 입에서 놀라움이 가득한 찬탄이 터져 나왔다.

"이놈들! 멍청히 서 있지 말고 계속 던져라!"

멍하니 그 장관을 바라보던 무승들이 깜짝 놀라며 황급히 다른 물통들을 집어던지기 시작했다. 소림 무승들에게 있어 혜정 대사의 말은 곧 진리였다. 그는 소림의 계율원주였고, 또한 소림이 자랑하는 백팔 나한의 수장이었다. 그는 소림 무승의 정점이었다.

긴나라전의 화마가 주춤하고 있을 때, 혜원 대사는 자신의 등 뒤로 들리는 다급한 발소리에 고개를 돌렸다. 세 명의 사내. 낯익은 얼굴들이었다.

'철웅이라 했던가?'

처음부터 눈길을 끌던 사내였다. 소림의 방장이란 위치는 사방 일장의 좁은 방장실에서도 삼문협 너머 섬서의 소문을 들을 수 있는 자리였다. 검절이라는 일세의 검호에게 파검이라는 외호를 받았다는 사내였기에 그를 눈여겨보았고, 그의 몸에서 풍기는 혈향에 고개를 저었던 사내였다.

'고수임에는 틀림없으나, 절정에 다다르기는 힘든 자.'

한 사람의 무승으로서 철웅을 보고 난 혜원 대사의 결론이었다.

'하나 차가움 속에 뜨거움이 있고, 부드러움 속에 강함이 있으니 함부로 미래를 단정키 어려운 자.'

소림의 방장으로서 내린 결론이었다.

"아미타불… 시주가 이곳에는 어인 일이신가?"

혜원 대사의 면전까지 다다른 철웅이 다급히 소리쳤다.

“그녀… 아니, 상현 진인이 있는 곳이 어디입니까?”

혜원 대사의 눈에 평소에는 볼 수 없었던 놀람이 비쳤다.

“설마… 성동격서?”

“……?!”

철웅은 그녀의 안위를 물은 것뿐이었다. 한데 이 고승은 성동격서를 논하고 있었다.

‘이런… 노리는 자들이 있었구나!’

철웅의 눈빛이 차갑게 물들었다. 소림에서 진천뢰를 터뜨린 자들이 그녀를 노린다면, 누구도 안전을 보장할 수 없었다.

“어딥니까!!”

철웅이 큰 소리로 고함쳤다. 그 소리에 놀란 혜정 대사가 고개를 돌렸다. 이미 긴다라전의 화마는 때 아닌 소나기에 그 기운을 잃고 시들어가고 있었다.

“무슨 짓인가!”

한걸음에 방장 앞으로 달려온 혜정 대사가 철웅에게 소리쳤다. 하지만 혜원 대사의 일갈이 그의 말을 막았다.

“혜정! 그들이 위험하다!”

상황을 이해하기에는 촌각의 시간이면 충분했고, 놀람이 분노로 바뀌는 것 역시 촌각이었다.

“이… 이런, 백팔나한의 일금(一禁)을 해제한다! 무승들은 나를 따르라!”

혜정 대사의 일갈에 한곳에 모여 있던 무승들이 저마다 신형을 날려 어디론가로 향했다. 백팔나한의 일금을 해제함은 투계(偸戒)의 해제를 뜻하는 것이었다. 잠시 후 돌아올 소림 무승들의 손에는 파랗게 날이 선 계도가 들려 있을 것이다.

혜정 대사의 신형이 조사전으로 향했다. 혜원 대사의 노구가 믿기 어려운 속도로 그 뒤를 쫓았고, 철웅 일행 역시 그들의 뒤를 따르고 있었다.

긴나라전의 화마는 거의 잡혀가고 있었지만, 그 옆에 있던 문수전의 화마는 이미 붉은 빛에서 노란 빛의 화염을 토해내고 있었다. 이미 불길을 잡기에는 너무 늦어버렸기도 하였거니와, 불길을 잡을 시간이 충분하였다 하더라도 혜원 대사의 발길을 잡기에는 역부족이었을 것이다.

'만약 악도들이 조사전에 벽력탄을 터뜨린다면……'

혜원 대사의 신형이 눈으로 따라잡기 힘들 만큼 빠르게 날아갔다. 화산파의 사람들과 대법을 받고 있던 그와… 자신의 목숨과도 바꿀 수 있는 사문의 조사전을 지키기 위해…….

"……."

상현 진인은 말없이 대법이 시현되고 있는 팔상동 안을 바라보고 있었다. 대법이 펼쳐진 지 이미 한 시진이 넘어가고 있었지만, 이렇다 할 반응은 없어 보였다.

'음… 과연 마교의 금제. 그들이 사용하는 정신 금제는 배교에 그 연원을 두고 있다. 사이한 비술로 백성들을 현혹하던 배교가 황실의 탄압을 받게 된 것은 당연한 일이나 그들의 술법만큼은 인정하지 않을 수 없다…….'

이미 지상에서 사라졌다 여겨지는 배교였지만 마교에 흡수되었다는 소문도 무시할 수 없었다. 당장 마교의 흔적이 남아 있는 정신 금제에서도 배교의 흔적 또한 보이고 있었으니, 사술로 천하제일을 다투던 문파의 비술과 싸우고 있는 제자들의 고통이 어떠한지 알 수 있을 것 같았다.

상현 진인의 걱정만큼이나 종령의 이마에서는 비지땀이 흘러내리고 있었다. 대법이니 술법이니 말은 편하지만, 정신을 집중한 상태에서 한 시진을 버티고 서 있다는 것만으로도 그녀들의 심력 소모가 어느 정도인지 짐작할 수 있었다. 평범한 사람이라면 바늘귀를 이각 이상 보고 있기 힘들었고, 수련된 무인이라 하더라도 반 시진이면 몽롱함에 정신이 분산되기 일쑤였으니 그녀의 도력이 얼마 만큼인지 짐작할 수 있었다.

그녀는 삼재 천지인(天地人)의 방위 중 천의 자리에 있었다. 천의 방위는 대법이 이루어지는 동안 결코 움직여선 안 되는 자리였다. 지와 인의 방위 역시 흔들려선 안 되는 것은 마찬가지였으나, 종홍이나 재희의 정신이 조금 흐트러진다 하더라도 종령만 대법의 맥을 붙잡고 있다면 대법은 지속할 수가 있다. 하지만 한 번 흔들린 천의 방위는 다시 되돌릴 수 없었으니, 그녀의 심적 고통은 이만저만이 아니었다. 아니, 이미 자신이 고통을 느끼는지조차 모를 정도로 정신을 집중하고 있었기에, 흐르는 땀에 온몸이 젖어 그녀들의 도복이 몸에 달라붙어 여인의 굴곡을 드러내고 있는지조차 인지하지 못하고 있었다.

그런 그녀들이 비지땀을 흘리고 있던 곳은 팔상동의 중앙이었다. 팔상동은 소림사 장문인의 연공실이었다. 수화의 침입은 물론이고, 일단

문이 닫히게 되면 천지가 개벽을 해도 외부에서는 문을 열 수 없다. 한 자 가까이 되는 두께의 석벽은 외부의 어떤 충격도 안으로 전달하지 않을 정도였으니, 산문 근처에서 일어난 벽력탄의 충격을 느끼지 못하는 것도 무리는 아니었다.

'어서 끝나야 할 터인데…….'

상현 진인의 마음이 쉬이 가라앉지 않고 있었다. 조급하다기보다는 답답한 것이, 불안해지는 것 같기도 한 그런 모습이었다. 그런 상현 진인의 귀에 긴 한숨 소리가 들렸다.

"휴우……."

"……?!"

비틀거리며 한 걸음씩 물러서는 세 사람의 모습을 본 상현 진인이 한달음에 달려갔다.

"어찌 되었느냐?"

"성공입니다… 백회와 천령의 맥이… 정상으로 돌아왔습니다."

너무나 지친 까닭일까. 말을 하는 종령의 목소리에선 활력을 찾을 수가 없었고, 조금은 창백해진 얼굴도 그런 종령의 모습이 엄살이 아님을 말해 주고 있었다.

"수고했다. 그럼……."

"예. 이제 이각 안에 약을 복용시켜 양기를 촉발시키면……."

종령과 상현 진인이 대화를 나누는 사이 종홍과 재희가 조금은 떨리는 손으로 향로 옆에 있던 최음약이 들어 있는 종이를 펼치기 시작했다. 그녀들의 손이 떨리는 이유는 최음약에 대한 거부감이라기보다는, 두 시진에 걸친 대법으로 인해 온몸의 기력이 모두 빠져나간 탓이리라.

“그래, 수고했다. 이각이라면 약간의 시간이 있는 셈이니 운기조식
이라도 하여 피곤을 달래주도록 해라.”

“예.”

종령은 상현 진인의 말에 사양치 않고 팔상동의 한쪽으로 옮겨 좌정
하였다.

“너희도 함께 운기조식하도록 하여라. 내가 호법을 서마.”

“감사합니다.”

종홍과 재희도 약간 비틀거리며 종령의 옆으로 가 앉았다. 가부좌를
튼 상태로 앉은 세 사람의 몸에서 열기가 일더니 온몸을 적시고 있던
땀이 수증기로 변해 조금씩 피어오르기 시작했다. 이대로 반 각 정도
의 휴식만 취하더라도 많은 도움이 되리라. 상현 진인은 가만히 등을
돌려 걸음을 옮겼다. 호법을 선다 하였어도, 그녀들 앞에서 긴장할 필
요는 없었다. 이곳에 그녀들을 위협할 만한 것이 있을 리 없었기에 상
현 진인은 잠시 대법을 받고 있던 자의 신색을 살피기 위해 다가갈 수
있었다.

아무런 위험도 없었다 믿었기에, 이곳이 소림사 장문인의 연공실인
팔상동이었기에…….

＊　　　　＊　　　　＊

“저곳이 분명한가?”

“예, 소교주.”

한수의 눈에 어이없다는 표정이 떠올랐다. 아무리 사람을 숨길 곳이 없어도 그렇지…….

"거참… 소림을 다시 봐야겠군. 머리에 돌만 가득한 땡중들만 모인 곳이라 생각했는데, 이런 아량이 있었다니……."

한수가 나타난 곳은 한 작은 전각의 앞이었다. 작다고는 하나, 그것은 전각으로 들어가는 입구가 작을 뿐 이곳의 실체를 아는 자라면 끝도 없이 안으로 뻗어나간 동혈과 연결된 이곳을 결코 작다 말할 수 없으리라. 한수가 바라보고 있던 것은 전각의 입구에 내걸린 작은 현판이었다.

'조사전(祖師殿).'

소림의 조사전은 사실 전각이 아니었다. 조사전으로 들어가는 입구가 전각처럼 꾸며져 있을 뿐, 기실 그 안으로 들어가 보면 수없이 많은 동혈들과 연결되어 있음을 알 수 있었다.

'달마가 구 년간 면벽을 했다는 달마동은 물론 소림의 역대 조사들의 진신사리가 있는 곳…….'

한수는 피식 웃음을 터뜨렸다. 나름대로 머리를 굴려 생각해 낸 곳이겠지만 자신을 이곳으로 이끈 실혼령주가 있음으로, 그것은 부질없는 짓이 될 것이다.

"음?"

어느새 자신의 뒤로 모여든 삼십 인의 혈기당 고수와 함께 조사전으로 들려던 한수의 고개가 돌아갔다.

"…생각보다 빠르군."

한수의 시야에 잡힌 것은 조사전을 향해 날아오는 백여 개의 인영이었다. 어떻게 알았는지, 그들은 두 개의 전각이 잿더미가 되는 상황에서도 이곳을 향해 달려오고 있었다.

"이거, 이거… 계산 착오인데. 못해도 반 시진 정도는 벌 수 있을 거라 생각했는데……."

한수의 입과 표정은 전혀 상반된 이야기를 하고 있었다. 입으로는 계획이 틀어졌다 말하면서도, 그의 눈에서는 아무런 긴장을 읽을 수가 없었다.

"역도. 이각만 막아라. 이각 안에는 아무도 이곳에 들지 못하게 하라."

"존명!"

역도라 불린 자. 혈기당주이며, 련에서 손꼽히는 도의 고수인 그가 한수의 명을 좇아 무릎을 꿇었다. 실혼령주와 두 명의 혈기당 고수를 앞세우며 조사전으로 들어간 한수가 보이지 않을 때까지, 역도는 꿇고 있던 무릎을 펴지 않았다. 그리고 한수의 모습이 완전히 사라지고 나자 서서히 몸을 일으키며 돌아섰다.

"…소교주님의 명을 받든다."

역도가 어깨에 걸쳐져 있던 관복을 벗었다. 그의 동작이 신호라도 된 듯 서른 명 가까이 되는 인원이 일사불란하게 관복을 벗어젖혔다. 그리고 소림의 무승들조차 눈치 채지 못할 만큼, 교묘히 그들의 등 뒤에 숨겨져 있던 길이 한 자 반 정도의 도가 그들의 손길을 따라 뽑혀져 나왔다.

'결사(決死).'

반원으로 포진하던 그들이, 사방에서 날아 내리는 소림의 무승들을 향해 그동안 숨겨왔던 혈광을 폭사시켰다.

 "…다가서는 자는 베어라. 지금부터 이각 동안… 이곳은 우리의 금
지다."

 혜정 대사를 필두로 백 명이 넘는 무승들이 신광을 번득이며 조사전
앞으로 속속 내려섰다. 무승들의 눈에는 하나같이 분노한 기색이 역력
했으나 진각을 밟으며 나서는 혜정 대사의 분노에 비한다면 한참이나
모자랐다.

 쿵!

 "그대들이 누구인지는 모르나, 신성한 경내에 병기를 들고 출몰하였
으니 이는 소림에 대한 도전이리라. 지금이라도 무릎을 꿇고……."

 정순한 내공으로 밟은 진각이었기에, 굳게 다져져 있던 땅이 거의
두 치 가까이나 움푹 파이며 묵직한 울림을 전했다. 어지간한 자들이
라면 마른침을 삼키고 식은땀이 흐를 만도 하건만, 눈앞의 괴인들은 그
런 기본적인 예의조차 모르는 자들이 분명했다.

 "닥쳐……."

 혜정 대사의 눈에 불길이 피어올랐다. 하나 소림의 계율원주에게 닥
치라 말한 역도의 눈에는 한 치의 두려움도 보이지 않았다.

 "이곳은 지금부터 나의 금역이다. 다가오는 놈은… 모두 베어버린
다."

 광오. 감히 대소림사의 산문을 넘고, 전각에 화탄을 던진 것도 모자
라 신성한 조사전을 자신들의 금역이라 주장하는 이 광오함을 어디에
다 비할꼬. 하나 그런 배짱을 어여삐 여겨줄 사람은 아무도 없었고, 불

길처럼 타오르는 눈으로 그를 바라보던 혜정 대사는 더 더욱 그런 광오함을 용납할 마음이 없었다.

"…백팔나한은 저들을 제압하라."

자신을 향해 날아드는 백여 명의 신형을 바라보는 역도의 눈빛이 빛났다. '련을 위해 태어나 련을 위해 살았고, 이제 련을 위해 죽을 수 있으니 이보다 기쁜 일이 어디 있을까. 내 한 몸 죽으나 용화세계의 반석으로 남을 것이니, 미륵이 현세하시어 내 백골을 수습해 새 생명을 불어넣어 주실 것이다.'

역도는 죽을 것을 알기에 기뻐하고 있었고, 혈기당이라 이름 지어진 그들 모두 기쁜 마음으로 자신들의 손에 쥐어 있는 도를 힘껏 움켜쥐었다. 그리고 날아드는 자들을 향해 힘껏 도광을 뿌렸다.

기쁘게… 정녕 기쁜 마음으로…….

전면으로 쏘아진 소림 무승들의 손엔 반 장 길이의 목곤(木棍)이 들려 있었다. 강호의 곤보다 길이가 짧기에 특별히 소림곤이라 부르기도 하는 목곤이 휘둘릴 때마다 대기를 가르는 파공성이 꼬리를 물고 있었다.

휘이잉!

카강!

조사전 앞의 공간이 그리 넓지 않았기에 서른 명도 채 안 되는 괴인들과 백여 명의 무승이 한데 어울리기 힘들었고, 괴인들이 조사전을 등지고 반원 형태로 포진하고 있었는지라 한 번에 공격할 수 있는 인원역시 제한될 수밖에 없었다. 그 때문인지 소림의 무승들이 휘두른 목곤이 쉴 새 없이 허공을 가르고 있었지만 곤과 도가 마주치는 투박한 소리만이 퍼지고 있었을 뿐, 아직 어느 곳에서도 비명성은 들리지 않고 있었다.

타당! 탕!

챙!

"서둘러 제압하라!"

혜정 대사의 호통에 무승들이 신광을 뿌리며 달려나갔지만, 괴인들의 무공도 만만치 않았는지라 그들 모두를 단숨에 제압하기는 어려워 보였다.

"자리를 이탈하지 마라!"

역도는 수하들을 독려하며 고함을 질렀다. 그는 철저히 난전을 피하며 자리를 지키고 있었다. 그들은 대소림사의 백팔나한과 맞서 한 치의 물러섬도 없었다.

역도의 눈에 득의의 빛이 떠올랐다. 저 무식한 돌중들은 땀을 뻘뻘 흘리며 끊임없이 파상적인 공세를 퍼붓고 있었지만, 이런 식의 공격이라면 이각이 아니라 반 시진이라도 막아낼 수 있다. 소림의 나한진이 두렵다 하지만, 그것은 어디까지나 진세에 갇히고 난 후의 일. 이렇게 벽을 등진 상태라면 결코 소림의 나한진이 발동될 수 없었다.

'소림의 백팔나한진이나 소나한진은 포위섬멸진. 힘을 모아 강적을 상대하는 진으로는 천하제일이겠지만, 이런 식의 차륜전이라면 제아무리 소림의 무승들이라 하여도 그저 강호의 고수들일 뿐이다.'

역도의 눈은 틀리지 않았다. 소림의 무승들은 괴인들을 향해 위맹한 공격을 펼치곤 있었지만 괴인들을 상대로 큰 실효를 거두지는 못하고 있었다. 하지만 소림의 이름은 그렇게 녹록한 것이 아니었다.

혜정 대사의 눈에서 불길이 일어났다. 고작 삼십여 명의 적도를 제압하지 못하고 있는 제자들의 모습에 노화가 치밀고 있었다.

'경험이 풍부한 자들… 개개인의 무공 역시 가히 일류라 불리기에 손색이 없다.'

혜정 대사는 가만히 고개를 돌려 옆에 있던 혜원 대사를 바라보았다. 혜정 대사의 눈은 분노와 함께 무언가를 원하고 있었다. 소림의 방장인 혜원 대사 역시 자신의 사제가 무엇을 원하고 있는지 알 수 있었다. 그리고 그 허락은 자신만이 할 수 있었고, 혜원 대사의 고개가 끄덕여졌다. 혜원 대사의 마음에 천근 거석이 올려지고 있었지만 이 모든 죄업은 자신이 짊어지리라.

"…백팔나한의 제이금을 해제하라!!"

혜원 대사의 일갈에 공격을 하던 무승들이 일시에 썰물 빠지듯 뒤로 물러섰다. 조용히 합장하며 물러선 무승들의 자리에 뒤에서 사태를 주시하던 다른 무승들이 나와 자리를 채웠다. 분명 달랐다. 하나같이 삭발을 하여 그들의 얼굴을 보아선 누가 누구인지 구별하기도 어려웠지만, 새로이 전면으로 나선 무승들은 그 분위기가 달랐다. 그리고 물러선 자들과는 달리 그들의 손에는 두 자 길이의 도가 들려 있었다.

'계도(戒刀).'

역도의 눈에 긴장이 어렸다. 죽음을 두려워하는 것은 아니었으나 계도를 들고 나타난 자들의 위세를 보니 까딱 잘못했다간 명을 수행키 어려울 수도 있겠다 싶은 마음이 들어서였다.

정 자 배 무승들. 백팔나한의 이금(二禁)인 살계(殺戒)가 해제되어서

야 비로소 그들이 전면으로 등장했다. 실질적인 백팔나한의 주력이었
고, 혜정 대사가 손수 단련시킨 소림을 대표할 수 있는 고수들이 그들
이었다.

"저들을… 제압하라."

혜정 대사의 입에서 명령이 떨어지자마자 무승들의 손에 들려 있는
계도가 춤추기 시작했다.

슈애액!

카가강!

"으윽!"

괴인들의 눈에 처음으로 당혹감이 어렸다. 목곤을 들었던 무승들과
는 큰 차이가 있었다. 계도에 실린 경력이 달랐고, 자신들을 노리고 들
어오는 계도의 방향이 달랐다. 목곤이 다리를 노렸다면 계도는 허리를
노렸고, 목곤이 어깨를 노렸다면 계도는 목을 노렸다. 날도 벼르지 않
은 듯한 투박한 계도에 시퍼런 서슬이 맺히고 있었고, 괴인들의 도가
허공을 가를 때마다 무승들의 계도는 그 틈을 노리고 들어왔다. 한 발
한 발 밀리는 모습이 눈에 보일 정도로 괴인들은 당황하고 있었다.

"크아악!"

첫 번째 비명. 반원을 구성하고 있던 괴인들 중 한 명이 어깨에서 피
분수를 뿌리며 뒤로 넘어갔다. 그 틈을 노려 몇몇 무승들이 더욱 세차
게 계도를 휘둘러 들어왔고, 조사전을 가로막고 있던 성벽은 금세 허물
어질 것처럼 보였다. 하지만……

"카아앗!!"

벌어진 틈으로 난입하려던 무승들의 머리 위로 시뻘건 도기가 내리

꽂히고 있었다.

카강!!

"우웃!"

또 다른 괴인의 허리를 노리던 계도가 급히 방향을 틀어 머리 위로 떨어지던 혈광을 맞받아쳤지만, 내려쳐진 도의 경력은 그 무승의 무릎을 절로 꿇게 만들고 있었다. 이를 악물고 도를 밀쳐 내려던 무승의 눈에 당혹감이 어렸고, 다급히 목을 향해 달려들던 다른 도를 막은 또 한 자루의 계도가 아니었다면 그의 수급은 저 멀리 나뒹굴고 말았으리라.

챙!

겨우 목숨을 부지한 무승이 다급히 신형을 접으며 뒤로 물러섰고, 벌어진 틈을 노리던 무승들도 그만큼 거리를 벌렸다.

"모두 정신 차려! 죽어도 명은 수행하고 죽어야 하지 않느냐!!"

역도의 광포한 외침에 잠시 흔들렸던 괴인들의 눈에 다시금 생기가 돌기 시작했다. 생기가 광기로 변하였고, 그들의 손에 들렸던 한 자짜리 기형도도 광기에 물들고 있었다.

"아미타불. 어디서 저런 자들이⋯⋯."

혜원 대사의 입에서 묵직한 불호가 터져 나왔다. 이미 일단의 무리들은 조사동 안으로 잠입하였을 것이다. 사형의 조급한 마음이 전달된 것일까, 노기를 지우지 않고 있던 혜정 대사가 한 발 나서며 소리쳤다.

"소림의 제자들은 물러서라! 모든 죄는 내가 짊어지겠노라!"

무승들의 눈에 놀람이 일었지만, 혜정 대사가 펼치던 기수식을 본 순간 놀람이 경악으로 변하며 서둘러 장내에서 물러섰다.

"타하앗!!"

혜정 대사의 주먹이 광기로 물들던 역도를 향해 뻗어나갔다. 수하를 독려하는 모습. 그가 이들의 우두머리였고, 백보신권의 희생자로 결정된 이유였다.

우르르릉!!

혜정 대사의 주먹에서 울린 뇌성이 형으로 변하며 역도를 향해 쇄도했다. 혜정 대사의 주먹을 바라보던 역도의 눈에 놀람이 비치고 있었지만, 도를 잡았던 손에 더욱 힘을 주었을 뿐 피하고자 하는 동작은 찾아볼 수가 없었다.

'먼저 가서… 기다리마. 부디 명을……'

소림 백보신권의 위명은 귀가 따갑도록 들었었다. 백보신권이 신권이라 불린 이유가 팔성의 경지에 이르기 전엔 시전할 수조차 없고, 팔성의 위력만으로도 백보 밖의 바위를 가루 낼 수 있기 때문이라는 것을 알고 있었다. 그렇기에 저 노승이 펼친 백보신권을 자신이 받지 못함 역시 충분히 알 수 있었다. 하지만 막을 수 없다 하여 피할 수도 없었다. 아니, 어쩌면 백보신권의 첫 희생자가 자신인 것이 오히려 잘된 일이리라. 자신의 죽음으로 수하들의 결사 의지는 더욱 단단히 굳어질 것이니.

역도의 도가 바닥으로 향했고, 두 눈은 점점 시야를 가리듯 커져 오는 거대한 주먹을 바라보고 있었다. 그리고 순식간에 날아든 권경을 향해 손에 쥔 도를 올려치려던 순간, 자신의 시야를 가린 그것에 놀라 두 눈을 크게 뜰 수밖에 없었다.

콰릉!

"크어억!!"

“우드드득!!”

역도는 자신을 덮친 그것을 안으며 세 걸음이나 밀려났다. 백보신권의 위력에 경악을 해야 옳았겠지만 온몸의 뼈가 바수어지며 자신의 품에서 떨어진 그가, 어깨에 일검을 맞고 쓰러졌던 수하라는 것에 모든 신경이 집중되었다.

“쿨럭……”

피를 토하는 사내의 모습에 역도와 괴인들은 물론 소림의 인물들까지 일시지간 모든 행동을 멈출 수밖에 없었다. 백보신권을 몸으로 막은 사내가 즉사하지 않은 것을 다행이라 생각할 수도 있었지만, 척추가 부러지고 충격으로 부러진 갈비뼈가 살을 뚫고 나온 모습은 차마 다행이라는 말을 입에 담기 어려운 모습이었다.

“커헉… 다(당)… 다수(당주)……”

역도의 눈에 핏발이 섰다. 사내는 폐가 찢어졌는지 말을 할 때마다 바람 새는 소리 속에 물이 찬 소리가 함께 들리고 있었다.

“…이으그(미륵) 으(의)… 거크오(곁으로)… 부이(부디)… 여(명) 아수(완수)……”

그것이 끝이었다. 귀를 바짝 가져가 그 사내의 마지막 말을 듣던 역도의 손에서 힘이 빠졌다. 그의 손에서 사내를 건네받은 두 명의 수하가 급히 그를 반원 안으로 끌고 들어갔다. 그리고……

“크크크. 어차피 죽으러 찾아온 곳… 예견했던 결과……”

역도의 눈에 광기가 어리고 있었다. 그 광기에 전염된 다른 괴인들 역시 입가에 미소를 띠며 도를 고쳐 잡고 있었다. 그들의 모습에 소림의 인물들은 치를 떨고 있었다. 어찌 동료가 죽었음에도 웃음을 지을 수 있단 말인가? 하지만 그런 것을 궁금해할 여유가 없었다. 아직 싸움은 끝나지 않았다. 아니, 이제 진정한 시작일 뿐이었다.

"아미타불… 살계는 이미 열렸도다. 소림의 제자들은 저 악도들을 몰아내라!!"

혜정 대사의 입에서 거친 외침이 터져 나왔다. 이미 살계를 연 혜정 대사였기에 그의 마음은 그리 동요하지 않았다. 하지만 저들의 광포한 눈에서 떨어지려 하는 눈물 앞에 다른 제자들도 동요하지 않으리란 보장이 없었기에, 서둘러 공격을 명령한 것이었다. 그의 마음도 편치 않았다.

'부디… 극락왕생하시오.'

자신의 손으로 죽인 자의 극락왕생을 비는 혜정 대사의 마음을 누가 알았다면, 그 모순된 모습에 손가락질을 할지도 모르겠지만… 그것이 소림의 제자들이었다. 살계를 여는 고통도 그들의 몫, 죽은 자에게 보내는 슬픔도 그들의 몫. 그리고 그런 마음이 소림의 천년 역사를 만들어왔다.

무승들의 계도에 살의가 얹혀진 만큼 괴인들의 기형도에 얹힌 광기도 짙어졌다.

"크아악!"

"으윽!"

괴인 하나가 피를 뿌리면 무승 하나가 피를 뿌렸다. 엇비슷하다 할 수 있을 만큼 괴인들의 무공이 뛰어나기도 하였지만, 자신의 목숨을 돌보지 않는 공격 앞에 무승들의 공격은 그 예기가 부족할 수밖에 없었다. 점차 괴인들이 이루던 반원의 크기는 줄어들고 있었지만, 한쪽에 치워진 괴인들과 무승들의 시신도 점차 늘어가고 있었다.

그리고 그들이 흘린 핏물을 따라 이미 시간은 일각 가까이 흐르고
있었다.

*　　　　*　　　　*

상현 진인은 욕조에 누워 있는 사내를 바라보고 있었다. 미약하나마
미간에 앉아 있던 어두운 기운이 많이 가신 듯 보였다.
　'만약 이자가 정녕 연왕의 장자라면……'
　상현 진인의 마음은 이미 복잡해질 대로 복잡해진 상태였다. 실혼인
의 금제를 풀기 위한 그간의 시간과 노력도 적지 않았지만, 정작 이자
가 정신을 차린 이후의 일이 더욱 문제였다. 황실의 인물에 대한 정신
금제가 세상에 알려진다면, 이것은 엄청난 파장을 불러일으킬 것이다.
가뜩이나 황제의 병환이 악화일로를 걷고 있어 정국에 불안한 기운이
흐르고 있는 시절이었다. 다행히 황제가 온전한 정신으로 황세손을 다
음 황제로 지목하였기에 망정이지, 그렇지 않았다면 오랑캐의 손에서
수백 년 만에 되찾은 한족의 왕조가 또다시 위태한 지경에 이르게 되
었는지도 몰랐다.
　'하나… 연왕이 건재해 있는 한, 정국의 안정은 요원한 일이 될지도
모르는 일.'
　황제의 후계로 지목된 황세손 주윤문은 이제 겨우 약관을 넘겼고, 이
렇다 할 치적도 없는 상태였다. 그에 비해 북평의 연왕은 올해 삼십팔
세로 이미 북원의 잔당을 장성 밖에 묶어놓은 용맹 과감한 무장이었다.
거기다 문무에 모두 능해 당금 황제가 그를 다음 황제로 책봉하려 하였

다는 소문이 천하에 파다하였었다. 하나 황실의 법도라는 것은 황제 자신도 함부로 어쩌지 못하는 것이었는지라 결국 다음 황제의 위는 어린 황세손에게 이어지고 말았다.

하지만 북평과 하북 지방에서 연왕의 권세는 황제도 감히 어쩌지 못할 만큼 절대적인 것이어서 다음 위에 오를 황세손의 가장 큰 난관은 그가 될 것이 분명하다 여겨지고 있었다. 그나마 천만다행이라면 소문에 연왕 주체가 황제의 위를 바라지 않는 듯한 인상을 주고 있었기에, 황실 내부에서도 내심 안도하는 듯한 모습이었다.

'이런 때에… 연왕의 장자가 실혼인이 되었다는 것은……'

황실, 권력, 후계자, 실세, 그리고 실세의 장자가 실혼인이 되었다면…….

'역모……'

보편타당하고 충분히 이해 가능한 결론이었지만 상현 진인은 고개를 가로저었다.

'역측이다. 아직 확실한 것은 아무것도 없다.'

상현 진인은 자신의 상상을 급히 털어내고 있었다. 자신의 논리에 대한 불신 때문이 아닌, 그 논리가 가져올 참상을 떠올리지 못하겠다는 듯. 그렇게 좌우로 서성이던 상현 진인의 발걸음이 멈추어 섰다.

"휴우……"

종령이 긴 한숨을 내쉬며 운기를 마쳤다. 그리고 그것이 신호라도 된 듯 서둘러 운기를 마친 종홍과 재희도 숨을 내쉬며 감았던 눈을 뜨고 있었다.

"몸은 좀 괜찮으냐?"

상현 진인이 다가와 묻자 종령이 고개를 숙이며 답했다.

"많이 좋아졌습니다. 서둘러 대법을 시작해야겠습니다."

상현 진인은 가만히 고개를 끄덕였다. 반 각을 예상한 운기가 일각 가까이 진행되어 이제 일각 정도밖에 시간이 남지 않은 까닭이었다.

"그래, 어서 약을 저 사람에게……."

상현 진인도 재촉을 하고 있었다. 그의 고민을 털어내려면 어떻게든 이 자의 신원을 분명히 해야만 했다. 물론 고민을 털어내게 될지, 더 큰 고민을 하게 될지는 모를 일이었지만…….

종령과 종홍, 재희가 사내에게 다가갈 때였다. 상현 진인도 아무런 대비 없이 그자에게 다가가고 있었기에 석벽 밖에서 타 들어가던 벽력탄의 존재를 알 수 없었다.

콰과광!!

갑작스런 폭발에 지축이 흔들렸고, 사내가 누워 있던 욕조의 물이 크게 출렁이며 욕조 밖으로 흘러나오고 있었다. 아무 대비도 하지 못했던 상현 진인과 종령 일행 역시 크게 무릎이 휘며 그 자리에 주저앉고 말았다. 석실의 구조상 폭발의 굉음이 열 배 스무 배로 석실 안을 울리고 있었고, 무너진 석실 입구에서 피어오른 돌 가루들과 먼지가 잠잠해질 때까지 아무도 정신을 수습하지 못하고 있었다. 그리고 석실 입구에 들어선 외부의 공기가 사람들의 코를 간질였고, 그 맑은 공기만큼이나 맑은 목소리가 좌중의 귓가를 파고들었다.

"벽력탄을 두 개나 소모하게 만들다니……. 그놈의 석벽 참 두껍기도 하군. 음?"

석실의 입구로 들어선 무리가 있었다. 그리고 무리의 우두머리로 보이는 청년이 욕조를 바라보며 웃고 있었다.

"이런… 벌써 수작을 부리고들 있었군. 뭐, 어차피 다 죽을 테니 상관은 없지만 말이야."

충격을 진정시킨 상현 지인이 벌떡 일어나며 청년을 노려보았다.

"그대는… 누구인가?"

청년은 상현 진인의 매서운 눈을 보면서도 입가의 미소를 지우지 않았다. 대신 허리춤에 두 손을 올리며 거만하게 말했다.

"나? …저승사자."

사내의 손이 옆으로 휘둘리자 그의 손길을 따라 허리에서부터 긴 은광이 딸려 나왔다.

취리링!

요사스런 은광을 담고 있던 연검을 손에 쥐고 상현 진인을 바라보던 사내. 백호 한수였다.

第三十五章
위기(危機)

철웅은 전장의 상황을 처음부터 지켜보고 있었다. 삼십여 명의 인물들과 소림 무승들과의 싸움. 강추와 일삼의 눈에 놀람의 빛이 보이고 있었지만 철웅의 눈빛은 그들과 조금 달랐다.

'병법의 병 자도 모르는 사람들……'

다수가 소수를 핍박한다 하여 반드시 승리할 수 있는 것은 아니었다. 더욱이 저런 짜임을 보여주고, 결사의 의지마저 보이는 가진 자들에게 중구난방의 공격을 가한다는 것은 정녕 어리석은 방법이었다.

'모두 죽고 나서야 끝날 싸움이다.'

철웅은 가만히 있을 수가 없었다. 싸우는 모습을 보니 저들은 입구에서 옥쇄할 작정인 것 같았다. 옥쇄란 자신의 죽음을 아깝게 여기지 않는 죽음이다. 저들이 저렇게 죽어야 할 이유가 무엇이 있겠는가.

"저 안에 상현 진인이 있는 것입니까?"

혜원 대사의 곁으로 다가선 철웅이 던진 말에 반응한 것은 혜원 대사가 아니라 혜정 대사였다.

"자네가 상관할 문제가 아니네. 물러서 있게."

자존심이 상했으리라. 소림이 자랑하는 백팔나한이 살계까지 열었음에도 아직 조사전의 문을 열지 못하고 있었다는 것이 혜정 대사의 목소리를 신경질적으로 만든 것이리라. 이미 다섯 명의 무승이 피를 흘리며 쓰러져 있었다. 죽은 자도 있을 것이고 크게 다친 자도 있을 것이지만, 바닥에 누운 괴인들은 겨우 아홉 명에 불과했다. 더욱이 저들은 원진의 크기가 조금 줄어들었을 뿐, 눈에 어린 광기는 잦아들 생각조차 하지 않고 있었다.

"이런 식으로는 안 됩니다. 모두 죽어야만 끝날 싸움입니다."

혜원 대사의 눈이 철웅에게 향했다, 계속 말해 보라는 듯. 하지만 혜정 대사의 노기 어린 말이 먼저였다.

"갈! 감히 소림의 행사에 외인이 참견을 하려드는가?"

"내 식구를 구하는 일이니 외인이란 말은 가당치 않소."

철웅의 목소리가 차갑게 가라앉았다. 그 느낌이 얼마나 섬뜩하였던지 혜정 대사의 눈에 약간의 흔들림이 보일 정도였다.

'내가… 이 사람을 잘못 보았던가?'

혜원 대사의 눈이 다시금 철웅이라 부르던 자의 눈을 바라보고 있었다. 차갑게 가라앉은 눈. 분명 피를 머금으며 만들어진 눈이었다. 그것도 적지 않은 양의……. 자신도 그것을 보았기에 무의식적으로나마 그를 멀리했던 것이리라. 한데 다시 본 그 눈 안에는 소림의 고승조차 미처 발견치 못했던 또 하나의 빛이 들어 있었다. 피에 젖은 눈이었으나 안타까운 무언가가 전해지는…….

'설마… 원하지 않았던 피를 억지로……?'

혜정 대사의 입이 다시 열리려 한순간, 혜원 대사가 가만히 손을 올려 사제의 외침을 막았다.

"아미타불. 시주의 이름이 장철웅이라 했던가요?"

"…예."

그깟 이름이 무슨 대수랴, 당장 한시가 급한 이 마당에. 하지만 철웅은 소림의 방장에게 감히 따지지 못하고 자신의 이름을 밝혔다.

"시주의 생각을… 들려주시겠소?"

철웅의 눈이 빛났다. 그 빛나던 시선은 전장을 향하고 있었다.

"저자들은 옥쇄를 작정한 자들입니다. 힘으로 제압하려 든다면 저들의 목을 모두 쳐내야 합니다."

혜정 대사는 철웅의 섬뜩한 말에 가만히 불호를 읊었다.

"제 생각엔 저 안으로 이미 한 무리가 잠입했을 것이고, 저들은 그들의 뒤를 받치고 있는 듯합니다. 명을… 목숨보다 중히 여기는 자들이지요."

"…알고 …있소."

혜원 대사는 작은 한숨과 함께 입을 열었다. 사제의 백보신권을 몸으로 막은 자의 모습은 너무나 분명히 그것을 가르쳐 주었다.

"시간이 없으니… 제가 들어가야겠습니다."

"……!!"

혜원 대사와 혜정 대사의 눈이 크게 뜨였다. 이자는 지금 피를 흘리고 쓰러지는 소림의 무승들이 보이지도 않는단 말인가? 그들을 막고 있는 광기 어린 자들의 눈이 보이지 않는단 말인가?

"불가(不可)! 자네가 무언데 저곳으로……."

혜정 대사는 노한 일갈을 마치지 못했다, 자신 앞으로 들이밀어진 작은 패로 인해. 철웅이란 사내가 노한 기운을 감추지 않으며 들이민 그 패로 인해…….

"매화조령?!"

강호에서 일어나는 거의 모든 것을 알고 있어야 하는 것이 소림의 방장이었기에, 화산의 신물인 매화조령을 모를 수가 없었다. 일곱 개의 매화가 새겨진 그 패의 의미 역시.

"화산파의 장로로서… 저곳에 들겠소."

혜원 대사와 혜정 대사의 입이 얼어붙었다. 자신의 식구를 구한다는 말에 이런 뜻이 있었을 줄이야. 철웅은 그런 그들에게 일별도 하지 않고 뒤를 돌아보았다.

"강추! 일삼!"

"예!"

철웅의 부름에 강추와 일삼이 달려나왔다. 철웅은 아무렇지 않게 명령하고 있었고, 그들도 그런 철웅에게 이상함을 느끼지 않았다. 오히려 당연하다는 듯 당당히 나서고 있었다. 감히 소림의 고승들과 함께 하지 못했던 그들이었지만, 지금은 너무나 당당히 그들 앞에 나설 수 있었다.

'화산파의 장로…….'

강추와 일삼의 입가에 미소가 지어지려 하고 있었다. 소림의 방장

앞이라 억지로 참고는 있었지만 자꾸만 말려 올라가려는 그들의 입술을 붙잡기 위해 안간힘을 써야만 했다.

자신들이 따르던 사람이 대화산파의 장로란다. 자신들의 수인 신분을 벗겨주고, 식객이라 불러준 그 사람이 화산파의 장로란다.

"저곳에 들어야겠습니다. 계도 두 자루만 빌려주십시오."

철웅의 말에 움직이는 사람은 없었으나, 혜원 대사의 고개가 가만히 끄덕여지자 전장에 들지 않았던 무승 둘이 자신들의 계도를 선뜻 내주었다. 계도를 들고는 있었으나 살계에는 동참하지 못한 일 자 배 무승들이었다.

"저것은 원진(圓陣)을 변형한 수진(數陣)이다. 활용할 수 있는 모든 인원으로 인의 장벽을 만들고, 장벽이 파손되었을 때는 장벽 자체를 안으로 줄여 나감으로 최후의 일 인까지 수성의 묘를 다할 수 있는 것이다."

두 사람에게 하는 말이었지만 혜원과 혜정 대사는 물론, 주변에 있던 무승들 모두 그의 말에 귀 기울이고 있었다.

"저런 진을 안행지진(雁行之陣)처럼 기러기 날개로 감싸듯 포위해 한 번에 허무는 것은 다섯 배의 인원이면 충분하고, 세 배의 인원이면 가능하다. 하지만 희생이 크고 시간이 지체되기 때문에 지금과는 맞지 않는다. 저런 밀집 대형을 허무는 가장 좋은 방법은 추행(錐行)하여 안과 밖을 단번에 허무는 것뿐이다."

'병법을 아는 자!'

혜원 대사와 혜정 대사의 공통된 생각이었다.

"하나 선두에 선 자가 너무 위험하오. 또 좌우의 공격을 막지 못한다면 희생만 늘지 않겠… 소?”

철웅의 말에 반박하던 혜정 대사의 말끝이 올라갔다. 제아무리 대소림사의 계율원주이고, 백팔나한의 수좌라 하더라도 화산파의 장로에게 막말을 할 수는 없는 법이었으니.

“뒤를 따르는 자만 잘 받쳐 준다면 충분히 가능합니다. 희생이 난다 하더라도 이런 식의 파상적인 공세보다는 적을 것입니다. 그리고 선두는 저희가 서지요.”

철웅의 말에 혜정 대사의 고개가 사형인 혜원 대사에게 향했다. 혜원 대사는 그런 사제를 바라보지 않았다.

‘…위험하오.’

‘알지만… 해야겠습니다.’

‘…구해야 할 사람이 있구려.’

‘서둘러야 합니다.’

혜원 대사의 고개가 끄덕임으로, 철웅과 혜원 대사가 나누던 눈빛 대화는 끝이 났다. 철웅이 서둘러 앞으로 나섰고, 강추와 일삼이 그 뒤를 따랐다. 묵묵히 서 있던 무승들도 혜정 대사의 눈짓에 그 뒤를 따르고 있었다.

한 걸음 앞서 나가던 철웅이 손에 쥐고 있던 광목을 풀어내고 있었고, 그 모습을 바라보던 혜원 대사의 눈이 놀람으로 크게 떠졌다.

‘저… 저것은?

철웅의 손에는 한 자루 검이 들려 있었다. 주변의 빛을 모조리 흡수라도 하고 있는 듯 어둡고도 어두운 느낌의 묵빛 검이……

"자, 이제 저승사자로서의 본분에 충실해야겠군."

한수의 눈이 어둠 속에서 빛을 냈다. 그의 연검이 뱀의 혓바닥처럼 검극을 날름거리고 있었고, 상현 진인과 화산파의 여인들을 휘감고 있던 공기마저도 그런 차가움을 전하고 있는 듯하였다.

"물러서라!"

상현 진인이 한수의 앞을 가로막고 나섰다. 그의 두 손은 비어 있었다. 소림의 조사전 안에 병기를 들고 올 수는 없었고, 소림 장문인의 연공실에서 이러한 사태가 벌어지리란 예상은 아무도 하지 못했다.

"화산의 말코였군. 화산파의 매화검법은 제법 매섭지."

한수는 비릿한 조소를 내보였다. 그리고 그런 그의 뒤에서 두 사람의 인물이 나서고 있었다.

"적당히 발버둥 치다 죽으라고. 우리도 바쁜 몸이니까."

한수의 말이 신호라도 된 듯 두 명의 혈기당 고수가 상현 진인을 향해 도를 휘두르며 달려들었다. 상현 진인이 그들을 맞아 적수공권을 펼쳤다.

"타앗!"

자신의 상체와 하체를 동시에 휩쓸고 있는 기형도의 기세를 보니 쉽게 볼 수 있는 자들이 아니었다. 상현 진인은 급히 한 발 물러서며 두 손에 내력을 응집시켰다.

"차앗!"

횡!

상현 진인은 급히 보법을 밟아 거리를 벌인 상태에서 날아들던 도면을 손바닥으로 쳐 비껴가게 하였다. 위험한 한 수였으나, 화산파의 장로라는 이름이 아깝지 않은 절묘한 한 수였다. 달려들던 두 괴인의 틈 사이로 들어간 상현 진인의 일장이 한 괴인의 옆구리로 향했다.

"하압!"

텅!

다급히 도를 놀려 상현 진인의 일수를 막은 괴인들과의 접전이 계속되고 있었다. 그 모습을 바라보던 한수가 입가에 미소를 띠며 걸음을 옮겼다. 지금이라도 자신이 가세하여 도사의 수급을 취하는 것도 나쁘지 않았으나, 그보다는 세 명의 여인이 눈을 부라리며 지키고 있는 욕조가 우선이었다. 자신들의 감시에서 용케 탈출한 그자의 수급이 먼저였다.

"비켜라. 여인들과 드잡이하는 것은 침상 위에서 하는 것으로 충분하다. 혹 그런 것을 바라는 건가?"

종령과 종홍, 재희를 바라보며 음담패설을 늘어놓는 한수의 눈에 음심은 없었다. 단지 여인들이 발끈하기를 바라며 내뱉은 얕은 수였는데, 의외로 이런 수는 쉽게 상대에게 먹혔다.

"확실히 앙칼진 여도사를 취하는 것도 나름의 재미라는 것이 있지. 처음엔 혀라도 깨물듯 발악을 하지만… 결국은 말 한마디에 발바닥이라도 핥게 되거든. 여자는 길들이기 나름이지. 후후."

"다, 닥쳐라! 이 음적!"

종홍의 눈에 살기가 어리며 일갈을 터뜨렸고, 그 옆에 있던 두 여인의 눈에도 그와 비슷한 빛깔이 번지고 있었다.

"후후. 네년은 특별히 더 사랑해 주지. 그 눈빛, 마음에 들었어."

"네 이놈!"

결국 한수의 격장지계에 노한 종홍이 달려나갔다. 평소 검법보다는 권장의 수련을 열심히 하였던 종홍이었기에 두 손에 병기가 없음이 안타깝지 않았다. 하지만 파공성을 내며 날아가던 종홍의 주먹은 한수의 면전에 닿기도 전에 급히 회수되어야 했다.

휘휘휘휙!

"앗!"

달려들던 모습만큼이나 다급히 물러서는 모습에 수련이 얕지 않음은 알 수 있었지만, 그녀의 팔을 감싸오던 한수의 연검에 그녀의 도복이 어깨 부분까지 잘라지며 새하얀 팔이 드러났다. 몇 가닥 작은 혈선과 함께.

"사매! 괜찮아?"

다급히 물러난 종홍을 막아서며 종령이 물었다. 단 일 수의 교환이었지만 상대의 무공을 짐작하기에 충분한 한 수였다. 저 음적은 일부러 사매의 옷자락만을 잘라낸 것이 분명했다. 자신과의 차이를 느끼고 물러서라는 듯.

"후후, 이것도 재미있군. 시간이 조금 넉넉했더라면 모두 발가벗겨 놓고 싶지만… 아무래도 그건 무리겠군."

한수의 시선이 잠시 상현 진인과 자신의 수하들이 싸우고 있는 곳으로 향했다. 두 괴인의 도가 어지럽게 움직이며 상현 진인을 향해 날아들고 있었지만, 상현 진인의 움직임을 따라잡기에는 무리가 있어 보였다.

"차앗!"

"하아!"

잠시 고개를 돌린 한수의 모습에 종령과 종홍이 눈을 빛내며 날아들었다. 비록 기력이 많이 쇠하여 진신 공력을 모두 사용할 수는 없는 상황이었지만, 그녀들의 주먹에 서린 공력도 무시할 수 없는 지경이었다.

쐐애액!

두 개의 주먹이 서로 다른 방향에서 한수를 노리며 쇄도했다. 주먹이 날아드는 파공성이 매섭게 울리고 있었지만, 정작 고개를 돌리고 있던 한수는 아무런 눈치도 채지 못하고 있는 듯 보였다. 하지만,

"하앗!"

서걱!

기이한 보법을 밟으며 신형을 돌린 한수가 그녀들을 스치며 움직였다. 두 개의 주먹 모두 허공을 갈랐고, 한수는 그 사이를 유유히 빠져나오고 있었다. 아무 일 없었다는 듯한 움직임이었지만 그는 분명한 흔적을 남겼다.

"윽!"

종홍이 자신의 가슴 어림을 두 손으로 가리고 있었고, 종령 역시 자신의 왼쪽 복부를 손으로 덮으며 낭패한 시선을 보내고 있었다. 종홍의 가슴이 길게 갈라져 손으로 가리지 못한 가슴 부분의 패인 속살이 훤히 드러나 보일 지경이었고, 종령의 손 역시 흘러내리려는 도복의 옆부분을 붙잡고 있었다.

"다시 한 번 달려들면 정말 모두 벌거벗겨 놓을 테다. 물론 그런 것을 즐기는 계집이라면 분명 또다시 달려들 터이지만… 후후."

종령과 종홍의 눈에 독기가 흘러내리고 있었다. 한쪽에 서 있던 검은 옷의 사십대 사내가 조용히 입을 열었다.

"소주, 시간이 얼마 없습니다. 서둘러 처리하심이……."

"음? 후후. 아쉽지만 하는 수 없지."

한수는 종령의 가슴 어림을 일별하곤 아쉽다는 표정으로 그녀들에게서 돌아섰다. 재미있는 놀이를 하지 못하게 되어 정말 아쉽게 되었다는 표정으로. 욕조를 향해 걸음을 옮기는 한수의 모습에 종령과 종흥의 표정이 다급하게 변했다. 저 사내는 욕조 안의 사내를 노리고 있었다. 종령의 주먹이 불끈 쥐어지며 독기 어린 눈이 사내의 등으로 향했다.

"이 악적!"

종령의 일장이 한수의 뒷등을 향했다. 은은한 자광이 어리는 그녀의 손바닥에서 한줄기 기류가 한수의 뒷등을 향해 발출되었다. 장력의 발출은 내력의 소모가 심하였고, 지금의 종령에겐 한 번 정도 장력을 발출할 수 있는 여력이 남아 있을 뿐이었지만 선택의 여지는 없었다.

슈우웅!

날아가는 장력에는 매서운 기세가 실려 있어 그 위력이 작지 않다는 것을 알 수 있었지만, 그것은 장력이 격중되고 난 후의 일이었다. 한수의 걸음이 멈춰지며 한줄기 은광이 그녀의 장심을 가르고 지나갔다. 그녀가 내뿜었던 장력이 좌우로 갈라졌고, 은광은 장력을 파훼한 것으로도 모자라 종령의 왼쪽 어깨를 매섭게 뚫고 지나갔다.

"아아악!"

종령의 입에서 고통에 찬 울부짖음이 터져 나왔고, 어깨에서 솟구치던 핏물이 팔상동의 벽면에 긴 혈선을 만들어놓았다. 바닥으로 주저앉은 종령의 입에서 고통에 찬 신음이 울렸고, 그 모습을 바라보던 종흥의 눈에서 살기가 분출되고 있었다.

"이놈!"

종홍이 팔상동의 천장과 닿을 듯 높이 날아올랐다. 한수가 갈라놓은 틈으로 가슴의 새하얀 속살과 분홍빛 유실마저 전부 드러나고 있었지만, 한수의 눈은 그것을 보고 있지 않았다. 비조처럼 날아오른 그녀의 손이 매의 발톱처럼 구부러져 한수의 면전을 향해 내리 꽂히고 있었다. 금룡조와 같은 조법의 일종처럼 보였지만, 그보다는 그녀의 분노와 독기가 만들어낸 여인의 본능적인 공세였다. 하지만 정작 그것을 바라보고 있던 한수에게는 아무런 위협도 되지 못하는 몸부림에 불과했다.

한수의 눈에 미약하나마 살기가 없혔다. 그리고 그 살기를 고스란히 담고 새하얀 은광이 번뜩였다. 종령의 어깨를 꿰뚫었던 그 은광이, 이번에는 종홍의 새하얀 목을 원하고 있었다.

종홍의 눈이 질끈 감겼다. 허공으로 몸을 날린 상태라 날아들던 은광을 바라보면서도 피할 수가 없었다. 그녀의 두 눈이 두려움으로 가득한 채 자신에게 날아드는 은광을 바라보고 있었다.

'끄… 끝인가?'

종홍은 두 눈을 질끈 감고 말았다. 자신에게 찾아온 죽음을 차마 마주 볼 수 없다는 듯. 하지만 어디선가 날아든 한줄기 바람이 그녀의 허리를 낚아채 급히 바닥으로 향했다.

한수의 눈에 처음으로 놀람의 빛이 떠올랐다. 그의 눈에도 뿌연 윤곽만이 보였을 뿐 뚜렷한 형체가 잡히지 않았기 때문이다.

'이것은……?'

바닥의 차가운 느낌이 두 발에 와 닿자 종홍의 감았던 눈이 조심스레 떠졌다.

"재… 재희야……."

재희는 안아 들었던 종홍을 종령의 옆에 내려놓으며 말했다.

"사저를 부탁해요."

재희는 종홍의 대답도 듣지 않고 자리에서 일어났다. 잠시 그런 재희의 모습을 바라보던 종홍이 옆에 누워 신음하던 종령의 상처를 지혈하기 시작했다. 얼굴에는 믿을 수 없다는 표정을 지우지도 못한 채.

'암향표야… 사매가 나를 구한 신법은…….'

이미 절전되었다고 알려진 암향표를 알아볼 안목은 한수에게도 있었다.

"호오. 내가 눈이 삐었군. 고인을 몰라보다니. 암향표를 시전하는 여인이라……."

재희의 눈이 놀람으로 크게 떠졌다. 본능적으로 음적과 같이 행세하는 저자를 피했지만, 사저의 목숨이 경각에 달린 상황에서도 현실을 외면할 수는 없었다. 저자가 자신보다 고수라는 것은 알 수 있었다. 하지만 이미 절전된 암향표마저 알아보다니…….

"눈이 아름다워. 그 면사 속에 어떤 얼굴이 숨어 있을지 정말 궁금하군. 하지만… 그대의 얼굴은 잠시 후에 보도록 하지."

한수는 장난스러운 웃음을 지으며 욕조를 바라보았다.

"이자의 수급을 잘라낸 다음에……."

이야기를 마친 한수는 다시금 욕조를 향해 몸을 돌렸다. 하지만 그의 귓가에 들린 두 가닥 파육음이 다시금 걸음을 붙잡고 있었다.

퍼벅!

"으아악!"

한수의 고개가 돌아간 자리. 양손을 좌우로 곧게 내뻗은 채 무릎을 꿇고 있는 상현 진인이 한수를 노려보고 있었다. 상현 진인의 쌍장이 향한 곳에는 이미 숨이 끊어진 두 괴인이 널브러져 있었다.

"후. 적당히 죽으면 좋았을 것을… 사람 번거롭게 하는군."

"네 이놈!!"

바닥을 차고 오른 상현 진인의 신형이 한수에게 쇄도하고 있었다. 일류고수 두 사람을 잠재운 상현 진인이 달려들고 있음에도 한수의 미소는 가실 줄을 몰랐다.

하지만 그의 손에 들려 있는 연검이 빳빳하게 곧추서고 있었다. 그가 무시 할 수 있는 자와 무시할 수 없는 자를 상대할 때의 유일한 차이점이었다.

역도의 시선이 움직였다. 산발적인 공세가 계속 이어지고 있었지만 몰려 있는 무승들 사이로 나오던 자들이 그의 이목을 잡아끌었다.

'뭐지?'

역도의 시선이 그에게 향하기가 무섭게, 무승들 사이로 걸어나오던 자들이 내쳐 달리기 시작했다. 자신을 향해, 반원진의 중앙을 향해.

'위험하다?!'

본능적인 울림이었다. 거침없이 내달리는 그들의 뒤로 수십 명의 무승이 뒤를 받치듯 함께 달려나오고 있었다. 마치 거대한 장창이 날을 곧추세운 채 찔러 들어오는 듯한 모양이었다. 그리고 그 거대한 창이 향한 곳에 자신이 서 있었다.

“차아!!”

선두에 서 있던 자가 검을 뿌리며 달려들었다. 역도 역시 그의 공세를 대비하고 있었기에 일도양단의 기세로 사내의 검을 받아쳤다. 역도의 옆에 있던 자들이 검을 쳐 올리던 사내의 양옆을 노리고 도를 휘둘렀다. 하지만 사내의 뒤를 따르던 자들이 옆으로 파고들며 그들의 도를 막아섰다.

카가강!

카강!!

‘으윽?!’

불꽃이 튈 정도로 거세게 내려친 역도의 도가 미끄러져 내렸다. 사내가 검을 마주친 순간 검을 옆으로 흘러내렸기 때문이다. 사내는 도를 흘리며 검을 날렸다. 이대로는 사내의 검에 허리가 양단될 모양이었기에 역도는 서둘러 한 발 물러서는 수밖에 없었다. 하지만 그것이 결정적인 실수였다.

선두에 있던 사내가 검을 종횡으로 휘두르며 반원 안으로 들어섰고, 그 뒤를 따르던 자들도 보폭을 크게 하며 안으로 진입했다.

“마… 막아라!!”

역도가 놀라 소리쳤으나 이미 너무 늦어버렸다. 자신에게 검을 휘둘렀던 사내는 집요하게 자신을 쫓았다. 검을 휘두르는 솜씨가 예사롭지 않았을 뿐더러, 그 사내에게서 풍기는 살기가 그의 전신을 옭아매고 있는 듯하였기에 몸을 빼는 것도 쉽지 않았다. 그사이 몰려든 소림의 무승들이 자신의 수하를 도륙하기 시작했다. 안과 밖에서 몰려든 무승들의 계도에는 자비가 없었다.

챙! 채챙!

"으아악!"

붕괴는 그 시작이 어려울 뿐, 한 번 무너지기 시작한 둑은 그 무너지는 속도가 무섭도록 빨라진다. 처음에는 힘겹게 막아서던 혈기당 고수들이었지만 반원 안으로 밀려든 무승들의 수가 늘어갈수록 비명 소리도 함께 늘어갔다.

'이럴 수가… 이럴 수가…….'

역도의 눈에 경악이 스쳤다. 이토록 쉽게 무너지다니……. 하지만 수하들 걱정만 하고 있을 때가 아니었다. 자신의 목을 노리고 들어오는 묵빛 장검을 막아내는 것만도 버거운 그였다.

챙! 챙챙!!

철웅은 정녕 무서운 기세로 검을 휘두르고 있었다. 그 앞을 가로막는 것은 무엇이든 베어버리겠다는 식으로.

'이놈 때문이다. 이놈 때문에…….'

역도의 눈에 노기가 비쳤다. 자신을 몰아치는 이자만 아니었다면, 자신의 수하들이 이렇게 쉽게 무너지지는 않았으리라. 이미 서 있는 수하들의 수보다 쓰러진 수하들의 수가 더 많아 보였다. 이렇게 죽는 것이 아닌데……. 명을 완수하려면 아직 멀었는데…….

"이노옴!!"

역도의 도가 붉은빛을 띠며 철웅의 머리로 내리 꽂히고 있었다, 모든 파탄의 주범인 철웅을 향해. 하지만 역도의 도는 철웅이 아닌 자신을 향해 날아든 두 자루의 계도에 의해 막히고 말았다.

채챙!

"대인! 어서 안으로!!"

강추와 일삼의 검이 교차하며 역도의 검을 물리고 있었다. 그 모습을 바라본 철웅이 고개를 끄덕여 보이곤 서둘러 조사전으로 몸을 날렸다.

"거기 서라, 이놈!!"

"시끄럽다, 이 새끼야!"

일삼의 입에서 거친 외침이 터졌고, 강추의 손에서 거친 도기가 뿌려졌다. 일 대 일로 마주한다면 역도와 같은 고수에 비할 수 없는 그들이었지만, 강추와 일삼의 합벽은 역도와 같은 일류고수의 발목을 잡기에 충분해 보였다.

"으아악!!"

광포한 외침과 함께 역도의 도가 휘둘렸지만 강추와 일삼의 도 역시 그에 못지않았다.

주변의 싸움도 그리 오래갈 것 같지는 않았다. 삼십 명에 달하는 일류고수라곤 하나, 백팔나한의 계도를 막기엔 많은 모자람이 있는 수였다. 곳곳에서 비명이 울려 퍼지고 있었다.

"음?"

한수의 눈이 의외라는 듯한 표정을 지었다. 자신에게 날아들던 상현 진인이 바닥을 박차며, 바닥에 떨어져 있던 수하들의 기형도를 집어 들며 날아들었다. 그리고 그의 손에 한 자루 도가 들리는 순간 상현 진인의 기세가 일변했다.

"타핫!"

상현 진인의 도가 허공을 갈랐다. 하지만 허공을 격하고 날아드는 새하얀 빛은 분명 검기였다.

"우웃?!"

한수는 허리를 젖혀 자신의 목을 노리는 검기를 피했다. 몸을 바로 하기가 무섭게 휘둘린 한수의 검에서 발출된 은광 역시 새하얀 검기를 날려 상현 진인에게 날아갔다.

쐐액!

챙!

도를 휘둘러 검기를 파훼한 상현 진인의 도가 날아들며 한수와 공방 하기 시작했다. 어두운 석실이 두 사람의 공방으로 인해 순간적인 불 꽃들의 향연으로 밝아졌다 어두워졌다를 반복하였다. 한수의 눈에 처 음으로 긴장의 빛이 떠올랐다. 한순간 거센 부딪침이 있은 후 두 사람 이 거리를 벌리며 내려섰다.

"휴우… 말코가 제법이군. 화산이 사대검파의 하나라곤 하나 이 정 도로 검을 잘 쓰는 자는 몇 안 되지. 당신이 석현 진인인가?"

석현 진인은 상현 진인의 바로 위 사형으로, 평소 사문의 대소사에 도 모습을 잘 나타내지 않는 기인이었지만 이십사수매화검법의 달인으 로 화산을 대표하는 검수 중의 검수였다.

"…상현자라 한다."

한수의 눈에 의아함이 떠올랐다. 상현 진인이 누군지 몰라서가 아니 었다. 하지만 강호의 풍문에 상현이란 도호를 쓰는 자는 화산팔선의 하나였기는 하나, 무공에는 그 뜻이 없는 평범한 도인으로 이름나 있었 다.

"뜻밖이로군."

과연 구대문파였다. 이름도 나 있지 않은 노도의 검공이 이 정도라니. 한수의 마음에 오기가 치미는 것도 당연했다. 검공의 대가인 석현자나 천하제일장이라는 무현자도 아니었다. 적어도 자신의 무공이라면 화산팔선 중 이 둘을 제외하곤 충분히 발 아래 놓을 수 있다 생각했건만.

"좋아, 아주 좋아."

한수의 검에 다시금 새하얀 검기가 어리기 시작했다. 푸른 검기가 아닌 새하얀 검기를 담을 수 있다는 것만으로도 한수의 무공이 결코 평범하지 않음을 말해 주고 있었다. 하지만 그에 맞선 상현 진인의 도에도 새하얀 검기가 맺혔다.

'검을 꺾은 지 이미 삼십 년… 다시는 검을 들지 않으리라 했었건만…….'

상현 진인은 자신이 쥐고 있던 물건을 내려다보았다. 너무나 이질적인 기운. 그리고 그 안에서 느껴지는 익숙한 느낌. 삼십 년의 세월도 검을 잊기엔 그리 긴 세월이 아니었다.

'그래… 이것이 마지막이다. 정녕 이번이…….'

상현 진인의 몸에서 기이한 기류가 흘러나왔다. 그 기류는 팔을 타고 흘러 손에 쥐고 있는 도를 감싸고 있었다. 그리고,

"네가 마지막이다. 검을 쥐는 것도… 사람을 베는 것도……."

상현 진인의 말에 한수의 눈이 굳어졌다. 그리고 입가의 미소도 차츰 지워지고 있었다.

"그딴 말은… 염왕 앞에 가서나 읊으시지."

한수의 신형이 사라졌다. 사라졌다 느껴질 만큼 빠른 신법이었다. 그의 몸이 어찌 움직이는지는 볼 수 없었으나, 그의 신형을 따라 꼬리를 무는 은광의 잔영으로 인해 그가 얼마나 빠른지만은 여실히 알 수 있었다.

'정녕… 빠르구나……'

그 모습을 보던 종홍의 눈에 경악의 빛이 떠올랐다. 사매가 보여주었던 암향표의 움직임과 비교해 보아도 우열을 가리기 힘들었다. 종홍의 시선이 재희에게 향했지만, 재희의 시선 역시 그런 한수에게서 떨어지지 않고 있었다.

챙! 챙! 챙! 채채챙!

아까보다 배는 더 빠른 접전이었다. 검이 어떻게 흐르는지, 어찌 날아드는지도 구분하기 힘들 만큼의 빠르기였다. 상현 진인의 검공 역시 그에 비해 한 치의 물러섬도 없었지만, 그의 심중의 놀람은 그 정도가 아니었다.

'놀라운 검공. 아직 어린 나이이건만 어찌 이런 성취를……'

고작 서른 초반으로밖에 보이지 않는 자에게 밀리는 자신을 보며 경악하지 않을 수 없는 상현 진인이었다. 삼십 년 전의 자신이라면 어려움을 느끼지 않았을지도 모른다. 아니, 자신이 지금까지 검을 놓지만 않았어도 충분히 제압할 수 있었을지도 모른다. 하지만 자신이 검을 놓았던 삼십 년의 세월은 검의 느낌을 잊기엔 부족하였으나, 예기를 무디게 하기엔 충분한 시간이었다. 찰나라 불릴 만큼 짧은 시간이었지만 한수와 상현 진인의 공방은 이미 수십 합을 넘어서고 있었다. 그리고 시간이 지날수록 상현 진인은 눈앞의 괴청년의 검세가 강해지고 있다는 것을 느낄 수 있었다.

'장강의 뒷 물결이 앞 물결을 밀어낸다더니……'

상현 진인은 점점 뒤로 밀리는 자신을 자각하고 있었다. 청년의 내력은 그 젊음이 무색할 정도로 충만하였고, 몸의 움직임 하나하나는 그 젊음에 충실하여 빠르고 경쾌하였다. 실전의 경험마저도 적지 않은 듯하니 점점 위태해지는 자신을 어렵지 않게 발견할 수 있었다.

'위험하다……'

어느새 팔상동의 찬 기운이 등에 와 닿는 듯했다. 점점 도를 들고 있는 손이 무거워지고 있었고, 보법을 밟는 발도 어지러워지고 있었다. 과연 삼십 년의 세월은 한 자루의 보검을 너무나 무딘 박도로 만들어 놓았다.

'…이제 더 이상은……'

상현 진인은 최후를 느끼고 있었다. 사내의 검공은 이해가 불가능할 정도로 깊고 정순했다. 그리고 시간이 지날수록 이 사내의 기세는 강해지고 있었다. 그 차이는 점점 깊어지고 있었고, 그것을 느끼는 상현 진인의 얼굴에는 서서히 죽음의 기운이 덮어가는 듯했다.

'후후, 대단하군. 혼원사십팔식을 전부 쏟아놓게 만들다니……'

한수의 놀람도 상현 진인의 놀람에 못지않았다. 자신이 펼치는 무공은 이미 절전되었다 알려진 배교의 검공으로, 좌도로 배척된 배교였지만 도교일문의 무학이었다. 물론 혹시 모를 이목을 염려해 자신의 진신무공을 펼치지 않고 있었던 것이지만 그래도 자신이 알고 있는 검공 중 두 번째로 강한, 공격일로의 검공을 극성으로 펼침에도 이 눈앞의 도사를 쉽게 어쩌지 못하고 있음에 놀라고 있었다.

'하나 이제 끝이다······.'

한수의 연검 아닌 연검이 상현 진인의 도세를 뚫기 위해 마지막 일격을 준비하고 있었다. 한수의 눈이 번뜩이며 연검을 떨쳐 내었다. 그리고 그 모습을 바라보고 있던 종홍과 재희의 눈이 경악으로 물들었다.

"차핫!"

"안 돼!!"

상현 진인의 도가 힘겹게 마주쳐 갔으나 그 사이를 비집고 들어간 한수의 검은 피하지 못할 듯 보였다. 기세를 잃고 내려지는 상현 진인의 도를 힘껏 받친 한 자루 묵검이 아니었다면.

채챙!!

한수의 검이 팅겨 나가며 큰 불꽃이 튀었다. 놀란 한수가 몸을 돌려 두어 걸음을 물러나 새로이 등장한 자를 노려보고 있었다. 다 잡은 토끼를 놓친 여우가 으르렁대듯.

상현 진인과 종홍의 눈에 놀람이 일며 검을 휘두른 사내를 바라보았고, 재희의 눈은 안도의 빛을 띠며 조용히 감겼다.

"무사하셨군요. ······다행입니다."

검을 늘어뜨리며 상현 진인 옆으로 자리한 사내. 철웅의 눈이 자신을 쏘아보던 한수의 눈과 마주쳤다.

"네놈은··· 누구냐?"

한수를 바라보던 철웅이 눈을 차갑게 빛내며 답했다.

"···저승사자."

철웅의 목소리가 석실 안에 울리고 있었다. 지옥의 유부에서 들리는 귀곡성처럼······.

상현 진인의 얼굴에 다시금 생기가 돌기 시작했고, 기형도를 잡고 있는 그의 손에 다시금 힘이 들어갔다. 원군이 왔다, 그것도 아주 강력한 원군이.

"이거… 이각도 버티지 못하다니. 내 수하들이 약한 건지, 소림이 강한 것인지."

새로운 적이 나타났음에도 한수는 여유를 잃지 않았다. 철웅의 모습은 전혀 그를 긴장시키지 못하고 있었다.

"소주, 시간이 없습니다! 서두르셔야 합니다!"

실혼령주라 불린 자가 다급하게 소리쳤다. 새로운 자가 등장했다는 것은 이미 조사전을 막고 있던 자들이 뚫렸다는 소리였다. 조만간 소림의 무승들이 득달같이 달려올 것이다.

"하는 수 없지. 네가 그놈을 죽여라. 내가 이자들을 치울 테니."

실혼령주라 불린 자의 얼굴에 난감한 기색이 떠올랐으나 이내 고개를 숙이곤 욕조로 향했다. 그 앞을 가로막은 재희와 종홍을 보며 경계심을 더했지만, 품에 있는 기형도를 쥔 손에 힘을 더 줄 뿐이었다.

'쯧쯧. 명색이 실혼령주라는 자의 무공이 저토록 변변치 못하니……'

한수의 명을 받은 실혼령주는 무공이라 봐야 함께 온 혈기당 고수보다도 못한 배교 출신의 주술사였다. 실혼인을 찾는 일만 아니었다면 이곳에 함께 올 이유도 없었지만… 지금은 한 손이 아쉬운 상황이었다. 한수의 시선은 다시 상현 진인과 철웅에게 향했다. 어쨌든 지금은 거치적거리는 자들을 치워야만 했다. 그것도 아주 빨리.

"당신… 저승사자라고 했나?"

한수의 시선에 철웅은 담담히 시선을 맞추었다. 그 눈을 보고 피식 웃어준 한수가 입가의 미소를 지웠다.

"나 역시 저승사자로 이곳에 왔으니, 어디 누가 진짜 저승사자인지 한 번 볼까?"

한수의 손에서 빛살이 쏘아져 나왔다. 철웅은 급히 몸을 틀어 한수의 공격을 피했고, 그 틈을 타 상현 진인의 기형도가 한수의 하체를 향해 날아들었다. 한수의 검이 회수되며 상현 진인의 검을 쳐냈고, 상현 진인의 검을 쳐내던 순간 철웅의 검이 목을 노리고 찔러 들어왔다. 마치 미리 손발이라도 맞춘 양 교묘한 연수합벽이었지만, 한수의 검은 날카로운 두 가닥의 검과 맞서 현란하게 움직여 나갔다.

챙!

채챙!!

석실을 밝히는 불꽃이 배는 많아졌다. 상현 진인의 검세가 날카롭긴 하였지만, 철웅의 검도 무시하지 못할 매서움을 지니고 있었다. 철웅 자신이 의도한 것은 아니었지만 몸속을 돌고 있던 내력이 전신으로 흘러들어 그의 기력을 충만히 해주고 있었다.

'검을 휘두름에 지침이 없을 만큼 힘이 끊이지 않는다! 이것이 내력……'

상현 진인의 검이 절제된 동작과 웅혼한 기운을 띠고 있다면, 철웅의 검은 철저히 상대의 틈을 노린 실전적인 검세였다. 두 가지 다른 성질의 검을 상대하자니 처음 생각보다 손발의 어지러움이 더한 한수였다.

'젠장…….'

처음으로 한수의 인상이 찌푸려졌다. 처음 자신의 검을 막았을 때, 제법 한 수하는 자라는 것은 느낄 수 있었지만 이 정도로 자신을 몰아칠 수 있을 만큼 대단한 자라 여기진 않았다. 물론 일 대 일로 싸운다면야 자신의 적수라 하기에 모자람이 있었지만, 상현 진인이라는 고수가 좌우를 받쳐 주니 이자의 검도 무시할 수 없는 상태였다.

기형도를 움켜쥐고 다가서는 실혼령주의 모습에 재희와 종령이 욕조 앞을 막아섰다. 적수공권의 두 사람이었지만, 실혼령주의 눈에는 부담감이 어리고 있었다. 하지만 서둘러 욕조 안의 그자를 해치우지 못한다면 자신 역시 이곳에서 뼈를 묻어야 한다는 생각에 세차게 검을 휘두르며 나아간 실혼령주였다.

"모두 비켜라!!"

실혼령주의 검공은 고수라 불리기엔 손색이 있었지만, 그래도 손에 들린 기형도의 날카로움은 그녀들을 뒷걸음질치게 하기엔 충분했다. 하나 재희와 종령 모두 화산의 제자. 눈짓을 주고받은 두 사람의 공세에 실혼령주의 손발이 어지러워지고 있었다. 좌우로 크게 휘두른 기형도의 공세를 비집고 들어간 재희의 원앙퇴가 실혼령주의 복부를 가격했고, 그 뒤로 돌아선 종령의 일권이 실혼령주의 옆구리에 꽂혔다.

"아악!!"

고통에 몸부림치며 세차게 휘두른 기형도가 종령의 허벅지를 훑고 지나갔다. 피를 흘리며 종령이 물러서자 재희와 실혼령주 두 사람만이 대치하게 되었고, 도세의 날카로움에 쉽게 접근할 틈을 찾지 못하는 재희였다. 그녀에게 변변한 병기 하나만 있었다 하더라도 이자를 쉽게 제압할 수 있었겠지만, 적수공권으로 제압하기에는 실혼령주와 재희의 무공 격차가 그리 크지 않았다.

"차앗!"

철웅이 휘두른 검이 한수의 귀밑을 스치고 지나갔다. 상현 진인의 검에 이목을 집중시키고 있다가 일어난 일이었고, 한수의 눈에 분노가 일기에 충분한 일검이었다.

"이놈!!"

한수의 검이 벼락같이 달려들었다. 철웅도 감히 쉽게 맞서지 못할 만큼 검에 실린 위력과 속도가 빨랐기에 급히 검을 들어 그의 검을 막아섰다.

챙!!

철웅의 손목이 시큰거릴 정도로 커다란 타격이었으나, 겨우 한 발 물러선 것으로 한수의 공격을 무마시킬 수 있었다. 그의 몸을 지탱하려는 내력의 도움이었다. 일수에 떨쳐 낼 수 있으리라 생각한 검이 실패하자 한수의 분노는 그 거셈을 더했다. 하지만 사내를 떨치는 것보다는 자신의 하체를 노린 상현 진인의 도를 막는 것이 우선이었다.

캉!

한수는 다시금 두 방향의 공격을 막기 위해 손발을 놀렸다. 하지만 더 이상 시간을 끄는 것은 위험했다.

'이런… 젠장. 끈질기게 늘어지는구나. 더 이상 시간을 끈다면 정녕 이곳을 벗어나기 힘들게 된다.'

한수는 결국 마음을 굳혀야 했다. 자신에게 검을 들이민 자를 살려둔 적이 없던 그였지만, 이번만은 자신이 먼저 검을 거두어야 할 때였다.

"하아앗!!"

한수의 검이 요동을 쳤다. 검기가 실린 연검이 그 뻣뻣함을 버리고 다시금 요검으로 돌아왔다. 좌우로 흔들리는 연검의 공세가 쉽게 짐작하기 어려운 방향으로 날아들었기에 철웅과 상현 진인 모두 한 발을 물릴 수밖에 없었다. 한데 그것을 기다렸다는 듯 한수의 신형이 꺼지듯 사라졌다.

"거기 서라!"

상현 진인이 한수의 뒤를 쫓았고, 철웅 역시 그 뒤를 쫓아 발을 굴렀다. 한수의 눈에서 살광이 폭사되었다. 저 멍청한 실혼령주는 아직도 계집 하나를 어쩌지 못해 우물쭈물거리고 있었다.

'저런 멍청한……'

한수는 검에 살기가 어리며 휘두르려 하였다. 그의 검기라면 능히 실혼령주와 계집, 그리고 욕조 안의 사내를 일수에 갈라버릴 수 있으리라. 하지만 그가 일검을 뿌릴 찰나, 저 멍청한 실혼령주가 기어이 일을 치고 말았다.

"에잇! 비켜라!"

실혼령주가 휘두른 검을 피해 몸을 돌린 재희의 얼굴에서 두꺼운 면사가 흘러내리고 말았고, 그것은 또 다른 정적을 의미하고 있었다. 단지 정도의 차이가 있었을 뿐 검을 휘두르던 실혼령주의 눈에 멍한 기운이 어리고 있었다. 그것은 검을 뿌리기 위해 날아들던 한수 역시 마찬가지였다.

"어… 어어."

실혼령주의 입에서 바람 빠지는 소리가 나오고 있었다. 하나 그것도 잠시, 그의 눈에 번들거리는 욕정이 흘러나오며 재희를 덮쳤다. 하지만 검을 버린 실혼령주 따위가 어쩔 수 있는 재희가 아니었다. 두 팔을 벌리고 달려드는 실혼령주의 배에 내력이 실린 재희의 원앙퇴가 다시금 작렬했다. 거의 일 장 가까이 날아가 석벽에 부딪쳐 떨어진 그가 다시 일어나긴 힘들어 보였다. 석벽에 부딪쳐 머리가 깨져 죽은 자가 살아날 방법 같은 것은 없었으니.

'요… 요사스러운……'

한수의 눈이 혼란에 휩싸였다. 일검을 뿌려야 할 손이 말을 듣지 않았고, 이를 악물어야 할 입이 말을 듣지 않았다. 명을 수행해야 한다는 목적 의식마저 희미해지고, 그녀를 범하고 싶다는 욕정만이 그의 의식을 지배해 가고 있었다. 하지만 그가 땅에 내려서기도 전, 그것이 얼마나 엄청난 실수였는지 깨닫게 되었다.

휘이이익~!

촤악~!

탱!!

어깨를 불로 지진 듯한 통증이 밀려왔고, 어깨에서 피를 흘리며 바닥에 무릎을 꿇어야 했다. 한쪽 석벽에 박혀 진저리를 치고 있는 검은 묵빛 장검이 시야에 들어왔고, 그것을 바라보던 한수의 고개가 소리가 나도록 급히 돌아갔다. 두 사람이 지척까지 달려오고 있었다. 그리고 그 자의 손에 있어야 할 검이 보이질 않았다.

“이… 이…….”

자신의 의식을 사로잡던 욕정은 씻은 듯 사라지고 있었다. 고통과 분노가 가득 자리하기에도 모자란 의식이었기에. 하지만 다시금 검을 들 여유도 주지 않고 몰아치는 상현 진인의 기형도에 바닥을 구르는 수모를 참아야 했다. 죽지 않으려면 그래야 했다. 임무를 이행할 수 없게 되었음을 인지하게 되었을 때, 그에게 남은 것은 도주뿐이었다.

“에잇!!”

한수의 검이 허공을 갈랐다. 상현 진인이 다급히 몸을 뒤틀어 그 검세를 피했고, 어느새 거리를 둔 철웅이 실혼령주가 떨어뜨린 기형도를 잡아 들고 있었다. 그리고 자신의 빈틈을 노리며 달려드는 모습에 고민해야 했다. 지금이라면 자신의 몸에 상처를 낸 자를 베어낼 수 있을 것 같았다. 하지만 그러고 나서도 노출된 자신의 등을 향해 상현 진인의 검이 내려치지 않으리란 보장은 할 수 없었다. 아니, 그는 그 기회를 놓치지 않을 것이다. 목숨을 맞바꾸기에 저자는 너무나 낮은 자였고, 자신은 너무나 높은 곳에 있었다.

“차앗!”

한수가 바닥을 구르며 두 사람의 사이로 신형을 날렸다. 상현 진인과 철웅이 그 뒤를 쫓아 신형을 날려야 했지만 그러지 못했다.

한수가 땅을 박차며 어지럽힌 접시에서 피어오른 하얀 가루. 그것이 사람들의 발길을 잡았다. 재희와 종홍, 상현 진인의 눈이 크게 떠지다 급히 옷으로 입을 막고, 품 안으로 고개를 숙였다. 그 모습을 한수가 보았다면 당장이라도 달려와 그들의 수급을 베었겠지만 멀리 석실 밖에서 들리던 접전의 소리가 그것을 불가능하게 하였다.

허공으로 흩어진 최음약이 모두 바닥에 가라앉고 나서야 사람들은 고개를 들 수 있었다. 상현 진인이 먼저 고개를 들었고, 재희와 종홍이 그 뒤를 이었다. 하지만 철웅은 고개를 들지 않았다.

"아… 아니? 자네……?!"

철웅은 미처 고개를 숙이지 못했다. 한수의 모습을 눈으로 좇았기에 그 대법이 무엇인지 미처 생각지 못했기에.

"허…허억."

철웅의 얼굴이 붉게 달아오르고 있었다. 손에 들렸던 기형도가 바닥으로 떨어지는 소리가 그렇게 크게 들릴 수 없었다. 철웅은 최음약을 들이마시고 말았다. 그리고 자신의 의형의 말마따나 효과는 확실한 듯했다.

"이… 이런……."

상현 진인도 안절부절 못하고 있었다. 그리고 다급히 그에게 달려가 명문혈에 진기를 주입하여 폭발하려는 양기를 가라앉히려 하는 순간, 종홍의 다급한 목소리가 들렸다.

"여… 여기."

상현 진인의 눈이 놀람으로 크게 떠졌다. 욕조의 액체 위에 떠 있던 가루들은 분명 최음약의 흔적이었고, 욕조 속에 누워 있는 새하얀 뚱보 사내의 붉어진 혈색도 분명 최음약의 흔적이었다.

"이… 이럴 수가… 두 사람이나……."

상현 진인은 멈칫했다. 자신이 진기를 유도하여 해소시킬 수 있는 사람은 한 사람. 하지만 최음약에 중독된 사람은 두 사람이었다. 그리고 이곳에서 그것을 할 수 있는 사람은… 자신뿐이었다. 상현 진인은 다급히 철웅을 바라보았다. 그리고 놀람이 고통으로 변하고 있었다.

"어… 어서… 그 …사람 끄윽……."

철웅의 얼굴이 고통과 음욕으로 물들고 있었다. 몸에 일던 잔경련이 점점 심해지고 있었고, 재희와 종홍을 바라보는 눈빛도 심상치 않게 변하고 있었다. 의지로 음욕을 누르고 있었지만, 최음약의 기운은 의지로 누를 수 있는 성질의 것이 아님을 자신도 알고 있을 것이리라. 혈맥의 팽창을 의지로 누르는 일은 불가능했다.

"커헉!"

"크윽."

철웅의 입과 욕조 속에서 두 마디 신음이 울려 퍼지고 있었다. 상현 진인은 이러지도 저러지도 못하는 상황에서 두 사람을 번갈아 보며 답답한 가슴을 끌어안고 있었다.

"어쩌다가… 이런 일이……."

상현 진인의 고뇌에 찬 한마디가 울렸을 때 돌연 철웅이 팔상동 밖으로 달려나갔다. 무언가를 피해 달아나듯…….

"이보게! 철웅!"

상현 진인은 급히 철웅을 따라 달려나가려 하였지만 욕조 속의 신음이 그 발길을 잡았다.

"크허헉!"

온몸을 이리저리 움직이며 어쩔 줄 몰라하는 모습. 이대로 두면 두 사람 모두 죽을 수밖에 없었다. 혈맥의 팽창은 이미 시작되고 있는 듯하였다. 욕조에서 뻗어나온 손이 종홍의 손을 잡으며 달려들고 나서야 상현 진인은 선택할 수 있었다.

쏴아~!

“꺄악!”

“음…….”

나중 일은 나중 일이었다. 일단은 이자에게 행했던 대법을 끝내야 했다. 일단은 눈앞의 이자를 살려놓는다. 그리고… 만약 철웅이 죽기라도 한다면… 그것은 그때 가서 생각해도 늦지 않다. 평생 그의 극락왕생을 빌며 면벽을 하든 자신의 우유부단함을 탓하며 한 팔을 자르든…….

상현 진인은 서둘러 욕조 안에 있는 사내를 욕조 밖으로 꺼내었다. 무작정 달려드는 탓에 정신이 하나도 없었다. 물이 사방으로 튀며 주위를 어지럽혔고, 고함을 지르며 빠져나가려는 종홍으로 인해 정상적인 사고가 불가능할 지경이었다. 석실 밖으로 재희가 사리진 것도 모를 정도로…….

第三十六章
사랑

사랑

철웅은 조사전 밖이 아닌 안으로 내달리고 있었다. 혼미해져 가는 정신 속에서도 격전이 한창인 곳보다는 안으로 피하는 것이 상책이라 생각했기 때문이다. 하지만 처음의 그러했던 생각마저도, 온몸을 달구는 열기로 이미 혼미해진 그의 정신 속에서 지워진 지 오래였다.

조사전 안으로 이어진 암동의 좌우에는 암동의 면을 쪼아 만든 석불들이 즐비했으나, 조금 더 안으로 들자 그런 것들마저도 쉽게 눈에 뜨이질 않았다. 천연의 석굴들이 사방팔방으로 이어져 있어 일대 장관을 이루고 있었다. 물론 철웅의 벌게진 두 눈에 그런 것이 보일 리 없었지만.

갈증이 더해가면 갈수록 암동 안에서 불어오는 한기를 쫓아 철웅은 달리고 또 달렸다. 얼마를 내달렸는지도 모른다. 그의 몸이 암동의 막

다른 곳에 이르러 벽에 부딪쳐 쓰러질 때까지 그는 달리고 또 달렸다.

쾅당!

암동의 벽에 세차게 부딪친 후에야 그의 몸이 멈추어 섰다. 칠흑 같은 어둠 속에서 들리는 철웅의 호흡은 천식이라도 앓고 있는 듯 가빠오고 있었다. 철웅의 온몸은 불덩이처럼 달아오르고 있었고, 입에서는 단내가 풍겨 나오고 있었다. 온몸에서 땀이 비 오듯 쏟아지고 있었고, 몽롱한 정신은 그의 기력이 모두 격발되고 있다는 사실조차 인지하지 못하고 있었다.

"하아… 하아……."

열병이라도 앓고 있는 듯한 모습이었지만, 숨도 내쉬기 어려운 열기의 한복판에서도 그의 두 눈은 끊어지려는 의식을 붙잡기 위해 안간힘을 쓰고 있었다.

"하아……."

뎅그렁!

암동의 벽에 기대서 있는 철웅의 손에서 기형도가 떨어져 내렸다. 두 발로 서 있을 기운도 없었다. 벽에 기댄 몸이 벽을 타고 스르르 미끄러져 내려 이내 털퍼덕 자리에 주저앉고 말았다. 그런 철웅의 후각에 잡힌 여인의 지분내는 폭발의 도화선이나 마찬가지였다.

"끄르르……."

철웅은 반쯤 풀린 눈으로 자신을 향해 다가오는 발걸음을 향해 고개를 돌렸고, 욕정으로 번들거리는 눈이 어둠 속에서도 빛을 발하는 듯했다.

"장… 대인……."

재희의 발걸음에는 두려움이 얹혀 있었기에 매우 조심스러웠다. 하지만 이를 악문 재희의 발걸음은 조심스러우나 분명히 철웅을 향하고 있었다.

'내가 아니면… 이분은 죽는다……'

자신이 마음에 품었던 사내가 자신을 바라보고 있었다. 그렇게도 끔찍이 싫어했던 욕정 가득한 눈으로. 하지만 달아나고자 하는 마음을 억지로 달래며 그녀는 그에게 다가가고 있었다.

'괜찮아… 괜찮아……'

재희는 스스로를 달래고 있었다. 이십여 년간을 피해 도망쳐 왔던 눈빛이건만 이번만큼은 그녀 스스로 그 눈빛을 맞이하기 위해 걸음을 옮기고 있었던 것이다.

'…겁간을 당하고 죽었어야 할 너를 구해준 분이다. 네가 은애하는 분이다……'

스스로를 달래는 재희였으나 본능적인 두려움만은 어쩔 수 없었다. 고통으로 인해 경련하는 철웅만큼이나 재희의 신형도 두려움에 떨고 있었다. 철웅의 반쯤 뒤집힌 눈과 입가에 지어진 음탕한 미소가 그녀의 뇌리에 경고를 보내고 있었지만, 그녀는 애써 무시하며 걸음을 옮겼다.

"크으으……"

철웅이 바닥을 짚고 서서히 일어나고 있었다. 먹이를 노리는 승냥이처럼 조심스럽게… 천천히…….

재희의 두려움은 극에 달하고 있었다. 자신을 향해 달려들 그 사람의 모습이 두려웠지만 그녀는 그에게 향했던 시선을 떼지 않고 있었다.

'…제가 걱정되어 오신 것이지요? 그러셨던 것이지요?'

재희는 애써 미소까지 지으며 철웅에게 다가섰다. 그는 분명 자신이 위험에 처해 있을 것이라 여겨 그곳으로 돌아온 것이리라. 그러했을 것이라 믿고 싶었다. 만약 자신이 그에게 그런 존재가 아니라 한다면 지금의 이 순간이 너무나 힘들어질 것만 같았기에. 재희는 자신에게 주문을 걸듯 마음속으로 읊조리고 있었다. 자신의 마음을 시험이라도 하는 듯…….

'사랑합니다… 사랑합니다……. 당신을 사랑합니다…….'

서서히 몸을 일으키는 철웅의 모습이 그렇게 거대해 보일 수가 없었다. 철웅의 입이 살짝 벌어지며 이를 드러내었다. 완전히 이지를 상실한 모습. 욕정만이 가득한 그가 두 손을 내밀어 그녀에게 향했다. 그리고 그의 발이 바닥을 차려는 순간, 재희는 눈물이 흘러내리는 두 눈을 질끈 감아버렸다.

"…사랑합니다!!"

"크아아악!!"

"아악!"

재희는 눈을 감은 채 몸을 한껏 오므렸다. 제아무리 마음 깊이 담아 놓은 사람이였지만 자신에게 닥칠 일은 평생을 두고 고개조차 돌려보지 않았던, 두려움 그 자체였다. 그 자리에 주저앉지 않은 것이 대견스러웠지만 눈에서는 연신 굵은 눈물이 흘러내리고 있었다. 달아나고 싶은 마음에 다리가 후들거리고 있었지만, 꽉 깨문 입술은 그런 욕망을 억지로 짓누르고 있었다.

한데 바들바들 떨고 있는 그녀의 귓가에 낯익은 목소리가 들려왔다.

“…빨리 …가시오.”

“……?!”

놀란 재희의 눈이 부릅떠졌다. 그렇게 부릅떠진 눈에는 한줄기 아픔이 흐르고 있었다. 그녀의 시선이 향한 곳. 철웅은 온몸을 경련하며 서 있던 모습 그대로였지만, 그의 왼쪽 허벅지를 찌른 채 번쩍이고 있던 것은 분명 한 자루 기형도였다.

“장 대인……?!”

“어서 가시오… 크윽.”

철웅의 다리가 접히며 다시금 자리에 주저앉았다. 얼굴과 팔뚝의 작은 혈관들이 지렁이처럼 꿈틀거리고 있었고, 온몸에서 피어오르는 열기가 그의 주변에 기이한 열류를 만들고 있었다. 그렇게 고통스러워하는 모습만으로도 가슴 아픈데, 그의 왼쪽 허벅지에서 흐르는 붉은 피는 차마 마주 보기가 힘들 정도였다.

“어서… 가시오……. 나도… 더 이상은 참기 힘드오…….”

“……”

재희는 한순간 아무 말도 할 수 없었다. 이 남자, 자신이 아니라면 죽을 수밖에 없다는 걸 알고나 있는 걸까? 이미 모든 이지를 상실한 듯 했건만, 자해를 하면서까지 의식을 붙잡고 처음 꺼낸 말이 어서 떠나라니……. 두려움에 떨며 더딘 걸음을 떼었던 자신이 부끄러울 지경이었다.

“장 대인… 서두르지 않으면 죽게 됩니다!”

“…어서 가시오.”

재희의 눈에 놀람과 고마움, 그리고 안타까움이 범벅이 되어 알 수 없는 빛을 토해내고 있었다.

"…이러지 마세요. 저는 괜찮습니다……."

"…어서 …크윽. 어서 가시오!!"

철웅이 외마디 고함을 지르자 재희의 몸이 움찔 놀라 한 걸음 물러서고 있었다. 철웅의 눈은 제정신이 아닌 듯하였다. 의식과 무의식이 서로 교차하는 사이, 억지로 사라지려는 의식을 붙잡고 있는 모습이 역력했다. 이대로 두면… 정말 죽고 만다.

"…정말 시간이 없습니다. 어서……."

"제발 가시오!!"

철웅은 다시금 크게 소리치며 자신의 고개를 힘껏 벽에 찧었다. 암동을 울리는 그 소리가 재희의 마음에 비수처럼 꽂히고 있었다. 이 답답한 사람이 무엇 때문에, 누구 때문에 죽으려 하는 것인지 알 것도 같았다. 자신은 정녕 아무렇지도 않건만… 아니, 누구보다도 바라고 있건만…….

"이러면 안 돼요! 당신이… 당신이 없으면……."

"…제발 가시오!"

철웅은 재희의 말을 제대로 알아듣지도 못하고 있었다. 발악적으로 가라는 말만을 반복하고 있을 뿐이었다. 자신의 욕망을 억누르는 것만으로도 지금의 그에겐 벅찰 지경이었던 것이다.

"이대로 죽게 내버려 둘 순 없어요!!"

"빨리 가!!"

철웅은 연신 자신의 머리를 암동에 부딪치고 있었다. 암동이 울릴 만큼 세차게 부딪치고 있었기에, 그의 머리에선 금세 피가 배어 나오고

있었다. 재희가 세차게 도리질하며 그에게 달려가 그의 머리를 감싸안
으며 소리쳤다.

"그만 해요! 제발 이러지 말아요. 사랑해요! 사랑하니까… 제
발……."

"끄으윽……."

재희는 철웅을 끌어안으려 하고, 철웅은 그런 재희를 밀쳐 내려 하
고 있었다. 두 사람이 서로를 안고 바닥으로 쓰러졌다. 철웅은 반쯤 뒤
집힌 눈을 하고서도 재희를 떨어뜨리려 안간힘을 쓰고 있었다. 이미
정상적인 몸의 움직임도 하지 못할 상태였지만 그의 의식이 조금은 돌
아온 듯했다.

"제발… 이러지 마! 이런 희생 따윈 더 이상 바라지 않아!!"

"제발… 이러지 말아요! 당신 없인… 나도 살 수가 없다고요!!"

"…제발 부탁이야……."

"…제발 부탁이에요……."

두 사람은 서로 붙잡고 떨어뜨리기 위해 옥신각신 하고 있었다. 철
웅의 다리에서 적지 않은 피가 흘러 바닥을 흥건히 적시고 있었지만,
그 위를 구르는 두 사람의 필사적인 몸부림엔 아무런 장애도 되질 못
하였다.

"… 날 …그냥 내버려둬."

"절대 안 돼요! 당신이… 당신이 필요하다고요……."

재희의 입에선 절규가, 철웅의 입에선 지친 한숨이 새어 나오고 있
었다.

"사랑해요… 사랑해요… 그러니까 제발……."

"…날 위해 희생하지 마……. 제발……."

철웅의 눈이 뒤집히고 있었다. 입에서 풍기던 단내에 피내음이 섞여 있었다. 위험했다. 내부의 혈맥이 파열되고 있는 듯했다. 재희는 억지로 철웅의 옷을 벗기려 하였고, 철웅은 그녀의 손을 뿌리치기 위해 손을 휘저었다. 아니, 뿌리치려는 의식과 그녀를 받아들이려는 본능이 어우러진 아무 쓸모 없는 손동작이 허공을 휘젓고 있었다.

재희의 손이 다급히 철웅의 옷고름을 풀고 세차게 좌우로 벌렸다. 그 순간 그의 품에서 한 권의 책자와 두 개의 자기병이 바닥으로 굴렀다.

데구르르…….

그 소리를 들은 철웅의 눈에 미약한 생기가 돌았고, 재희에게 지친 입을 벌려 들릴 듯 말 듯한 한마디를 내뱉었다.

"하아… 하아… 검은 병… 단환……."

철웅의 목소리에 재희는 의아하다는 표정으로 그를 바라보았다. 이미 모든 기력을 잃어버렸는지 그의 눈동자는 풀리기 일보 직전이었다. 재희가 무엇을 느꼈는지 다급히 바닥으로 구른 자기 병을 찾았다.

"검은색 자기 병!"

재희는 서둘러 병의 마개를 열고 그 안에 있던 단환 하나를 꺼내었다. 재희가 그 약을 들고 철웅을 바라보았을 때, 이미 철웅의 의식과 무의식 모두 그 자리를 이탈하고 있는 듯 보였다. 축 늘어진 두 손과 반쯤 벌린 입. 두 눈의 생기는 모두 빠져나가 움찔거리는 몸의 잔경련이 아니었다면 이미 죽은 것이 아닌가 싶을 정도였다.

재희는 다급히 그 약을 입에 넣고 씹기 시작했다. 얼마나 다급했는지 혀를 깨물기도 하였지만, 그런 아픔을 생각하기엔 철웅의 상태가 너무나 좋지 않았다. 바닥에 늘어진 그의 고개를 손으로 받쳤다. 곧 재희의 입술이 하얗게 변한 철웅의 입술 위로 포개어져 갔다. 그녀의 혀가 철웅의 바싹 마른 입술을 비집고 들어가 입을 벌렸다. 그리고 잘게 씹어 용해한 단환을 그의 입으로 흘려 넣었다. 철웅의 식도를 살짝 두드려 그 약이 흘러 들어간 것을 모두 확인한 후에도 그녀의 입술은 떨어질 줄 몰랐다.

'제발… 제발…….'

이미 그를 살릴 수 있던 시간은 모두 흘러가 버렸다. 혈관이 터질 듯 부풀어 오른 이상, 지금 당장 그가 칠공에서 피를 토한다 해도 하등 이상할 것이 없을 지경이었다. 그의 입술을 탐하던 재희의 눈에서 굵은 눈물이 흘러내려 철웅의 얼굴을 적시고 있었다.

'제발… 제발…….'

재희의 입술이 가만히 철웅의 입에서 떨어졌다. 재희는 가만히 몸을 일으켜 세우더니 철웅의 머리를 들어 자신의 무릎을 베게 했다. 그리고… 그녀의 가녀린 어깨가 조금씩 흔들리기 시작했다.

"정녕… 이대로… 이대로……."

재희는 철웅의 죽음을 인정하지 못한다는 듯 고개를 흔들고 있었다. 하지만 인정할 수 없는 몸부림만큼이나 그녀의 눈에 고인 눈물은 그가 이미 그녀의 곁을 떠났음을 인정하고 있었다.

"미안해요… 당신은 나를 구해주었는데… 나는 당신을 구하지 못했어요……."

재희의 눈물이 철웅의 얼굴로 방울져 내리고 있었다.

“당신과 처음 만난 날… 그날이 나에겐 가장 행복했던 날이었어요… 아니, 당신과 함께했던 시간 모두… 나에겐 가장 행복했던 날이었어요…….”

재희의 입에 작은 미소가 걸렸다. 철웅의 몸은 조금씩 식어가고 있었고, 몸에 일던 작은 경련들도 이미 그 움직임을 멈춘 지 오래였다. 그럼에도 재희는 그를 내려놓을 생각조차 하지 않고 있었다.

“내가 당신을 얼마나 사랑했는지… 당신에게 조금 더 일찍 말했어야 했는데……. 이렇게 보낼 줄 알았다면… 조금 더 일찍 당신에게 말했어야 했는데…….”

재희가 가만히 손을 들어 철웅의 머리를 쓸어 넘겼다. 얼굴 가득 작은 혈관들이 툭 불거져 나와 평소의 인상을 찾아볼 순 없었지만, 그런 그의 흉측한 얼굴을 보면서도 미소 짓고 있었다.

“내가 당신을 보낸 거예요. 조금만 더 걸음을 빨리하였더라면… 서둘러 당신에게 다가갔었더라면… 당신을… 만나지 않았더라면…….”

하염없이 내리는 눈물이 철웅의 얼굴로 떨어지고 있었지만, 차가운 눈물이 얼굴을 적시고 있음에도 철웅은 아무런 미동도 하지 않았다.

“용서하세요… 아니, 곧 당신 뒤를 따라… 용서를 구하러 갈게요…….”

재희의 손이 철웅의 피를 머금은 기형도를 집어 들었다. 재희의 시선이 철웅에게 향했다. 애정이 가득한 눈빛이었고, 마지막을 고하는 눈빛이었다.

“사랑해요…….”

기형도의 검극이 재희의 가슴으로 향하고 있었다. 재희의 입가에 지

어진 미소는 가실 줄을 몰랐고, 철웅을 바라보는 눈빛 또한 지아비를
그리는 아녀자의 그것과 같았다. 그런 그녀의 두 눈이 조용히 감기고
있었고 기형도를 쥔 손에 힘이 들어가고 있던 그 순간,

"…나도 사랑하오……."

기적이 일어났다.

재희의 감겼던 눈이 놀라 크게 떠졌다. 그녀의 손에 들렸던 기형도
가 힘없이 바닥으로 떨어져 내렸다.

"가가……."

"…듣기 좋구려. 가가라는 말……."

재희의 눈이 흐려지며 철웅의 입술을 좇았다. 그의 입에서 나온 말
이 맞는지, 그가 자신에게 한 말이 맞는지 확인하고자 하는 듯했다.

"미안하오… 조금만 더… 이렇게 있겠소……."

재희는 무의식적으로 고개를 끄덕이고 있었다. 천년만년 이렇게 있
겠다 해도 그녀는 고개를 끄덕였을 것이다.

"…괜 …찮으십니까?"

목이 메인 재희의 목소리가 철웅에게 물었다. 철웅의 하얗게 메마른
입술이 어색한 미소를 짓고 있었다. 얼굴이 굳어 마음대로 움직이지
않는다는 듯.

"…내 사부는 …참으로 좋은 사람이라오. 못난 제자가 제명을 못 채
울까 봐 알아서 구명할 수 있는 약까지 남겨주셨으니……. 나는 사부
의 은혜조차 제대로 활용치 못하는 못난 제자요. 진즉에 기억해 내었
더라면… 이런 추태는 보이지 않아도 되었을 것을……. 아니지, 죽을

고생을 하였지만… 차라리 잘된 일이라 생각하고 있소. 이렇게 아름다운 사람이 나의 연인임을 알게 되었으니……."

재희의 볼에 옅은 홍조가 어렸다. 하지만 얼굴을 붉힌 것 외에는 그 어떤 행동도 하지 않았다. 행여 누워 있는 그가 불편해할지도 몰라 작은 움직임도 조심스러워하고 있었다.

"…나는 …많이 부족한 사람이오."

"천녀도 마찬가지입니다."

"나이도 아주 많소."

"개의치 않습니다."

"가진 것도 없는 사람이오."

"재물을 탐하지 않겠습니다."

"앞으로 많은 시비에 휘말릴지도 모르오."

"짐이 되지 않겠습니다."

"그대를… 지켜주지 못할지도 모르오."

"가가께서 구해주신 목숨입니다."

철웅은 가만히 손을 들어 재희의 볼을 쓰다듬었다. 재희의 홍조가 더욱 짙어졌지만 그 손길을 거부하진 않았다. 아니, 만면에 행복이 가득한 미소를 띠며 손길이 닿는 곳의 느낌을 온몸으로 느끼고 있었다.

"아름답구려……."

재희의 눈에 다시금 눈물이 고였다. 가만히 손을 들어 철웅의 가슴에 손을 얹었다. 철웅의 손이 그 위에 포개어 올려졌고, 두 사람의 시선도 합하여진 두 손처럼 서로를 찾았다.

“사랑하오…….”

“사랑합니다…….”

암동 안에 조용히 퍼진 두 사람의 목소리가 길고도 긴 여운을 남기며 흐르고 있었다.

*　　　　*　　　　*

상현 진인이 이마에 흐르던 땀을 닦고 있었고, 그 옆에선 두 사람의 노승이 가만히 합장하며 입을 열었다.

“아미타불… 수고 많으셨소.”

“무량수불. 별말씀을…….”

혜원 대사의 합장에 마주 장읍한 상현 진인의 시선이 욕조 밖에 누워 있는 그 사내에게 향했다. 철웅의 안부가 몹시도 궁금하였지만, 소림의 방장이 지켜보는 가운데 그를 찾아 나설 수도 없었다. 그의 뒤를 쫓은 재희의 모습이 눈앞에 아른거렸지만 어떠한 결론도 그에겐 버거울 뿐이었다.

“그나저나 괴인들은……?”

“조사전에 진을 쳤던 삼십 인의 괴인은 모두 주살되었소이다. 죽기를 각오하고 덤비는 자들이었고, 그들 개개인의 무공도 얕은 자가 없어 제압할 수가 없었소이다. 마지막까지 살아남아 발악을 하던 여섯 명의 괴인도 모두 독단을 물고 자결하고 말았소.”

계율원주인 혜정 대사가 분하다는 듯 말하고 있었다. 백팔나한 중 여섯이 죽고 열한 명이 중상을 입었다. 동귀어진식으로 달려든 괴인들이었기에 소림의 피해도 적지 않았다. 하지만 한 사람의 포로도 잡지 못하였다는 것이 못내 분한 혜정 대사였다.

"이곳에 침입하였던 자는?"

"아미타불. 소림의 제자들이 추적 중이나… 그의 무위를 보건데 쉽지 않을 것 같습니다."

혜원 대사가 말을 아꼈다. 그가 조사전을 빠져나가며 날린 검에 두 명의 나한이 중상을 입고 말았다. 너무나 순식간에 벌어진 일이었고, 그가 도주하는 것을 본 괴인들이 득달같이 달려들어 그의 도주를 도왔기에 결국 그를 놓치고 만 것이었다.

"무량수불. 참으로 안타까운 일이나… 추적이 쉽지 않을 것이라 생각했습니다. 빈도 역시 하마터면 그자에게 목숨을 잃을 뻔하였으니……."

상현 진인의 말에 혜원 대사가 합장하며 불호를 읊었다. 상현 진인이 자신들의 체면을 보아주기 위해 한 말이라 생각했기에 감사의 마음을 전하는 것이었다.

"그런데… 이곳에 먼저 들었던 장 장로는……."

상현 진인은 혜원 대사의 조심스러운 물음에 의아해했다. 하지만 이내 그가 말하는 장 장로가 누구를 뜻하는 것인지 알 수 있었다. 그가 어찌 화산의 장로라 칭해졌는지 영문은 알 수 없었으나, 그가 이곳에 들 수 있었던 이유가 그것이었음을 어렵지 않게 깨달을 수 있었다.

"아, 그… 사람은……."

"으으음……."

상현 진인이 급히 머리를 굴리며 궁색한 변명을 늘어놓으려 할 찰나, 바닥에 누워 있는 사내의 입에서 가는 신음 소리가 흘러나왔다. 상현 진인이 놀라 그에게 향했고, 혜원 대사와 혜정 대사도 비슷한 표정으로 급히 그 사내의 곁으로 몸을 움직였다.

"이보시게, 정신이 드는가?"

"여기는……?"

"아미타불. 이곳은 숭산의 소림사입니다."

혜원 대사의 불호를 들은 사내가 놀라며 힘겹게 자리에 앉았다.

"아… 소림…….."

사내의 눈에 안도의 빛이 떠올랐고, 그 눈빛을 상현 진인과 혜원 대사는 놓치지 않고 있었다. 사내에게 자신이 어떻게 소림사에까지 오게 되었는지 대략의 설명을 해주었고, 그 말을 모두 들은 사내는 고개를 숙이고 고민하였다.

"저… 실례가 되지 않는다면 시주의 존대성명을 들을 수 있겠소?"

성질 급한 혜정 대사가 사내에게 물었고, 혜원 대사와 상현 진인 역시 별다른 말 없이 사내의 대답을 기다리고 있었다.

"내 이름은… 주고치라 하고, 북평 연왕이 나의 부친이시오."

혜원 대사의 입에서 낮은 불호가 흘러나오고 있었다. 반신반의했던 일이 확실해져 다행이었지만, 상현 진인의 이마에 패인 골은 이제부터가 모든 일의 시작임을 말해 주고 있었다.

'정녕… 그였단 말인가…….'

상현 진인은 들리지 않는 작은 한숨을 내쉬었다. 자신이 생각했던 일들이 늙은 도사의 노파심으로 끝나길 빌면서. 하지만 상현 진인의 노파심은 이미 현실로 다가와 있었다.

난세는 이미 도래해 있었다. 소림의 하늘 아래… 대명제국의 하늘
아래…….

『노병귀환』 5권에 계속…